CW01045437

Paul Claudel

de l'Académie française

L'otage

SUIVI DE

Le pain dur

ET DE

Le père humilié

Gallimard

L'otage

PERSONNAGES

LE PAPE PIE.

LE CURÉ BADILON.

LE ROI DE FRANCE.

{ LE VICOMTE
ULYSSE AGÉNOR GEORGES
DE COÛFONTAINE ET DORMANT.

{ LE BARON, *puis* COMTE
TOUSSAINT TURELURE,
PRÉFET DE LA MARNE, *puis* DE LA SEINE.

SYGNE DE COÛFONTAINE

COMPARSES.

ACTE PREMIER

SCÈNE PREMIÈRE

L'Abbaye des moines cisterciens de Coûfontaine achetée par Sygne. Au premier étage la bibliothèque : c'est une grande et haute pièce, éclairée par quatre fenêtres sans rideaux, aux petits carreaux verdâtres. Au fond, entre deux hautes portes, sur le mur blanchi à la chaux, une grande croix de bois avec un crucifix en bronze d'aspect farouche et mutilé. A l'autre bout, au-dessus de la tête de Sygne, un lambeau d'une fraîche tapisserie de soie, où l'on voit, dans un rinceau, au milieu d'une pastorale déchirée, l'écu de Coûfontaine divisé : en chef d'or avec une foi de gueules (deux mains unies), en pointe d'azur avec une épée d'argent en pal entre le Soleil et la Lune, et pour cri et devise :

COÛFONTAINE ADSUM !

Le plancher extrêmement propre est de larges planches inégales clouées de gros clous brillants. Sygne est assise dans un coin à un joli petit bureau tout couvert de registres et de liasses de papiers bien rangées. Plus loin une petite table sur laquelle il y a du pain, du vin et le reste. De grands meubles rigides, chaises et fauteuils, sont alignés d'un bout à l'autre de la salle qui a un air austère et abandonné. Par terre une claie où sèchent des pruneaux.

Tout cela au lever du rideau n'est pas visible. Il fait nuit ; les volets extérieurs sont fermés. La pièce n'est éclairée que par le flambeau de cire sur la table.

Tempête au dehors.

*Porte qui s'ouvre sans que l'on voie personne,
sifflements du vent. La flamme de la bougie s'incline,
Sygne la protège avec la main.*

SYGNE, *regardant le fond de la pièce.*

Georges!

COÛFONTAINE

Bonne nuit! Sygne! Bonjour, plutôt.

*Elle porte la main à son cœur comme quelqu'un
qui est trop ému. Il apparaît dans la zone à demi
éclairée de la chambre. C'est un homme de stature
athlétique, se tenant très droit.*

SYGNE [1]

Votre chambre est prête.

COÛFONTAINE [2]

Tout à l'heure.
Je n'ai pas le temps de dormir. J'ai beaucoup à causer
avec vous.
Voici étrangement longtemps que nous ne nous
sommes pas vus, ma cousine.

Elle se rassied.

SYGNE

Vous pouvez venir. Tous mes comptes sont là,
nets et purs.
Jamais je ne me suis couchée un soir sans qu'avant de
faire ma prière je n'aie mis mes registres à jour.
Ceux qui sont là pour la police, et ce petit qui est pour
vous. De jour comme de nuit.
On peut venir! Vous trouverez tout clair et en ordre.

1. Elle parle d'une voix claire et mélodieuse, avec quelques notes
d'une sonorité étrange et presque pénible.
2. Il parle sans hâte, d'une voix toujours égale et un peu basse,
et comme mesurée.

COÛFONTAINE

Les comptes! Ces comptes! c'est toujours votre premier cri!

Je vous retrouve la même, Sygne! Notre vieille Suzanne s'est fait une bonne élève.

Rien de tel pour vous apprendre l'écriture qu'un maître qui ne sait pas lire.

Je n'ai pas de comptes à vous demander. Tout est à vous.

SYGNE

Pour vous, Monsieur.

Vous êtes le chef, et moi la pauvre sibylle qui garde le feu.

COÛFONTAINE

Je n'aime pas cette lumière.

SYGNE

Les volets sont fermés, au dedans et au dehors.

On ne peut rien voir. Moi-même, c'est à peine si je vous distingue.

COÛFONTAINE, *à voix plus basse, levant un doigt.*

IL est ici?

SYGNE, *de même.*

Il est arrivé, il y a deux heures. Justin l'a amené sur l'âne à travers les bois.

COÛFONTAINE

Qu'a-t-il fait?

SYGNE

Il s'est assis, les deux mains sur les genoux, respirant fort comme un homme qui va passer.

Il a demandé un prêtre pour se confesser.

J'ai envoyé chercher l'abbé Badilon.

Geste de Coûfontaine.

Vous êtes mécontent?

COÛFONTAINE

Poursuivez.

SYGNE

Je n'ai pu lui refuser. Il m'a priée d'une manière si aimable, me regardant de ses grands yeux noirs.

Parlant de son cœur, à la manière ecclésiastique, « le poids qu'il a sur le cœur ». Quel poids?

Il s'est confessé et il a dit sa messe aussitôt. J'y étais.

Ah, ce n'était plus le même homme à l'autel! Non plus cette maigre dépouille! Mais un ange en grande véhémence et suavité, accomplissant un acte inestimable, le pontife qui parle en lettres d'or !

Qui est-ce, Georges?

COÛFONTAINE

Il repose?

SYGNE

Il repose. L'abbé est resté près de lui; il dira la messe ici.

Rafales de vent au dehors.

COÛFONTAINE

Il était temps de nous mettre à l'abri.
Je reconnais le vent de mon pays.

SYGNE

Quel dommage! Les pommiers étaient si beaux!
Il ne restera pas un pépin sur l'arbre.

COÛFONTAINE

La tempête nous garde. Je suis en grand hasard, Sygne !

J'ai osé une chose inouïe.

SYGNE

Ah, quel que soit le péril, vous êtes en sûreté avec moi!

COÛFONTAINE

Le fait est que je n'ai jamais été inquiété ici.
C'est pourquoi je vous ai amené ma prise.
De quoi je suis obligé à ces mauvais yeux de notre frère Toussaint,
Avec qui je sais que vos relations sont bonnes.

SYGNE

Mon cousin, je suis un homme d'affaires et ne choisis point mes relations.

COÛFONTAINE

Il faut l'épouser. Ses armes embarbouillées aux nôtres,
Ça égaierait cette vieille peinturelure.

Il montre la tapisserie.

SYGNE

Ne vous moquez pas ainsi.

COÛFONTAINE

Je plaisante, Sygne. Fi de moi! La voici les larmes aux yeux!
Vous êtes si bonne, c'est plus fort que moi, il faut que je vous fasse de la peine! c'est ma façon de vous aimer.
Quelle jeunesse, ma pauvre cousine, que la vôtre!
Reprenant, remettant ensemble les morceaux épars de cette terre,
Vignes et clos, bois, sablons et terres labourées,
Comme une vieille dentelle déchirée que l'on reprend brin par brin.

SYGNE

C'est votre bien que nous refaisions ainsi, Coûfontaine, Suzanne et moi.

COÛFONTAINE

Bien travaillé, tisseuse!
Nos mères de leurs doigts oisifs s'amusaient à parfiler,
Décousant broderies et galons, détachant chaque fil un
par un.
Ce qu'elles ont défait, vous le refaites.
J'ai ma cousine Sygne qui est plus pour moi que beau-
coup d'or et d'argent!
Que dit-on des lys, qu'ils ne filent pas?
Ah, si chacun de vos blancs frères de France, ma
cousine, eût aussi bien fait,
Toutes les filles de noble maison, le Roi pourrait
revenir.
Il n'y aurait pas un trou dans le vieux drapeau!
Hélas, avec un fil qui part, que de mailles qui sautent!

SYGNE, *prenant dans ses deux mains*
et regardant une miniature posée sur la table.

Les voilà! Ce sont mes deux bien-aimés, pour qui il
faut bien que je me donne un peu de la peine.
Tes enfants, Georges, et dis! les miens aussi, n'est-ce
pas? Il faut que la tante fée, la fée araignée qui est restée
là-bas, leur refasse une maison en France par son art
magique.
Car nous autres, qui sommes pris entre le souvenir et
le devoir, vous et moi, nous ne travaillons pas pour nous.
Quand est-ce que je les verrai, Georges? Aimables
enfants!
Le chevalier avec son petit fouet, il a déjà vos traits,
Coûfontaine, et ce tour Picard, et cet air de commande-
ment et de considération.
Et la petite fille, qu'elle est bonne!
Leur mère se plaignait d'eux dans sa dernière lettre.
Est-il possible?

COÛFONTAINE

C'est une vieille lettre.

Ils sont sages maintenant et ne lui donnent aucune peine.

SYGNE

Et que leur mère est belle qui les tient entre ses deux beaux bras nus!

O Georges, que cela doit être bête à embrasser quand vous revenez de la guerre, cette belle rose fraîche tout ensemble où brillent ces six beaux yeux!

Je comprends bien ce qui vous a plu en elle, c'est cet air mal défendu et candidement arrogant, la grosse lèvre et le petit front.

Nous travaillons ensemble et je les regarde parfois, le cœur content.

Que ses yeux sont beaux, comme quelqu'un qui donne son cœur, un jeune être bien tendre qui regarde si vous l'aimez!

Quel courage vous avez, Coûfontaine, de la quitter, toujours loin d'elle errant!

COÛFONTAINE

Nous sommes au service du Roi tous les deux.

SYGNE

Vous écoute-t-il toujours?

COÛFONTAINE

Je crains d'avoir perdu de mon crédit.

SYGNE

L'auriez-vous offensé?

COÛFONTAINE

Il n'était pas en mon pouvoir de faire vivre ma femme toujours.

Silence.

SYGNE

Georges, je ne comprends pas! Quelle horrible
parole me baillez-vous, pleine de poisons?

COÛFONTAINE

Ne savez-vous pas que ma femme était la maîtresse
du Dauphin?

Tout le monde là-bas enviait mon bonheur. Moi seul,
stupide, ne savais rien.

La mort a tout fait paraître.

SYGNE

Elle est donc morte, Georges?

COÛFONTAINE

Donnez-moi ce portrait.

SYGNE, *le prenant vivement.*

Ne lui faites plus de mal! Ma chérie, ici du moins
tu es en sûreté contre mon cœur.

COÛFONTAINE

C'est la seule image qui me reste d'eux.

Elle le regarde comme ne comprenant pas.

Tout cela que vous tenez entre vos mains n'est plus.

SYGNE

Georges!

COÛFONTAINE

Ne me comprenez-vous pas? Les deux enfants...

SYGNE

Assez! ne parlez pas. Ah! pas cela! pas cette chose
horrible.

COÛFONTAINE

... sont morts. Tous deux presque en même temps, pendant que j'étais en France, de cette mauvaise fièvre anglaise.

SYGNE

Dieu ait pitié de nous!

> *Sygne reste pendant un moment immobile, les yeux fermés et comme évanouie, puis lentement elle agite la tête comme quelqu'un qui fait « Non ».*

Je suppose qu'il n'y a rien à vous dire, Georges?

COÛFONTAINE

Il n'y a rien à me dire.

Pause.

SYGNE

Venez prendre ce papier pour vous qui est là sur la table.

> *Il approche de la table et comme il tend la main, Sygne la lui saisit dans les siennes et éclate en sanglots, le visage sur sa main. Coûfontaine lui caresse la tête en silence.*

COÛFONTAINE

Il ne faut pas pleurer, Sygneau. Voilà que notre nom est fini et il ne reste plus que nous, tous les deux.

Mais bien d'autres choses encore, plus belles, finissent avec nous.

Tout le monde n'est pas fait pour être heureux.

Un autre lui a plu, je n'y peux rien, je croyais l'aimer autant qu'il faut.

Et quant à ces petits enfants, un soldat n'en a pas besoin et c'est un grand débarras.

SYGNE, *avec une sorte d'ironie.*

Vous êtes dur, Georges.

COÛFONTAINE

Je reste à l'alignement; le reste ne regarde personne.

SYGNE

Au nom de ces deux innocents! Pardonnez-lui au nom de ces innocents!

Songez combien elle était jeune et le mal que cela fait de mourir!

Ah, c'est une chose plus enivrante que le vin d'être une belle jeune femme!

Dites-moi que vous lui avez pardonné.

COÛFONTAINE

Je ne pense plus à cela.

SYGNE

Mais dites que vous lui avez pardonné!

COÛFONTAINE

Celui qui aime beaucoup ne pardonne pas facilement.

SYGNE

Mon cœur est brisé de compassion pour vous.

COÛFONTAINE

Il y a la nuit seulement qui est mauvaise à passer, mais on finit toujours par dormir lorsque l'on est fatigué.

SYGNE

Et ils sont morts tous les trois!

COÛFONTAINE

Épargnez-moi, mon Sygne, et tâchez d'être plus calme.

SYGNE

Mon Dieu, ainsi tout est perdu et vain de ce que j'ai fait!

COÛFONTAINE

Parole sur toute chose la dernière. Mais vous du moins, c'est à Dieu que vous la dites.

SYGNE

« Ma génération a été roulée et retirée de moi comme la tente du pasteur ! »

Jadis j'ai vu mon père et ma mère, votre père aussi et votre mère, Coûfontaine, paraître sur l'échafaud ensemble.

Ces quatre figures saintes à la fois qui nous regardaient, liées comme des victimes, mes quatre pères et mères que l'on a abattus l'un après l'autre sous la hache !

Et quand ce fut le tour de ma mère, le bourreau, roulant autour de son poing la queue de cheveux gris, lui tirait la tête sous le couteau.

Nous étions au premier rang, et vous me teniez la main et leur sang a rejailli jusque sur nous.

J'ai tout vu et ne me suis pas évanouie, et nous sommes revenus ensuite à pied à la maison.

Les hommes ont tranché la tige, et maintenant Dieu pense à nous et nous retire notre fruit.

Mon Dieu, vous avez fait attention à cette pauvre chose que nous avions encore ! Que votre volonté soit faite ! Que votre amère volonté, que votre amère volonté...

Nous restons seuls, Georges, vous et moi.

Vous et moi de plus en plus une seule personne et seuls, et la vie comme d'elle-même se retire de nous

Dans un monde où nous avons cessé d'avoir part et proportion.

COÛFONTAINE

Il faut vous séparer de moi et faire votre propre bonheur.

SYGNE

C'est moi maintenant qui vous tiens la main, comme vous teniez la mienne ce matin de Prairial.

COÛFONTAINE

Vous êtes jeune, vous êtes riche et la vie est belle devant vous.

SYGNE

C'est ce que chantaient les cloches le jour de votre mariage.

COÛFONTAINE

Ce n'est pas le chant que j'ai entendu.

SYGNE

Je connais que vous avez reçu le sacrement, ne croyant pas.

COÛFONTAINE

Je ne croyais pas. Je savais tout d'avance.
Mais j'étais prisonnier comme un qui ne peut pas faire autre.

SYGNE

La pauvre enfant aussi vous aimait.

COÛFONTAINE

J'étais comme le mineur qui sort pour un moment de ses sapes et qui s'aperçoit qu'on est tout de même au mois d'avril.
De quelle idiote fringale de bonheur j'ai été saisi tout à coup!

SYGNE

Vous avez eu votre heure.

COÛFONTAINE

Je ne l'ai pas eue. Elle ne m'a pas pris pour un autre.

SYGNE

Qui donc vous tenait séparés?

COÛFONTAINE

Ce sang de mon père sur ma face.

SYGNE

Et ce sang aussi à vos mains!

COÛFONTAINE

Est-ce qu'il vous fait horreur, Sygne?

SYGNE

Ah, j'en demande pardon à Dieu, il ne me fait pas horreur!

COÛFONTAINE

C'est celui pourtant de beaucoup d'innocents.
Souvenez-vous de la rue Saint-Nicaise.

SYGNE

Ne l'avez-vous pas payé du vôtre?

COÛFONTAINE

Il est vrai. O ma femme et mes pauvres enfants!

SYGNE

Moi, je reste encore.

COÛFONTAINE

Comme une fille dont le nom un jour va changer.

SYGNE

Mais le mien m'a été surimposé d'un second baptême.

COÛFONTAINE

J'ai participé à ce sacrement avec vous.

SYGNE

Non indignement cette fois.
O Georges, toute notre race en ce jour a été mise sous le pressoir.

COÛFONTAINE

O vin sacré issu de ce quadruple cœur!

SYGNE

Leur sang a été semé sur le mien.

COÛFONTAINE

Le vieux plant ne nous donne plus sa sève.

SYGNE

Il reste un vin pur! Le nom en nous est vivant.

COÛFONTAINE

O âme qui m'es née toute pareille, ô mon étrange jumeau!
Vous comprenez ces choses.
Comme la terre nous donne son nom, je lui donne mon humanité.
En elle nous ne sommes pas dépourvus de racines, en moi par la grâce de Dieu elle n'est pas dépourvue de son fruit, qui suis le Seigneur.
C'est pourquoi précédé du *de,* je suis l'homme qui porte son nom par excellence.
Mon fief est mon royaume comme une petite France, la terre en moi et ma ligne devient gentille et noble comme une chose qui ne peut être achetée.
Et comme le miel ou les fleurs ou le vin qu'elle produit sont reconnaissables entre tous,
Ou le gibier que l'on y tire et la viande que l'on y paît,

Ainsi entre beaucoup de plantes précaires l'Arbre-Dormant,

Le grand chêne généalogique qui se dressait dans la cour du château,

Et dont les racines comme il apparut le jour qu'il fut arraché plus liantes que celles de ces figuiers que j'ai vus au Coromandel, et que ces veines d'un sein qui font le lait

Étaient enfoncées à demi dans le noir béton de la substruction romaine,

A demi au travers de la compacte glaise dans le banc natif de la meulière couleur de fleur de marronnier.

Et comme le vin de Bouzy n'est pas celui d'Esseaume, c'est ainsi que je suis né Coûfontaine par fait de la nature à quoi les Droits de l'Homme ne peuvent rien.

Ainsi la nation n'avait pas à se fabriquer elle-même ses chefs et ses lois, défendue contre les rêves.

Mais la nature dans toute la France les lui donnait avec ses autres productions, bons ou mauvais, depuis le roi jusqu'au juge,

Au tournant de chaque vallée, au flanc de chaque coteau, chacun en sa saison refleurissant de son pied ou de sa souche,

Comme les fleurs et les fruits en leur variété.

SYGNE, *relevant la tête et regardant avec fermeté.*

Qu'importe tout cela, Georges?

COÛFONTAINE

Ce qu'il importe?

SYGNE

Dieu l'a voulu. C'est bien. Il n'y a pas de notre faute. A quoi bon le bouder et le quereller?

COÛFONTAINE

Dieu lui-même ne peut m'enlever ce qui est à moi.

SYGNE

Rien n'est à nous, tout est à Lui qui est le seigneur éminent.

Et il est donc vrai qu'il ne peut rien nous enlever, mais il peut nous relever nous-mêmes

De ce poste qu'il nous avait confié.

COÛFONTAINE

Que suis-je sans cette place d'où je tiens mon nom?

SYGNE

Cela seul à qui rien ne peut plus être enlevé.

COÛFONTAINE

Moi du moins, il y a une chose que je ne retire pas quand je l'ai donnée.

SYGNE

Laquelle, Georges?

COÛFONTAINE, *tendant la main.*

Ma main droite.

SYGNE, *lui donnant la sienne.*

Ni moi celle que je te donne, mon frère!

COÛFONTAINE

Le monde s'est rétréci, mais nous subsistons tous les deux.

SYGNE, *à voix basse.*

COÛFONTAINE ADSUM

COÛFONTAINE

Tu es ma terre et mon fief, tu es mon parti et mon héritage. Tu es demeurante et véritable,

A la place de cette femme fausse qui est morte et de
ses enfants et de la terre.

SYGNE

Dieu seul est véritable.

COÛFONTAINE, *d'un ton ambigu.*

Cela, nous allons le voir tout à l'heure.

SYGNE

Ne va point contre Sa volonté.

COÛFONTAINE

Que savons-nous d'elle?
Quand le seul moyen pour nous de la connaître est
de la contredire.

SYGNE

Georges, mon frère! Parole digne de vous!

COÛFONTAINE

A tant faire que d'être condamné,
Autant s'en assurer pour de vrai.
Et toi ne prends point parti contre moi.

SYGNE

Que prétends-tu faire?

COÛFONTAINE

Forcer
Ton Dieu à me répondre clairement,
Et qu'il montre enfin s'il est d'un côté ou de l'autre!

SYGNE

O Georges, quoi de plus clair qu'un voleur et que
veux-tu savoir encore?

Heureux qui a quelque chose à donner, car à celui qui n'a pas on ôtera même ce qu'il a.

Heureux qui est dépouillé injustement, car il n'a plus rien à craindre de la justice.

Celui qui n'accepte pas le mal, comment recevra-t-il le bien? C'est ainsi que je vous vois retranché de tout, pauvre frère!

Et moi, parce que j'ai tout accepté, voici que tout m'a été rendu.

CONFONTAINE

Ma cause n'est pas de moi-même.

Périsse Coûfontaine, si le Roi est restauré avec la France!

SYGNE

Tant de peines, tant de sacrifices, tant de dangers, tant d'esprit et de combinaison,

Tant d'argent, tant de sang versé, le vôtre et celui de beaucoup,

Tout cela en vain!

Et moi de mon côté, mon œuvre bien achevée et la terre refaite,

Voici qu'elle est nulle entre mes mains!

COÛFONTAINE

Il ne sert pas de se désoler.

SYGNE

Je ne me désole pas, mais je me réjouis!

O mon Dieu, je me réjouis amèrement dans votre grandeur et mon inutilité, et l'extension jusqu'à moi de ces desseins qui passent tout sens!

Je suis veuve et orpheline de tous les miens, et vierge, vous m'ôtez mes enfants, et vous vous moquez de moi me posant seule au milieu de ces biens que j'ai conquis.

Que pouvais-je faire cependant et fallait-il me croiser les bras ?

J'étais une femme, voyant ce qu'il y a de plus prochain, tâchant de bien faire à ceux qui me sont les plus proches,

Et je n'ai point d'esprit pour imaginer quelque chose de mieux, mais ce que j'ai connu de bon, j'ai tâché de le refaire et de le réparer.

Tant de peines et de privations, la misère d'abord, la crainte, la solitude, la sévérité sur moi de la vieille Suzanne...

COÛFONTAINE

Pauvre Sygneau !

SYGNE

... La valeur âprement apprise de chaque pièce, le liard, le sou, l'écu, et le beau double-louis d'or lourd à la fin, les comptes chaque soir mis au net sans tache ni rature,

La valeur de chaque terre étudiée et de chaque coin de chaque terre, le prix du blé et du vin, et de la pierre à bâtir, et du plâtre, et du bois, et de la journée de femme et d'homme,

Tout l'ancien bien appris par cœur, autant que jadis pour notre grand-père il en tenait dans une nuit de bouillotte,

Les ventes courrues, les journées à cheval ou en carriole, au blanc du soleil ou sous la pluie froide dans mon grand manteau de bergère,

Les longues heures de bataille dans l'étude des notaires, où l'on combat bien couvert et la face riante,

Comme jadis mes ancêtres à visière avalée et l'écu serré sur le corps,

Moi, pauvre fille parmi ces hommes de loi comme Jeanne d'Arc parmi les gens de guerre !

Les visites au préfet, les discussions avec les fermiers et les entrepreneurs,

L'esprit vigilant, l'œil levé, le cœur inflexible et resserré,

Toute chose enfin reprise et rajustée (à l'exception de notre château détruit), la vaisselle même et les livres à nos armes, chacun racheté pièce à pièce,

Et voici que, tout refait, tout reste mort, comme un cadavre épars dont on rapproche les morceaux !

COÛFONTAINE

Tout cela préparait la retraite où je suis caché aujourd'hui,

Moi et cette prise que j'ai faite.

SYGNE

Notre château a été détruit, mais la maison-Dieu est restée debout,

Le mur a été fondu, le fossé a été comblé, l'Arbre-Dormant a été arraché,

Le puits a été pollué, la tour est tombée d'un seul coup comme un homme qui s'abat sur la face, les entrailles de la maison familiale se sont rompues et effondrées,

Et de tout l'œuvre antique, il ne reste qu'un seul pignon et la cave, refuge du renard et du hérisson !

Mais l'antique maison tirée du sol par la foi, le mystique domicile ayant l'hostie pour semence,

Puisque aucun ne l'avait choisie pour sienne, comme Jean reçut Notre-Dame, c'est ici que je me suis retranchée avec Dieu,

Moi faible créature toute seule sous les vastes arceaux, femme, soupir léger à la place du puissant grommellement de ces cent mâles de Dieu chantants !

COÛFONTAINE, *regardant la croix.*

Ce n'est point la croix capitulaire.

SYGNE

Ne la reconnaissez-vous point ?

C'est le crucifix de bronze donné par notre ancêtre, Agénor V, le Ligueur,

Pour remplacer la vieille pierre que les hérétiques
avaient jetée bas,
La croix foraine qui était plantée au carrefour des
deux routes royales de Rheims et de Soissons.
Et de nouveau les Républicains l'ont déracinée, sapant
tout le calvaire avec d'un seul coup
La croix et les quatre vieux tilleuls qui l'ombrageaient,
unique abri des moissonneurs dans la plaine rase;
Et ils ont planté ce mince arbre de la Liberté à la
place, qu'une seule saison a desséché comme une trique.
L'Homme de bronze a été rompu en morceaux, mais
on ne l'a pas fondu en canon et monnayé en gros sous,
Et de tous côtés j'en ai trouvé les membres épars,
comme on raconte d'Isis et d'Osiris dans Plutarque,
Les jambes rompues comme celles du larron, la
poitrine qui servait d'enclume chez le maréchal ferrant,
Les bras que gardaient deux pieuses vieilles filles, et
la tête au fond d'un four de boulanger;
Et Suzanne et moi, les pieds nus, marchant toute une
nuit,
Nous avons rapporté le chef sacré entre nos bras,
récitant nos prières,
Et maintenant le grand bon-dieu noir rongé par le
soleil et la pluie, le scandaleux supplicié,
Le voici entre ces murs caché des hommes avec nous
et nous recommençons avec lui comme des exilés
Qui se refont un foyer de deux tisons mis en travers.

      COÛFONTAINE, *les yeux sur la croix.*

Quel est ce bois dont la croix est faite, où l'on voit
des traces de feu?

         SYGNE

Je l'ai faite des poutres de notre maison.

      COÛFONTAINE

Le pal est de chêne et la potence de châtaignier.

C'est une essence maintenant qui a disparu de chez
nous,

Et cependant les charpentes partout de nos vieilles
fermes et la « forêt » de la Cathédrale de Rheims en sont
faites.

SYGNE

Mais ce bois dont la croix est faite ne manquera
jamais.

COÛFONTAINE

Heureux cet arbre qui porte sur lui le poids d'un
Dieu, ou ne fût-ce même qu'un homme.

Voici donc, rentrant chez moi, tout ce que je retrouve
de la maison,

La poutre en croix avec la solive, et cela même vous
l'avez pris pour vous, ô fils de l'ouvrier! et il n'y a pas
place pour deux.

Et moi aussi, me voici une croix à la place de mon nom
proscrit. Tous mes biens sont tombés de moi comme
un manteau, et je me tiens seul dans cet ajustement qui
ne peut changer de mon corps et de mon esprit,

Dépouillé, abrégé, inflexible, infructueux!

Mais à ce moment où je rentre au pays, comme l'Enfant prodigue chez le père qui lui a partagé sa substance,

Nul n'est là pour lui tomber sur le cou, père ou mère,

Ni enfant, ni épouse, car tout cela est tombé de
moi.

SYGNE

Mais moi du moins, moi du moins, Georges, je reste!

COÛFONTAINE, *la regardant.*

Est-ce que vous voulez m'épouser, ma cousine?

SYGNE

O Georges, je suis bien assez à vous sans cela!

COÛFONTAINE

Il est vrai. Nous sommes trop semblables; rien de
nouveau ne peut sortir de nous.

SYGNE

Qui donc continuera la race?

COÛFONTAINE

Vous êtes jeune, vous êtes riche. Gardez ces biens
que vous avez réunis et qui seraient de nul fruit à cet
homme retranché.

Quelqu'un viendra.

SYGNE

Ne vous moquez pas de moi ainsi!

COÛFONTAINE

Quelque beau chasseur à la barbe rousse,

Quelque jeune étourdi plein de guerre, et il me prendra
par la main cette perfide Judith aux yeux verts,

Sainte Théologie qui dans ce lieu conventuel tient
toute seule chapitre,

La vierge bien tempérée dont le sourire modeste ne
va pas aux coins de la bouche

Jusqu'à faire trois rides tracées comme avec le crayon
le plus fin, ô Sygne qui riez entre ces guillemets!

Et il me prendra pour toujours ma Cousine-aux-bois-
de-France, le laurier de Dormant, la « *virgo admirabilis* » !

SYGNE

O Georges, je ne pensais pas que vous m'aviez
autant regardée!

COÛFONTAINE

Il est vrai. Pas plus que l'on ne se regarde ou s'écoute
soi-même. Vous n'étiez pas au dehors.

Que connais-je de vous, Sygne? sinon cette brave

petite main dans la mienne le jour de la Saint-Jean,

Et plus tard votre figure claire et dessinée devant moi comme un plan d'église, bien calculé avec la règle et le compas,

Et votre main encore sur mon front les nuits de fièvre, lorsque j'étais blessé, malade et poursuivi,

Ou votre front encore sous la lampe lorsque l'on cachette des dépêches et que l'on compte des rouleaux de louis.

SYGNE

Je suis celle qui reste et qui est toujours là.

COÛFONTAINE

Ah! de la tête aux pieds vous êtes Coûfontaine, et l'on peut causer avec vous, et il n'y a pas un trait de vous et manière d'être que je ne comprenne.

Et vous n'avez qu'à tourner la tête, et il y a autant d'images de nous-mêmes en vous que de portraits jadis dans cette galerie du château.

SYGNE

Je ne porterai donc pas à un autre cela qui est de Coûfontaine seul.

COÛFONTAINE

Ces choses seules sont à moi qui sont mortes, vaincues et impossibles.

SYGNE

Mais moi, Georges, je ne suis pas morte, je ne suis pas vaincue, et je ne suis pas impossible!

COÛFONTAINE

Il y a ceci de différent, que vous avez moins de trente ans et que j'en ai plus de quarante. Nous ne sommes pas du même siècle.

Je suis la souche écimée et sans branches, et je vois
dans votre œil brun le vert de la jeune feuille.

Nous ne faisons pas notre ombre du même côté, la
vôtre vous entraîne,

La mienne est attachée à mes talons et je ne vois rien
de moi devant moi.

SYGNE

Laisse-moi donc renoncer à l'avenir!

Laisse-moi prêter serment comme un nouveau chevalier! O mon seigneur! O mon aîné! laisse-moi entre tes
mains

Jurer comme une nonne qui fait profession!

O mâle de ma race! ô reste et principe de mon peuple!
je ne te laisserai point sans attestation.

La terre nous manque, la force nous est soustraite,
mais la foi de l'homme à l'homme

Demeure, l'âme pure qui trouve son chef et qui
reconnaît ses couleurs!

Coûfontaine, je suis à vous! Prends et fais de moi ce
que tu veux.

Soit que je sois une épouse, soit que déjà plus loin
que la vie, là où le corps ne sert plus,

Nos âmes l'une à l'autre se soudent sans aucun
alliage!

COÛFONTAINE

Sygne retrouvée la dernière, ne me trompez pas
comme le reste. Y aura-t-il donc à la fin pour moi

Quelque chose à moi de solide hors de ma propre
volonté?

Car depuis que j'ai quitté cette terre, enfant encore, je
n'ai plus que la mer sous les pieds,

La mer de l'eau marine et celle qui est faite d'hommes,
et cette chose fausse entre mes bras comme un élément.
Tout a passé.

Monsieur d'Ajac, qui était novice avec moi sur le

« Saint-Esprit », — (comme nous causions dans la nuit noire du poste tandis que nos hamacs se heurtaient dans le ressac!),

Je l'ai vu couper en deux sous mes yeux par un boulet.

Et puis, ce qu'il y avait de plus saint pour moi, ce fut leur tour, mon père et ma mère avec les vôtres, Sygne.

Je les ai vu tuer comme des animaux, j'ai reçu leur sang sur la face, qui leur sortait du corps et j'en ai respiré la vapeur.

Le Roi qui était mon roi, le droit qui était mon droit,

Cette femme qui était mon droit, ces enfants qui étaient les miens, le nom même que je porte et la terre avec le fief,

Tout cela m'a menti, tout cela a fui, et la place même où ces choses étaient n'est plus.

Et je mène cette vie de bête traquée, sans une cache qui soit sûre, embusqué toujours ou blotti, dangereux et poursuivi, menaçant et menacé.

Et je me souviens de ce que disent les moines indiens, que toute cette vie mauvaise

Est une vaine apparence, et qu'elle ne reste avec nous que parce que nous bougeons avec elle,

Et qu'il nous suffirait seulement de nous asseoir et de demeurer

Pour qu'elle passe de nous.

Mais ce sont des tentations viles; moi du moins dans cette chute de tout

Je reste le même, l'honneur et le devoir le même.

Mais toi, Sygne, songe à ce que tu dis. Ne va pas faillir comme le reste, à cette heure où je touche à ma fin.

Ne me trompe point qui ai vraiment faim et soif de ton cœur hors de moi, de la loyauté dans ton cœur hors de moi,

Et non pas d'une chose qui soit sûre, mais d'une qui soit infaillible.

SYGNE

Dieu seul est infaillible.

COÛFONTAINE

Encore Dieu! Laisse-le où il est. De lui plus tard,
Plus tard de lui aussi nous allons savoir ce qu'il en
va.
Car s'il tient tant à rester caché qu'il ne nous laisse
point d'otage.

SYGNE

Je ne comprends point vos paroles.

Faible bruit d'une sonnette qui tinte.

COÛFONTAINE

Eh?

SYGNE

C'est M. le curé qui est venu dire la messe comme il l'a
promis.

COÛFONTAINE

Vous avez eu tort de le mêler à nos affaires.

SYGNE

Que Dieu qu'il offre en ce moment sur l'autel entende
nos paroles!
Lui qui se donne dans l'azyme et ne sait pas se reprendre.
A nous aussi il a donné ce sacrement de se donner et
de ne pas se reprendre.
Accepte, reprends avec toi tout ce qui est ta race et
ton nom,
Et qu'à Coûfontaine du moins Coûfontaine ne fasse
pas défaut.

COÛFONTAINE

J'accepte, Sygne, sois ajoutée à l'enjeu de cette partie
que je joue.

O femme, la dernière de ma race, engage-toi donc
comme tu le veux et reçois de ton seigneur la foi suivant
la forme antique.

Coûfontaine, reçois mon gant!

Il lui donne son gant.

SYGNE

Je l'accepte, Georges, et tu ne me le reprendras plus.

Pause.

COÛFONTAINE, *levant le doigt.*

Tout va être décidé. Il se pèse avec le monde entier
notre sort.

La violence arrive à sa dissipation et la masse avec
l'homme de la terre

Retrouve son poids et son moment.

SYGNE

Je ne sais rien de la politique. On m'a dit que le Pape
n'est plus à Rome.

COÛFONTAINE

Et savez-vous où il est?

SYGNE

Je ne sais.

COÛFONTAINE

Ici, sous ce toit même et derrière ce mur.

Geste d'émotion.

César est d'un côté, mais j'ai pris l'homme de Dieu pour nous.

— Maintenant laissez-nous, car nous avons à parler.

Elle sort.

SCÈNE II

Un serviteur a ouvert les volets et la pièce tout entière apparaît. Le petit jour.

Il fait grand vent et il pleut à verse. La pluie flaquée avec violence ruisselle sur les carreaux. De grands arbres dont les branches touchent presque les fenêtres, assombrissent la pièce. On entend par intervalles le cri âpre d'une girouette rouillée. Un chien au poil hérissé est couché devant la porte d'entrée.

Soudain un panneau de la bibliothèque s'écarte, découvrant pendant un moment l'ouverture d'une porte secrète. On aperçoit dans le fond la flamme d'un cierge et le coin d'un autel couvert de sa nappe avec le Missel.

> *Entre un vieillard en soutane noire, la tête coiffée d'une calotte blanche.*

LE PAPE PIE

Mon fils, que la paix soit avec vous. C'est moi.

> *Coûfontaine, qui était debout, pensif à l'une des fenêtres, se retourne vivement et s'agenouille devant le vieillard qui lui donne sa main à baiser.*

COÛFONTAINE, *relevé.*

Saint-Père, mangez et buvez, car la route a été longue et rude jusqu'ici, et votre repos court jusqu'à cette messe matinale.

LE PAPE PIE

Quel est ce pain que vous voulez me donner à manger?

COÛFONTAINE

Un pain de loyale farine. Une maison chrétienne vous abrite.

LE PAPE PIE

J'ai reconnu un bien ecclésiastique.

COÛFONTAINE

C'est ici l'abbaye des Cisterciens de Coûfontaine, que mes pères ont fondée et nourrie.
Ma cousine
Sygne l'a achetée sous dispense, le château étant brûlé,
Dormant brûlé, pour la dérober à la destruction, la gardant aux maîtres légitimes.

LE PAPE PIE

Elle est cette pieuse jeune femme que j'ai communiée cette nuit?

COÛFONTAINE

Et je suis le Vicomte Ulysse Agénor Georges de Coûfontaine et Dormant, lieutenant du roi Louis en France pour Champagne et Lorraine.

LE PAPE PIE

Quel est cet acte violent? Pourquoi m'avez-vous enlevé de ma prison?

COÛFONTAINE, *tirant un papier de sa poche.*

Ordre signé de l'Empereur. C'est moi qui me suis chargé de l'exécuter,
Le porteur se trouvant empêché.

La chose a été faite comme il faut. Moscou est loin.
Eh, qui n'honorerait une telle signature?

Une vraie traite en blanc sur tout l'Empire. Ils m'ont
tous obéi comme à un ange du ciel.

> *Il tend le papier au Pape qui le lit en silence et
> le lui rend.*

Ainsi à moi tout seul j'ai tiré Pierre de sa prison.

LE PAPE PIE

Je vous remercie, mon fils.

COÛFONTAINE

Vous êtes ici en sûreté. Qui viendrait vous chercher
dans ce coin de la Marne?

C'est ici une vieille demeure secrète à l'écart,

Avec des sorties secrètes par les bois sur trois routes
et deux vallées,

Pleine de caches et d'issues.

Je m'en suis servi bien des fois dans cette guerre que
je fais.

LE PAPE PIE

Et c'est de vous maintenant que Nous sommes le
prisonnier?

COÛFONTAINE

Il est vrai. Mon Père, vous êtes le prisonnier de votre
fils.

Et je vous dirai comme Jacob quand il tenait l'ange
si ferme :

Je ne vous lâcherai point que vous ne m'ayez béni.

LE PAPE PIE

Pauvre enfant! vous voyez que Nous sommes capture
difficile.

COÛFONTAINE

C'est Dieu même qui vous donne au Roi de France.

LE PAPE PIE, *se tournant gravement vers le crucifix.*

Ave, Domine Jesu.

COÛFONTAINE

C'est Notre-Seigneur-de-devant-Rheims, et le Roi lui ôtait son chapeau quand il allait se faire sacrer.

LE PAPE PIE

Quelles nouvelles de toute la terre?
Car aucun bruit ne pénétrait jusqu'à Nous dans notre prison.

COÛFONTAINE

L'Usurpateur est à Moscou.
Il n'y a aucun bruit sur la terre que le pas des armées sur les routes et le roulement des roues qui roulent vers l'Orient.
Là-bas on dit qu'il y a eu je ne sais quoi,
Des villes de bois qui brûlent, une victoire vaguement gagnée. L'Europe est vide et personne ne parle sur toute la terre.
Il n'y a que l'attente du monde comme un homme surmonté et surchargé.

LE PAPE PIE

Et c'est de Moscou que l'Empereur a trouvé le temps de penser à Nous, vieillard?

COÛFONTAINE

Vous êtes le refus de Dieu dans le silence de tous les hommes.

LE PAPE PIE

Quel est ce fort de Joux dont parle votre lettre?

COÛFONTAINE

Une casemate dans la neige d'où l'on ne ressort pas.

LE PAPE PIE

Il a plu à Dieu de Nous retirer de la main ennemie.

COÛFONTAINE

Ensuite
Quelque conclave réuni au milieu des baïonnettes,
Quelque cardinal Fesch ou Maury
Fait pape, comme il a fait rois ses frères,
Aumônier du Grand Empereur.

LE PAPE PIE, *levant le doigt.*

Il y avait sur les routes de Judée des possédés qui, dès qu'ils voyaient Notre-Seigneur, se jetaient devant lui en pleurant et en criant.

Et tout en le poursuivant avec des injures et des pierres, ils ne cessaient de répéter : Jésus de Nazareth, pourquoi nous persécutes-tu ?

Ainsi pendant tous les siècles les hommes impies avec le Vicaire du Christ.

Il n'y a plus de paix pour les hommes depuis qu'Il est apparu entre eux comme une personne dénuée.

Ils arrangent entre eux de petits pactes pour un jour qu'ils appellent lois, sociétés, constitutions, états, royaumes,

Selon la puissance qui leur est donnée pour un jour et qui est bonne et bénie en elle-même.

Et ils pensent qu'ils ont arrêté la marche du monde, réglant toute chose pour toujours avec leur volonté particulière,

Et parce qu'ils ne savent là-dedans quelle part au juste Lui faire, il arrive qu'ils se mettent en colère contre Dieu

Qui ne veut point part.

(Il se tourne gravement vers le Christ.)

Il est nu sans aucune chose qui lui appartienne.

(Silence.)

Et ils voudraient L'arrêter et L'emprisonner, avec des règles et des barrières, des libertés et des concordats,

Et Notre devoir est de Nous prêter à leur fantaisie, comme un pêcheur sur la mer qui s'arrange du temps qu'il fait, n'en ayant point le choix.

Pour le bien des âmes, jusques au point permis.

— Et pour cet Empereur d'aujourd'hui, il est comme un enfant gâté que l'on contrarie.

Il fait le maître et il ne sait pas qu'il est un de mes pauvres enfants comme tous les autres.

Vainqueur des hommes, comme il dit, voyez-le aujourd'hui qui veut fixer et contraindre Dieu et le mettre de son parti, prenant son vicaire comme otage.

Ne comprenant point pourquoi il a plu au

Tout-Puissant de se faire représenter par ce qu'il y a au monde de plus faible,

Ce Vieillard que l'on nourrit d'un peu de miel et de poisson, ce pauvre sot prêtre qui ne sait rien que son catéchisme,

Et parce qu'il ne sait quoi Nous donner, le voilà qui Nous prend même ce que Nous avons,

Les biens de Notre charge, la vigne de Naboth, le patrimoine de Pierre, l'anneau même du Pêcheur à Notre doigt,

En sorte que Notre-Seigneur est de nouveau sur la terre sans lieu comme aux jours de Galilée, et dans sa propre maison comme un captif et comme une personne tolérée;

Et Notre vie : comme si celui-là vivait qui est enseveli avec le Christ.

> *Violent coup de vent qui ébranle la maison. Sifflements et beuglements. Une nappe d'eau ruisselle sur les quatre croisées. Le Pape frissonne et s'enveloppe plus étroitement dans son manteau, regardant avec effroi autour de lui.*

COÛFONTAINE

Ce n'est pas le soleil de Tivoli et la brise des monts Sabins.

LE PAPE PIE

Une farouche demeure pour cette jeune femme seule
qui l'habite.

COÛFONTAINE

Elle a un toit sur sa tête et ce pays est le sien.
Je ne vois pas ce qu'elle peut demander davantage.
Plût au ciel seulement que je fusse toujours sec la nuit
et que j'eusse toujours la bonne terre de mon pays à
mes bottes!
— C'est ici notre grande averse de septembre qui
balaye la moisson et qui amollit la terre pour le labourage.

Nouveau coup de vent.

LE PAPE PIE, *à demi-voix.*

Priez pour que votre fuite ne soit pas en hiver ou par
un jour de sabbat.

COÛFONTAINE, *rêvant.*

Cela me rappelle l'ancien temps, la grosse mousson de
Pondichéry qui nous débarrassait des frégates anglaises.

LE PAPE PIE

Où sont les anciens maîtres de cette demeure?

COÛFONTAINE

Ils ne l'ont point quittée, ils n'ont point violé la
clôture.
Ils sont rangés côte à côte en bon ordre, les pieds
joints, dans le jardin conventuel, les six prêtres, les
huit novices et les douze convers,
L'abbé au milieu avec le prieur à sa droite et tous les
autres suivant le temps de leur profession,
Par les soins de mon frère de lait et de leur ancien
novice qui conduisait leur exécution,
L'an de grâce mil sept cent quatre-vingt-treize,
Toussaint Turelure, fils du bûcheron et sorcier

Turelure, aujourd'hui baron de l'Empire et préfet de la Marne,
Dans le domaine de qui j'ai conduit Votre Sainteté.

LE PAPE PIE

Nous irons prier sur les restes de ces martyrs.

> *Le chien dresse la tête et se lève tout droit contre l'une des fenêtres.*

COÛFONTAINE

Tout beau, tout beau, Sylla!
Qu'y a-t-il, ci-devant chien? C'est le nom de mon frère
Toussaint qui te fait ainsi montrer les dents en silence?
Qui nous viendrait ici par une telle tempête?

> *Il écoute. Le chien retombe sur ses pattes. Coû-fontaine, montrant la table servie.*

Mangez, Saint-Père.

> *Le Pape se met à table. Coûfontaine se tient debout respectueusement à son côté, le servant. Le chien est allé se recoucher dans un coin.*

La bête est d'humeur sombre et il ne faut pas jouer avec elle.
C'est moi qui lui ai appris à ne pas parler.
Nous avons passé ensemble bien des heures, bien des jours et bien des temps sans jour (la montre même éteinte à cause de son bruit),
Tapis dans quelque recoin précaire, dans quelque noire piécette,
Moi n'ayant avec moi que ce corps de bête, cette pauvre fidélité obscure,
Devenant un peu chien, comme lui un peu aristocrate.

> *Pause.*

Nous savons ce que c'est que le danger continuel.

> *Il rêve.*

C'est là que j'ai bien compris les ancêtres, les seigneurs épars de nos *fères* et de nos *villes* mérovingiennes,

Ils vivaient de la maigre nouaille vermineuse, ravagée de lapins et de sangliers, du carré de terre noire et pleine de chicots que l'on semait, toute chaude encore comme une galette du feu qui l'avait défrichée.

Comme le poisson de proie dans un trou d'eau, comme l'araignée dans sa toile gluante,

Ils passaient la nuit et le jour à écouter, sensibles à l'homme et au gibier, embusqués sous la fraîche verdure tremblante mélangée de brume,

Qui leur communiquait les odeurs et les bruits ainsi qu'une eau subtile.

LE PAPE, *ayant fini de manger, se lève et fait le signe de la croix.*

Deo gratias ! Je vous remercie, mon fils, pour ce repas.

COÛFONTAINE

Rude accueil pour le plus grand roi de la terre!

Du moins, vous êtes loin ici de M. le Comte de Chabrol, et du noble Borghèse, et du chrétien Portalis.

Votre Sainteté est en paix pour ces quelques jours.

LE PAPE PIE

Où voulez-vous me mener?

COÛFONTAINE

En Angleterre où est le Roi de France.

LE PAPE PIE

Mon enfant, ne Nous faites pas ce tort de remettre le Pape aux mains des hérétiques.

COÛFONTAINE

C'est pour eux que vous êtes ici, refusant de leur être fermé.

LE PAPE PIE

Il est vrai. Comment donc me laisserais-je interdire
de mes propres erfants?

COÛFONTAINE

La prison ne vous en sépare-t-elle pas?

LE PAPE PIE

Où est la croix, là ne cesse pas l'Église.

COÛFONTAINE

Venez et soyez libre.

LE PAPE PIE

Je ne veux pas être libre entre les morts.

COÛFONTAINE

Où vous conduire où César ne soit pas?

LE PAPE PIE

Où est Pierre sur les os de qui je suis Pierre à mon
tour.

COÛFONTAINE

A Rome, dites-vous?
Votre place y est prise par un préfet.

LE PAPE PIE

Sur la terre, mais non pas au-dessous où j'attends.
Que les Catacombes de nouveau reçoivent le salut de
tous les hommes!
Trois siècles a duré l'attente de l'Église. Et moi, ne
puis-je attendre trois jours avec le Christ?

COÛFONTAINE

Laissez Rome et retrouvez l'univers.

LE PAPE PIE

Où est le fondement là est Pierre.

COÛFONTAINE

Pierre dans sa vieillesse eut les mains liées et fut
conduit où il ne voulait pas aller.

LE PAPE PIE

Mon enfant, voici Nos mains et béni soit celui qui
vient au nom du Seigneur!

COÛFONTAINE

Pourquoi ne vouloir obéir qu'à la force, lorsque
l'amour vous appelle?

LE PAPE PIE

L'autre volonté me retient de cette Église dont je suis
l'époux indissoluble.

COÛFONTAINE

La pierre du monde ne servira-t-elle qu'à confirmer
César?

LE PAPE PIE

Elle est celle-là aussi contre qui s'est brisé le pied de
l'idole hétérogène.

COÛFONTAINE

Saint-Père, êtes-vous avec nous ou contre nous?

LE PAPE PIE

Question que j'ai entendue souvent à Savone.

COÛFONTAINE

Mais nous sommes les fils demeurés fidèles et quel
loyer avons-nous de notre obéissance?

LE PAPE PIE

O fils aîné, que vous donner ? car l'Enfant prodigue
Nous a tout pris.

COÛFONTAINE

Certes, vieillard, il fallait que votre vue fût basse à
cause du grand âge
Quand vous avez béni le bouc au lieu de l'ouaille.

LE PAPE PIE

Ne pouvais-je oindre un tel front
Quand Jésus même a baisé les pieds de Judas ?

COÛFONTAINE

Saint-Père, laissez-moi vous parler, expliquons-nous,
Puisque vous êtes ici et que je vous tiens avec moi,
vicaire de Dieu,
Car j'en ai gros à vous dire, comme un jeune homme
qui parle à son père confesseur, une fois par an.
Et d'ailleurs n'êtes-vous pas à nous tous ? et une seule
brebis est autant pour vous que toutes les autres
ensemble.
Et dire que je me confesse tous les jours, non : la
vie que je mène n'est pas celle d'une nonnette ! Quand
le Roi sera revenu, nous mettrons notre chemise
blanche.
— Pourquoi nous scandalisez-vous comme Dieu ?
Il abaisse les bons et il élève les méchants. Ça, ce sont
ses voies et il n'y a rien à Lui dire.
Mais vous, vous êtes un homme. Capable de parler,
n'avez-vous pas à nous répondre ? Ou qui interrogerons-
nous ?
Ce qui est bien et mal pour nous ne l'est-il pas pour le
Pape ? et le succès fait-il une différence ?
Est-il bien qu'un homme prenne ce qui n'est pas à
lui ?
Et ce brigand qui vous a pris Rome, n'avait-il pas pris
la France à son roi ?

LE PAPE PIE

Le monde peut se passer d'un roi, mais non point du Pape.

COÛFONTAINE

Peut-il se passer du droit? et le droit pour un homme est-il de ce qu'il a ou de ce qu'il n'a pas?

LE PAPE PIE

L'homme n'a rien qu'il n'ait de Dieu seul.

COÛFONTAINE

Combien donc son avoir n'est-il pas sacré? Être et avoir, ce sont les deux premiers verbes dont tous les autres sont faits.

La chose que l'on a est appelée *le bien.*

L'homme n'a rien qu'il n'ait de Dieu seul et dont il ne dispose entièrement,

Selon le mode du donateur, Dieu n'ayant fait aucune chose

Sans un homme pour l'achever et la conserver, en sorte que pour elle

Ce n'est pas être de ne pas être à lui.

Et qui ne sait point conserver son bien, je le veux qu'un autre le lui prenne.

Comme Louis occupe le siège de Charles et de Clovis : de quoi je n'ai point grief.

LE PAPE PIE

Et comme cet homme nouveau s'est assis à la place vacante.

COÛFONTAINE

Non point assis, mais vous le voyez inquiet et debout!

Saint-Père, ce n'est point contre un homme que je viens vous demander la foudre,

Mais contre tout ce droit nouveau, car le droit pour l'homme est-il de ce qu'il a ou de ce qu'il n'a pas?

Vous avez entendu cette doctrine avec horreur,
Que tout chacun tient le même droit pareillement de propre nature,
En sorte que celui des autres est un tort qui lui est fait.
Ainsi il n'y a plus rien à donner. Voici qu'il n'y a plus rien de gratuit entre les hommes.
Est-ce que cela est approuvé par Dieu?

LE PAPE PIE

C'est pour me poser des questions, pauvre vieillard, que vous vous êtes jeté sur moi comme un aigle?

COÛFONTAINE

Répondez qui avez autorité, car il est peine de faire son devoir dans la nuit.

LE PAPE PIE

Le devoir est des choses prochaines sur lesquelles il n'y a point doute.

COÛFONTAINE

Qu'y a-t-il de plus prochain de moi dans la nuit que ma propre pensée?
Un homme pourchassé qui pense seul toute une nuit dans un fossé,
Toute une nuit de pensées sous la pluie, cela fait un noir café!

LE PAPE PIE

Il faut dire son chapelet quand on ne dort pas et ne pas ajouter la nuit
Au jour à qui sa propre malice suffit.

COÛFONTAINE

J'ai un chapelet dans mon cœur à dire quand je ne dors pas, grain par grain,

Les têtes coupées de mon père et de ma mère et de tous les miens.

Nous survivons seuls, Sygne et moi.

LE PAPE PIE

Quelle est donc votre nuit où vous avez de telles lumières brillantes ?

COÛFONTAINE

Elles nous montrent le terme et non pas le chemin.

LE PAPE PIE

Ne vous mettez pas en peine de beaucoup de choses quand une seule suffit,

Considérant ces beaux lys du ciel qui ne travaillent ni ne filent.

COÛFONTAINE

Ceux de la terre sont-ils fanés pour toujours ?

LE PAPE PIE

La terre le sait qui garde le caïeu.

COÛFONTAINE

Mais moi, tant que je suis vivant, il me faut bien que je travaille et file mon fil,

Et voici que je n'ai plus ma terre avec moi et le monde de qui je suis m'a été retiré,

Où la mission des miens m'avait été continuée qui est de servir en commandant.

Je regarde autour de moi et il n'y a plus de société entre les hommes,

Mais seulement la « loi », comme ils disent, et le texte imprimé à la machine, la volonté inanimée, idole stupide.

Où est le droit il n'y a plus d'affection.

Et la loi de Dieu était dure dont nous avons été libérés par Jésus-Christ. Que sera-ce de la loi des hommes ?

Quelle société, où chacun croit qu'elle est aux dépens de sa propre charte? et la force ne peut remplacer le sacrifice.

Comme vous le voyez avec cet homme qui dès qu'il a pris une chose est obligé de prendre tout le reste,

Et de reconquérir le monde à chaque instant pour assurer un seul pas.

LE PAPE PIE

Nous n'avons pas ici une habitation permanente.

COÛFONTAINE

N'avons-nous pas le devoir cependant de chercher et de maintenir en toute chose le mieux?

N'est-il pas écrit que tout pouvoir vient de Dieu? Il ne vient donc pas des hommes.

Je ne le compare pas à une épée, mais à un baume dont le chef est oint et dont tout le corps est persuadé.

C'est pourquoi nos rois étaient consacrés sur la France comme des évêques,

Sacrés au front avec le chrême des évêques, communiant sous les deux espèces,

Oints d'une onction toute propre sur les épaules et au pli des bras,

Ordonnés pour le commandement qui est de force dans la suavité.

L'ampoule sainte n'a-t-elle plus en elle de confirmation?

LE PAPE PIE

Vous le savez qui avez vu ce saint roi mourir.

COÛFONTAINE

La vertu d'un roi n'est pas de mourir.

LE PAPE PIE

Mais un saint est plus aux yeux de Dieu que beaucoup de rois et de royaumes.

CoÛFONTAINE

N'est-ce point une des prières du *Pater* chaque jour
que le règne arrive ?

LE PAPE PIE

C'est donc qu'il n'est pas arrivé.

COÛFONTAINE

Toutes choses n'arrivent-elles pas pour nous en figure ?

LE PAPE PIE

La figure de ce monde passe.

COÛFONTAINE

Mais celle de Dieu passera-t-elle ?

LE PAPE PIE

Elle ne passe point tant que la croix subsiste.

COÛFONTAINE

Père ! Père !
Les temps de la foi sont finis,
Foi en Dieu, foi du vassal en son lige,
Le Roi image de Dieu à qui seul obéissance est donnée
à Lui seul due.
Maintenant recommence la servitude de l'homme à
l'homme de par la force plus grande et la loi,
Ainsi qu'au temps de Tibère, et ils appellent cela liberté.

LE PAPE PIE

L'image de Dieu qui s'est retirée à Dieu,
Et de qui Dieu se retire, elle n'est plus qu'un simulacre
païen.

COÛFONTAINE

Tout de même un roi, c'est un homme, mais la pure
idole, c'est l'idée,

Le tyran solidifié pour toujours, la chose faite et qui n'est jamais née.

Ces gens de loi qui pensent que tout se règle par un contrat!

LE PAPE PIE, *à demi-voix.*

Reprenant cet ancien chirographe qui avait été attaché à la croix.

COÛFONTAINE

Que dites-vous? Je ne vous entends pas.

LE PAPE PIE

Et Nous, Nous vous voyons à peine. Il fait sombre dans cette bibliothèque. Nous sommes vieux, mon fils, et Notre vue est basse.

Pour vous, vous êtes un jeune homme, et vous êtes libre, n'ayant point femme ni enfants,

Habitué au libre horizon, ce que l'œil voit, le pied vous y porte hardiment,

Mais Nous, prêtre suprême, qui portons tous les peuples sur Notre cœur jour et nuit comme les pierres de l'ancien pectoral,

Le pas plus prompt ne Nous est pas permis.

Ce n'est pas la lumière de l'esprit qui Nous guide, mais celle de la conscience,

Faible feu, patiente lueur,

Qui ne Nous montre point le convenable, mais le nécessaire, et non point le futur, mais l'immédiat.

COÛFONTAINE

Venez avec moi. Videz le monde de votre présence.

Rendez à César pour un temps ce lâche monde qui accepte le coin de César.

LE PAPE PIE

Je ne puis m'excommunier de l'univers.

COÛFONTAINE

Déliez-nous de notre captivité.

LE PAPE PIE

Je ne puis que vous absoudre.

COÛFONTAINE

Tout pouvoir ne vous a-t-il pas été remis de lier et
de délier?

LE PAPE PIE

Pierre lui-même ne put se délier, et il est éminemment
appelé ès liens.

COÛFONTAINE

Est-ce cette lumière en vous qui dit Non?

LE PAPE PIE

Où est Pierre, je suis. Il n'est pas du Pape d'errer.

COÛFONTAINE

Mais à Rome, vous retrouverez la main-forte

LE PAPE PIE

La force seule m'absout de la nécessité.

COÛFONTAINE

Me faut-il donc l'employer moi-même?

LE PAPE PIE

Il est écrit : Tu honoreras ton père et ta mère.

COÛFONTAINE

Ou, seulement, me retirerai-je?

Le Pape se tait. Bruit de la pluie. Il rêve :

L'eau tombe,

Effaçant avec la même patience
L'année qu'elle a mise à la mener à son point,
Préparant la terre comme une sépulture, l'immense
ensevelissement des graines.

Et pour nous, quoi que nous fassions, la chose qui
doit être s'en arrange.

Tout haut :

Saint-Père, comprenez que c'est de votre cause surtout
qu'il s'agit.

Pour nous autres, ce que je viens de faire suffit :
La violence que l'on vous a faite a été manifestée et
notre bonne volonté propre :
Que vous soyez présentement sauvé ou repris,
Il y a avantage des deux parts.

Le Pape se tait, comme n'entendant pas.

M'entendez-vous, Saint-Père ?

LE PAPE PIE

Ne disiez-vous pas que vous Nous laisseriez ici ces
quelques jours ?

COÛFONTAINE

Mais combien, je ne sais au juste. Il me faut penser
et voir.

LE PAPE PIE

Laissez à Dieu le temps de nous donner conseil, à
tous deux.

COÛFONTAINE

Votre Sainteté est bien lasse !

LE PAPE PIE

Lassitude du corps, lassitude de l'âme plus grande !
Laissez-Nous ces quelques jours de repos, mon fils.

Il est dur pour un pauvre moine de préférer sa propre
volonté.

Non meam, Domine. Non pas la mienne,
Non pas la mienne, Seigneur, mais la Vôtre.

>　　　*Il parle lentement, comme distrait et absorbé.*

Ut quid persequimini me sicut Deus, vos saltem amici mei ?
Pourquoi me persécutez-vous, mes frères évêques ?
Cardinaux, conseillers du Vicaire de Dieu, est-ce pour
cela que je vous ai ouvert la bouche ?

Vous voyez qu'il n'est pas en Notre pouvoir de faire
autrement.

>　　　*Silence. Le Pape peu à peu penche la tête sur sa
>　　　poitrine et s'assoupit.*

>　　　COÛFONTAINE, *se tournant vers le crucifix.*

Seigneur Dieu, si toutefois Vous existez, comme ma
sœur Sygne en est sûre, je Vous apporte cet innocent
qui s'endort entre Vos bras.

Il ne s'agit plus de rester caché; c'est de Vous qu'il
s'agit, je vous ai forcé à paraître.

Le Corse n'a plus cet otage entre les mains. J'ai
rétabli les plateaux de la balance. Décidez donc dans
Votre liberté.

Tout est bien tiré au clair,

Tout va se passer en spectacle aux hommes et aux
anges.

Moi, quoi que Vous fassiez, j'ai pris mes sûretés.

Puisque l'on repousse ma main, je la retire.

Si le vieillard s'échappe, c'est moi qui l'ai sauvé.

Et si l'ogre le reprend, le scandale est maintenant
public, qu'il s'attache cette meule au cou.

>　　　　　　　　　　　　　　*Il sort.*

ACTE II

SCÈNE PREMIÈRE

Même décor qu'au premier acte. L'après-midi du même jour. Le soleil entre gaiement dans la pièce.

Sygne, Turelure. C'est un grand homme légèrement boiteux, le nez étroit et très busqué se dégageant du front sans aucun rentrant, un peu à la manière des béliers.
Le café est servi sur une petite table.

LE BARON TURELURE

Ce bon café n'a pas poussé sur un chêne et voilà un coquin de sucre qui est trop blanc pour ne pas venir de chez les nègres.

SYGNE

Excusez-moi. Vous m'avez prise au dépourvu. Je n'ai pas eu le temps de me procurer de la mélasse et de la chicorée.

LE BARON TURELURE, *buvant son café.*

Vous êtes excusée!

Pensivement, faisant chauffer un petit verre d'eau-de-vie dans le creux d'une large main. Il flaire de temps en temps l'eau-de-vie et ne la boit pas. Il ne prendra qu'une seule gorgée de café.

Heureux terme d'un repas excellent.

Que me parlez-vous d'une réception improvisée ?
Peste !

Quel ordinaire, en ce pays perdu !

Ma mère a laissé d'honorables élèves à vos fourneaux.

Pauvre femme ! Il y avait longtemps que je n'avais
goûté de sa cuisine.

SYGNE

Ma chère Suzanne !

LE BARON TURELURE

Vous m'excuserez de ne pas m'attendrir ?

Toute la haine qu'elle avait pour son mari, la sainte
femme l'avait reportée sur moi.

Général, préfet, baron, ah mon Dieu, cela ne l'éblouis-
sait guère !

Cette fille d'un garde-chasse épousant un braconnier,
le premier feu jeté, cela devait mal finir.

Le moment venu, nous avons pris parti chacun de
notre côté.

Et me voilà, gardant à la fois l'amour de l'ordre et
l'instinct de la précaution,

Il aspire l'air légèrement.

Avec le nez du chien de chasse qui reconnaît son
gibier.

SYGNE

Monsieur le Préfet, c'est donc en partie de police
que vous êtes venu chez moi aujourd'hui ?

LE BARON TURELURE

Quelle horreur ! Est-ce qu'on entend rien de fâcheux
de Coûfontaine ?

Tout est calme dans vos bois comme au temps des
moines.

Pas de diligences culbutées, pas d'histoires de réfrac-

taires. On dirait que votre présence est une protection
pour le pays.

Il clôt un œil.

Évidemment cette tournée n'est qu'un prétexte. On
ne peut rien vous cacher.

Mais ce que j'ai à vous dire est diablement pointilleux.
Laissez-moi le temps d'amener cela. Comment dire?
C'est une espèce de conseil, quoi, que je viens vous
demander.

Et je revois toujours avec sensibilité ces lieux où j'ai
passé mes jeunes ans.

SYGNE

Monsieur le Préfet,
Je ne vous retrouve pas en moinillon, les mains dans
les manches et la tête dans le capuchon.

LE BARON TURELURE

C'est un habit commode.

Je me vois encore une nuit récitant matines avec un
grand diable de lièvre que je venais de prendre au collet
accroché tout chaud sous mon scapulaire.

Cela me changeait du maigre claustral.

Quelles bonnes chasses j'ai faites la nuit dans tous ces
bois à l'affût avec mon vieux mousqueton! On ne me
fera pas la barbe, j'en connais tous les passages.

Oui. Le maître des novices était vieux et j'avais une
voix de trompette et bonne grâce au lutrin.

Pourtant j'ai fait ma coulpe ici même plus d'une fois
aux pieds du père abbé.

SYGNE

Suzanne ne me parlait jamais de vous.

LE BARON TURELURE

C'était son idée que je fusse moine. Il paraît que
j'avais je ne sais quoi à réparer.

Mon père l'épouvantait avec ses manières de vieux loup blanc, de « bête fausse » comme disent les gens, et sa façon de guérir les entorses en faisant une croix dessus avec le pouce du pied gauche.

Monsieur Badilon doit se souvenir de lui. Les curés en ce temps-là

Ne disaient jamais la messe sans passer la main sur la nappe pour s'assurer qu'on n'avait pas mis dessous quelque grimoire.

J'ai eu plaisir à le rencontrer tout à l'heure. C'est un bon compère et une bonne bouteille à l'occasion ne lui fait pas peur.

Je sais que vous le voyez souvent. Et pourtant c'est un bout de chemin de la cure jusqu'ici.

— Rien n'a changé, vous avez remis tout en place, tous ces vieux livres eux-mêmes. Il n'y a que ce Christ qui n'est pas beau.

— Vous avez fait une bonne acquisition au prix que l'on m'a dit.

Hé, hé! Les biens nationaux ont du bon.

SYGNE, *avec intention.*

C'est à vous que je dois celui-ci.

LE BARON TURELURE

Je comprends ce que vous voulez dire.

Et je sais tout ce qu'on a raconté sur moi, mais c'est faux.

Ce qui est vrai est bien assez. Je les ai fait tuer par amour de la patrie dans le pur enthousiasme de mon cœur!

J'étais jeune alors et innocent et solide sur mes deux jambes.

Il faut comprendre pour juger. Ah, c'était du sang que j'avais dans les veines et du sec!

Pas ce pâle jus de citrouille, mais de l'eau-de-vie bouillante telle qu'elle sort de l'alambic et de la poudre à canon,

Plein de colère, plein d'idées, et le cœur sec comme une pierre à fusil!

Puis ce biscaïen qui m'a cassé la patte m'a fait comprendre bien des choses.

Ces bons religieux! Ma foi, je ne leur en veux pas, et les voilà grâce à moi qui entrent dans la gloire et le calendrier.

Ni plus ni moins que saint Éloi et saint Stapin qui guérit le mal au ventre, dont on voit les images au mur chez le maréchal et le sabotier,

Éclairés tout à coup par la flamme qui jaillit sous le soufflet, par le feu d'une pipe qu'on allume avec un brin de fagot.

Cela vaut mieux que de taire bêtement son salut en mangeant des épinards à l'huile de noix! (Quelle saleté!)

— Et je vois encore notre précanteur quand il montait au lutrin,

Le sceptre au point, ruisselant d'or, pareil au Dieu Apollon, et marchant dans sa majesté.

Et moi j'aurai ma place dans la légende comme le préfet Olibrius.

Voilà! Ils reposent tous maintenant le long du mur entre les potirons et les artichauts de Jérusalem.

SYGNE

Vous me faites horreur.

LE BARON TURELURE

Je le sais. C'est sur ce sentiment que notre amitié est fondée.

SYGNE

Mais il n'y a pas d'amitié.

LE BARON TURELURE

Il y a un intérêt réciproque.

SYGNE

Mais vous êtes l'image de ce que je hais.

LE BARON TURELURE

Image pathétique et endommagée!

SYGNE

Vous pouvez me cacher votre âme tout au moins.

LE BARON TURELURE

Comment alors me la guerirez-vous?

SYGNE

L'os est cassé et mes simples ne vous remettront pas
ensemble.

LE BARON TURELURE

Vous avez ce devoir cependant de me bien faire.

SYGNE

Un devoir envers vous?

LE BARON TURELURE

Qu'est-ce qu'une génération ?
Ne suis-je pas né votre serf et le fils de votre servante?
Voici combien de temps que mon sang sert le
vôtre?
Et vous, ne ferez-vous rien pour moi?

SYGNE

Vous êtes le préfet et je suis votre administrée.

LE BARON TURELURE

Je suis le préfet et je fais mon devoir de préfet.
Mais je suis un infirme aussi, de ces mauvais qui ont
leur idée et qui ne veulent rien entendre.

SYGNE

Il est juste que vous soyez infirme et malheureux.

LE BARON TURELURE

Cela n'est pas juste alors que vous êtes là.

SYGNE

Quel devoir ai-je envers vous?

LE BARON TURELURE

Celui de toute votre race envers la mienne.

SYGNE

Est-ce nous qui avons rompu le lien?

LE BARON TURELURE

C'est vous, c'est nous. Nous vous servions et vous ne serviez plus à rien.

SYGNE

Qu'avez-vous donc à me demander?

LE BARON TURELURE

Je suis le fils de votre mère Suzanne. Ne soyez pas si dure avec moi!

Voilà que je reviens à mon coin de terre comme un blaireau à la patte cassée et les autres « bêtes fausses ».

Je le vois, il y a d'autres rapports entre les hommes que d'essayer d'avoir le meilleur l'un de l'autre et de payer ses contributions.

Comme les choses de la nature se prêtent assistance et si certaines plantes pour certains êtres seulement ont une vertu médicinale,

Pourquoi les hommes l'un vers l'autre n'auraient-ils pas un ordre naturel?

N'est-ce pas là une de vos idées? Vous voyez que je sais écouter.

SYGNE

Encore un peu et vous voilà royaliste.

LE BARON TURELURE

Eh là! Je pense à bien des choses.

L'Empereur joue sur sa chance. Tout cela n'est pas sain et raisonnable.

Cet empire qu'il a entassé, c'est un butin. Cela n'a ni forme, ni mesure, ni sens.

Et le voilà maintenant en Russie! décrétant sur la Comédie-Française du haut de la Montagne-aux-Moineaux!

— Vous savez que le Pape s'est échappé de sa résidence?

SYGNE

Que sait-on ici dans nos bois?

LE BARON TURELURE

Enlevé, la chose est claire. Cueilli comme un baiser! comme une jeune fille par un dragon. C'est un coup impudent.

Il y a une certaine main que je reconnais là.

Que m'importe! Les gens de Paris sont affolés, qu'ils se débrouillent!

Ce n'est pas chez moi que le vieillard a pu se réfugier.

SYGNE

Puisse le Saint-Père échapper à ses ennemis!

LE BARON TURELURE

Ainsi soit-il! Mais à tout hasard, j'ai donné quelques petits ordres.

SYGNE

Il ne tombera pas dans vos mains.

LE BARON TURELURE

Tant pis. Il pourrait tomber plus mal.

SYGNE

Cette police vous plaît?

LE BARON TURELURE

Non pas, mais il faut faire ce qu'on fait.

SYGNE

Vous vous croyez fort et fin, parce que vous prenez
le vent et le courant.
Mais celui-là seul est solide qui s'appuie sur les choses
permanentes.

LE BARON TURELURE

Et quoi de plus permanent que le changement même?

SYGNE

C'est en lui que nous fondons notre espérance.

LE BARON TURELURE

Ce qui est mort...

SYGNE

... Fait vie.

LE BARON TURELURE

Mais la vie n'y rentrera pas.

SYGNE

Ce devoir ne meurt pas que les hommes ont l'un envers
l'autre.

LE BARON TURELURE

N'est-ce point ce que nous appelions « fraternité »?

SYGNE

Ce n'est qu'en un seul homme que tout le peuple peut être un.

LE BARON TURELURE

L'enfant majeur n'est plus soumis à son père.

SYGNE

Mais la femme reste toujours soumise à son époux.

LE BARON TURELURE

Nous ne reconnaissons plus de vœux éternels.

SYGNE

Triste liberté ainsi privée de son droit royal!

LE BARON TURELURE

Qu'appelez-vous royal?

SYGNE

Celui de faire, en se renonçant elle-même, un roi.

LE BARON TURELURE

Que faites-vous de tous nos plébiscites?

SYGNE

J'ai horreur de ce Oui adultère.

LE BARON TURELURE

Les morts lieront-ils les vivants pour toujours?

SYGNE

L'on ne naît qu'obligé à une forme certaine.

LE BARON TURELURE

Nous pensons que l'homme vivant est maître de

lui-même à tout moment, puissant de sa propre personne.

SYGNE

Celui-là est *sans foi*, qui n'est capable de rien d'éternel.

LE BARON TURELURE

Quoi de plus vain qu'un mariage stérile et inanimé?

SYGNE

Ce serment ne peut être retiré que nous avons prêté à l'Évêque de la France.

LE BARON TURELURE

Nous ne le reconnaissons pas.

SYGNE

Qui n'est point époux sera esclave; qui ne veut point consentir sera contraint; qui n'est point membre de l'Église sera serf de la loi.

LE BARON TURELURE

La loi est la raison écrite.

SYGNE

La raison de ceux-là qui l'ont écrite.

LE BARON TURELURE

Nous avons proclamé le droit de l'homme à comprendre.

SYGNE

Qui le comprendra lui-même?

LE BARON TURELURE

Que voulez-vous dire?

SYGNE

Qui rattachera les hommes ensemble?

LE BARON TURELURE

Leur intérêt l'un à l'autre.

SYGNE

La nature a des fins plus longues.

LE BARON TURELURE

La nature encore! ô personne endoctrinée!
La tempête, comme celle qui soufflait cette nuit, c'est
la nature aussi! Cette chose fanée qui ne peut plus vivre,
c'est qu'elle n'est plus nécessaire. Le hasard n'est pas la
nature

SYGNE

Votre raison l'est moins encore.

LE BARON TURELURE

Un homme n'est pas une plante. Ce sont de fades
comparaisons!
La raison est notre nature propre qui est un ordre
supérieur.
Comprenez-moi un peu! Comprenez au moins avant
de mépriser!
Laissez-moi dire ce qu'il y a à dire de mon
côté!

SYGNE

Dites.

LE BARON TURELURE

Je suis sûr que je vous intéresse.
Je sais bien que je ne vous ferai pas changer d'idée,
mais comprenez-moi au moins avant de me juger, ô
personne inclémente!

Et qui sait si je ne suis pas prêt à me convertir?
Vidons cette question entre nous.

Et puis cela fait toujours un meilleur sujet de conver-
sation que toutes ces diries d'âne et de chien!

Le chien de votre cousin, paraît-il! Un âne avec une
vieille femme dessus, ou un prêtre. Cela n'a pas de sens
commun. Chacun sait que Georges est en Angleterre.
Tant mieux pour lui.

— Non.

Est-ce contre le Roi que la révolution a été faite, ou
contre Dieu? ou contre les nobles, et les moines, et les
parlements, et tous ces corps biscornus! Entendez-moi:

C'est une révolution contre le hasard!

Quand un homme veut remettre son bien ruiné en
état,

Il ne va pas s'embarrasser superstitieusement d'usage
et de tradition, ni continuer à faire simplement ce qu'il
faisait.

Il a souci de choses plus anciennes qui sont la terre et
le soleil,

Se fiant dans sa propre raison.

Où est le tort si dans la république aussi, si dans cette
demeure encombrée nous avons voulu mettre de l'ordre
et de la logique,

Faisant un inventaire général, état de tous les besoins
organiques, déclaration des droits des membres de la
communauté,

Et fond sur ces choses seulement qui sont évidentes
à chacun?

SYGNE

Tout sera donc réduit à l'intérêt.

LE BARON TURELURE

L'intérêt est ce qui rassemble les hommes.

SYGNE

Mais non point ce qui les unit.

LE BARON TURELURE

Et qui les unira?

SYGNE

L'amour seul qui a fait l'homme l'unit.

LE BARON TURELURE

Grand amour que les rois et les nobles avaient pour
nous!

SYGNE

L'arbre mort fait encore une bonne charpente.

LE BARON TURELURE

Pas moyen d'avoir raison de vous! Vous parlez comme
Pallas elle-même, aux bons jours de cet oiseau sapient
dont on la coiffe.

Et c'est moi qui ai tort de parler raison.

Il ne s'agissait guère de raison au beau soleil de ce bel
été de l'An Un! Que les reines-Claude ont été bonnes,
cette année-là, il n'y avait qu'à les cueillir, et qu'il faisait chaud!

Seigneur! que nous étions jeunes alors, le monde
n'était pas assez grand pour nous!

On allait flanquer toute la vieillerie par terre, on allait
faire quelque chose de bien plus beau!

On allait tout ouvrir, on allait coucher tous ensemble,
on allait se promener sans contrainte et sans culotte au
milieu de l'univers régénéré, on allait se mettre en
marche au travers de la terre délivrée des dieux et des
tyrans!

C'est la faute aussi de toutes ces vieilles choses qui
n'étaient pas solides, c'était trop tentant de les secouer
un petit peu pour voir ce qui arriverait!

Est-ce notre faute si tout nous est tombé sur le dos?
Ma foi, je ne regrette rien.

C'est comme ce gros Louis Seize! la tête ne lui tenait
guère.

Quantum potes, tantum aude ! C'est la devise des Français.

Et tant qu'il y aura des Français, vous ne leur ôterez pas le vieil enthousiasme, vous ne leur ôterez pas le vieil esprit risque-tout d'aventure et d'invention!

SYGNE

Il vous en reste quelque chose.

LE BARON TURELURE

C'est ma foi vrai! et cela m'encourage à vous dire tout de suite ce que je suis venu pour vous dire.

SYGNE

Je ne tiens pas à l'entendre.

LE BARON TURELURE

Vous l'entendrez cependant.
Mademoiselle Sygne de Coûfontaine,
Je vous aime et j'ai l'honneur de vous demander votre main.

SYGNE

Vous m'honorez, Monsieur le Préfet.

LE BARON TURELURE

Que diable! Il n'y a pas de quoi devenir ainsi toute blanche, comme si je vous avais frappée au visage.

SYGNE

Vous pouvez tout me dire, je n'ai pas de défenseur et je dois tout entendre.

LE BARON TURELURE

C'est moi plutôt qui suis en votre pouvoir. Qu'avez-vous à craindre de ce triste éclopé?

SYGNE

Je ne crains personne au monde.

LE BARON TURELURE

Je le sais. Que vous êtes attrayante avec ces yeux étincelants et cette bouche serrée qui sourit, comme quelqu'un qui s'arme en silence!

Ah, je le sais, que je ne gagnerai rien sur vous et que tout est gardé!

Vous êtes la froideur même, la raison même, et c'est cela même qui me met le feu au sang, c'est cela même qui m'attire et me désespère.

Ce visage parfait et ce cœur composé, l'ange ovale!

Vous êtes assurée et triomphale, tout a sa place qui ne peut être une autre, tout est prompt et déterminé.

N'y a-t-il point de défaut dans ce cœur politique?

Ce n'est pas vous qui pour le sauver vous pencheriez vers le condamné à mort et le prendriez dans les bras!

Mon corps est rompu, mon âme est dans les ténèbres et je tourne vers vous mon visage plein de crimes et de désespoir!

SYGNE

Comment osez-vous me parler ainsi?

LE BARON TURELURE

J'ai osé d'autres choses plus fortes.

Si l'on n'osait que des choses raisonnables, le Roi serait encore sur son trône.

Me voici comme le peuple de Paris quand il se jetait aux grilles de Versailles avec fureur, appelant le Roi et la Reine!

SYGNE

Leur sang et le nôtre ne vous suffit-il pas?

LE BARON TURELURE

C'est l'âme même que je veux fléchir!

C'est une armée qu'on enfonce que je veux avoir
encore, c'est la panique d'une armée qui cède que je
veux voir dans ces beaux yeux sévères !

SYGNE

Vous ne verrez rien de tel.

LE BARON TURELURE

Je ne sais. Il faut que cela finisse.
Voilà dix ans que nous vivons face à face, et, il faut
que je l'avoue,
C'est vous qui avez eu le meilleur.
Vous lisez tout dans mes yeux et jamais je ne trouve
votre regard en défaut.
Vous obtenez tout de moi et moi je n'ai rien de vous.
Ah ! le vieil esclavage de ma mère continue !
Il fallait que je vous parle à la fin. Ne faites pas l'éton-
née.

SYGNE

Monsieur le Baron, il est vrai,
J'ai toujours trouvé en vous un homme bienveillant
et courtois.

LE BARON TURELURE

J'ai fait ce que j'ai pu.

SYGNE

Vos conseils m'ont été précieux, votre patronage
inestimable.
Je me reproche d'en avoir abusé.

LE BARON TURELURE

Le profit a été pour nous deux.

SYGNE

Pourquoi détruire ce qu'il y avait entre nous de

possible? Laissons les choses où elles sont. Est-ce qu'il
est en mon pouvoir d'être à vous?

LE BARON TURELURE

Sygne,
Est-ce qu'il est en mon pouvoir de ne pas vous désirer?

SYGNE

Il ne faut désirer que les choses raisonnables.

LE BARON TURELURE

La raison est de s'arranger des faits comme on peut.
Et le fait est là que je vous aime, à quoi je ne peux
rien.
La nature en sait plus long que vous et moi.
Et si je vous aime, c'est qu'il y a tout de même en vous
quelque chose qui est capable d'être aimé par moi.
J'irai donc à vous directement. Quand les instincts
parlent si fort,
Plus qu'une chose à faire pour un homme! c'est d'en
prendre le commandement et de marcher à leur tête,
Faisant la demi-conversion par le flanc gauche.

SYGNE

Mais quelles raisons de me parler de cela aujourd'hui?

LE BARON TURELURE

Fortes et pertinentes.

SYGNE

Laissez-moi le temps de réfléchir, avant que je vous
donne réponse.

LE BARON TURELURE

Je le regrette, non. Il faut me répondre sur l'heure.
N'essayez pas d'être la plus maligne avec moi.

SYGNE

Vous savez que c'est peu de chose de dire que je ne vous aime pas.

LE BARON TURELURE

Mademoiselle, il est trop difficile de savoir ce qui vous plaît.

Quand nous culbutions les kaiserliks à la baïonnette, cela ne leur plaisait pas davantage.

SYGNE, *le considérant.*

Vous n'êtes pas agréable à voir.

LE BARON TURELURE

Je ne suis pas agréable mais utile.

Dans quel mauvais cas vous a-t-on mise? C'est le ciel, je vous dis, qui m'envoie pour vous sauver tout exprès!

Et non point vous seulement. Mais le sort de votre roi et de votre religion.

Et de votre cousin lui-même, ce héros antique, notre vaillant Agénor.

Qui sait si vous ne le tenez pas en ce moment entre vos doigts délicats?

Ne me prenez pas pour un fanatique. La France d'abord. Je suis l'homme du possible.

Que chacun fasse son devoir comme moi, et cela ira!

Le roi lui-même, il ne me fait pas peur, le jour qu'il me prendra pour ministre.

SYGNE

Pourquoi me parlez-vous de mon cousin Georges?

LE BARON TURELURE, *d'une voix tonnante.*

Parce qu'il est ici et que je le tiens à la gorge.

SYGNE

Prenez-le donc si vous en êtes capable.

LE BARON TURELURE

Son sort vous est-il indifférent?

SYGNE

Voici longtemps que nous avons fait notre pacte avec la mort.

LE BARON TURELURE

Que m'importe votre cousin et ses farces misérables?

SYGNE

Que m'importe le citoyen Turelure et ses ruses misérables?

LE BARON TURELURE

J'ai en main de meilleurs otages.
Vous ne dites rien.

SYGNE

Que sais-je de vos rêveries de gendarme?

LE BARON TURELURE, *à voix basse.*

Sygne, sauve ton Dieu et ton Roi.

> *Il la regarde fixement.*

SYGNE, *de même.*

Non, non, vilain boiteux, je ne suis pas pour toi!

LE BARON TURELURE

Je vous jure que je suis venu ici sachant ce que je faisais.

SYGNE

Faites donc ce que vous avez à faire au plus vite.

LE BARON TURELURE

Vous auriez tort de douter de moi. Vous savez que je tiens ma parole.

SYGNE

Ne doutez donc pas de la mienne davantage.

LE BARON TURELURE

Sygne de Coûfontaine, qui faites l'orgueilleuse,
Je vous achèterai et vous serez à moi.

SYGNE

Ne pouvez-vous prendre mes biens gratis?

LE BARON TURELURE

Je prendrai la terre et la femme et le nom.

SYGNE

Vous me prendrez, Toussaint Turelure?

LE BARON TURELURE

Je prendrai le corps et l'âme avec lui.
Vos pères seront mes pères et vos enfants seront mes
enfants.

SYGNE

L'amour aura fait cette merveille.

LE BARON TURELURE

La justice du moins, car voyez de quel prix je veux
vous payer.

SYGNE

Je le sais. Ç'est à vous que je dois mon héritage.

LE BARON TURELURE

A ma mère qui vous a nourrie.

SYGNE

Aux vôtres qui ont tué tous les miens.

LE BARON TURELURE

C'est nous donc doublement qui vous avons faite
et élevée.

SYGNE

Monsieur le Préfet, vous avez ma réponse. Il suffit.
Est-il quelque autre chose encore qui vous retienne
chez moi ?

LE BARON TURELURE

Une autre petite chose.

SYGNE

Laquelle ?

LE BARON TURELURE

Vous avez ici la collection des Conciles.
Or vous savez que notre nouveau Théodose en tient
un présentement en sa capitale.
Préameneu m'a demandé une note à ce sujet.
Vous pensez bien que je n'ai pas Manzi à la Préfecture.

SYGNE

Prenez ce que vous voudrez.

LE BARON TURELURE

Le voici. Je reconnais la superbe ordonnance des
in-folio en peau de truie.
J'aime ces belles reliures italiennes.

> *Il se dirige en boitant vers cette partie de la biblio-*
> *thèque où est aménagée la porte secrète. Sygne ouvre*
> *doucement le tiroir du secrétaire et y enfonce la main.*
> *Le Baron Turelure, le dos tourné à Sygne.*

Voilà bien l'ouvrage au complet. Il est en parfait état
et sans un grain de poussière.

SYGNE

Je le ferai porter dans votre voiture.

LE BARON TURELURE

Et qu'arriverait-il, je me le demande, si j'en cueillais
moi-même quelques tomes?

SYGNE

Le poids des Conciles est trop lourd pour un préfet
boiteux.

LE BARON TURELURE, *se retournant vivement et regardant
Sygne en face.*

Ce qui m'arriverait? Une balle de plomb dans la tête
Adressée par cette jolie main que voici. Vous avez
certains bijoux dans ce petit secrétaire.

SYGNE

Ils ne me sont pas inutiles.

LE BARON TURELURE

A quoi bon faire une grande tache sur le parquet?
Et que feriez-vous de ce grand cadavre de misère de
Dieu? Le mettriez-vous aussi dans ce tiroir avec vos
autres petits secrets?
Je connais mieux que vous cette sainte maison et
croyez que j'ai mis le chat à tous les trous.

SYGNE

Toussaint Turelure, songez que je suis armée et ne
m'induisez pas en tentation.

LE BARON TURELURE

Je m'en vais donc et vous laisse à vos réflexions.
Sygne de Coûfontaine, je vous laisse ces deux heures
pour vous décider.

Entre le Curé Badilon.

Monsieur le Curé, j'ai bien l'honneur.

Il sort.

SCÈNE II

MONSIEUR BADILON, *c'est un homme gros et d'aspect rustique.*

Cet homme chez vous. Que signifie cette visite?

SYGNE

Vous savez que Monsieur le Préfet m'honore de sa sympathie.

MONSIEUR BADILON

Cette visite en ce moment!

SYGNE

M. le baron Turelure
Venait me demander ma main.

MONSIEUR BADILON

Il a osé?

SYGNE

Quelle audace voyez-vous là? Baron, préfet, général, commandeur de je ne sais quoi, tout le vignoble de Mareuil à lui, trois ou quatre châteaux (tout cela grevé d'hypothèques, il est vrai),
N'est-ce pas un parti raisonnable?
Et pour ce qui est de s'adresser à moi, que vouliez-vous qu'il fît? Est-ce sa faute si je n'ai plus père ni mère?

Et j'ai assez d'âge et de sens pour traiter seule ce genre
d'affaires, comme d'autres.

MONSIEUR BADILON

Dieu ne se plaît pas aux paroles amères.

SYGNE

J'ai entendu ces douces paroles par lesquelles il
m'ouvrait son cœur.

MONSIEUR BADILON

Et pourquoi choisit-il ce moment ?

SYGNE

La suite vous le fera paraître.

MONSIEUR BADILON

Saurait-il que Georges est ici ?

SYGNE

Il le sait.

MONSIEUR BADILON

Sait-il aussi
Qui est ce voyageur que vous avez reçu cette nuit
sous votre toit ?

SYGNE

Il est donc vrai ? et vous aussi me dites la même
chose...
Le Pape...

MONSIEUR BADILON

... Arraché de sa prison par la main de votre frère...

SYGNE

O pauvre Georges-fou !

MONSIEUR BADILON

... Est ici caché et remis à votre garde.

SYGNE, *se tournant vers le Christ.*

Malheur à moi parce que Vous m'avez visitée!

MONSIEUR BADILON

Mais je l'entends qui répond : C'est toi-même qui m'as ramené ici.

SYGNE

Je Vous ai tenu entre mes bras et je sais que Vous êtes lourd!

MONSIEUR BADILON

Aux forts le fardeau.

SYGNE

Je comprends maintenant Votre assistance et pourquoi j'ai refait cette maison non point pour moi!

MONSIEUR BADILON

Mais afin que le père de tous les hommes y trouve un abri.

SYGNE

Abri précaire et d'une seule nuit!

MONSIEUR BADILON

Ne pouvez-vous faire échapper le vieillard?

SYGNE

Toussaint garde toutes les issues.

MONSIEUR BADILON

N'est-il point de salut pour le Pape?

SYGNE

Turelure me l'a remis dans la main.

MONSIEUR BADILON

Que demande-t-il en échange?

SYGNE

Cette main elle-même.

MONSIEUR BADILON

Sygne, sauvez le Saint-Père!

SYGNE

Mais non point à ce prix! Je dis non!
Je ne veux pas!
Que Dieu prenne soin de cet homme sien, comme à
moi mon devoir est envers les miens!

MONSIEUR BADILON

Livrez donc votre père fugitif.

SYGNE

Je ne livrerai point mon corps et leur corps! Je ne
livrerai point mon nom et leur nom!

MONSIEUR BADILON

Livrez votre Dieu à la place.

SYGNE, *vers le Christ.*

Vous vous êtes amèrement moqué de moi!

MONSIEUR BADILON

Que lui avez-vous demandé qu'il ne vous ait
accordé?
Qu'avez-vous recherché qui ne soit à vous? Le fruit
de votre travail, vous l'avez.

SYGNE

Je l'ai!

MONSIEUR BADILON

La race est sauve en Georges que vous sauvez,
Le conservant à ses enfants.

SYGNE

Grand Dieu! C'est ici que Votre main apparaît!

MONSIEUR BADILON

Je ne vous entends pas.

SYGNE

Sa femme, dites-vous, ses enfants...

MONSIEUR BADILON

Eh bien?

SYGNE

Tout est mort.

MONSIEUR BADILON

Paix sur eux! Vous voici libre.

SYGNE

Georges reste.

MONSIEUR BADILON

Que lui garder qui vaille plus que la vie?

SYGNE

L'honneur.

MONSIEUR BADILON

Cet honneur dont tu honoreras tes père et mère.

SYGNE

Il est pauvre et tout seul.

MONSIEUR BADILON, *vers le Christ.*

Un autre est plus pauvre et plus seul.

SYGNE

Apprenez donc, puisqu'il me faut tout vous dire,
Père,
Ce que nous avons fait ce matin même, lui le dernier,
et moi la dernière de notre race.

MONSIEUR BADILON

Je vous écoute.

SYGNE

Cette nuit nous avons engagé notre foi l'un à l'autre.

MONSIEUR BADILON

Vous n'êtes pas mariés encore.

SYGNE

Un mariage! Ah, ceci est plus que tout mariage!
Il m'a donné sa main droite, comme le lige à son vassal.
Et moi je lui ai fait un serment dans mon cœur.

MONSIEUR BADILON

Serment dans la nuit. Promesses seules et non point
acte ni sacrement.

SYGNE

Retirerai-je ma parole?

MONSIEUR BADILON

Au-dessus de toute parole le Verbe qui a langage en
Pie.

SYGNE

Je n'épouserai point Toussaint Turelure!

MONSIEUR BADILON

La vie de Georges aussi est en sa puissance.

SYGNE

Qu'il meure comme je suis prête à mourir! Sommes-nous éternels?

Dieu m'a donné la vie et me voici prompte à la rendre.

Mais le nom est à moi! mon honneur de femme est à moi seule!

MONSIEUR BADILON

Il est bon d'avoir à soi quelque chose, pour le donner.

SYGNE

Georges

Périrait, et il faut que ce vieillard reste vivant!

MONSIEUR BADILON

C'est lui-même qui a été le chercher et qui l'a introduit ici.

SYGNE

Ce passager d'une minute avec nous, ce vieillard qui n'a plus que le souffle à rendre!

MONSIEUR BADILON

Votre hôte, Sygne.

SYGNE

Que Dieu fasse son devoir de son côté, comme je fais le mien.

MONSIEUR BADILON

O mon enfant, quoi de plus faible et de plus désarmé
Que Dieu, quand Il ne peut rien sans nous?

SYGNE

Misérable faiblesse de femme! Que ne l'ai-je tué sans
penser
Avec cette arme que j'avais dans la main? Mais j'ai
craint que cela ne servît à rien.

MONSIEUR BADILON

Avez-vous eu cette idée criminelle?

SYGNE

Nous périssions tous ensemble et je n'avais plus à
faire ce choix!

MONSIEUR BADILON

Il est bien facile de détruire ce qu'il a tant coûté de
sauver.

SYGNE

Mais tuer cet homme est bon.

MONSIEUR BADILON

A lui aussi Dieu pense de toute éternité et il est Son
très cher enfant.

SYGNE

Ah! je suis sourde et je n'entends pas, et je suis une
femme et non pas une nonne toute fondue en cire et
manne comme un *Agnus Dei!*
Et si Dieu aime que je l'aime, et de quoi c'est fait,
qu'il comprenne ma haine à son tour qui est comme je
l'aime, du fond de mon cœur et le trésor de ma virgi-
nité!
Mais comprenez donc que depuis que je suis née, je
vis en face de cet homme et je suis occupée à le regarder
et à me garder de lui, et à le faire plier, et à me faire
servir de lui contre-bon-gré!
Et sans cesse à ma gorge contre lui de peur et

de détestation me monte une ressource nouvelle!

Et il faut maintenant que je l'appelle mon mari, c'te
bête! et que j'accepte et que je lui tende la joue!

Cela, ah, je refuse! je dis non! Quand Dieu en chair
l'exigerait de moi.

MONSIEUR BADILON

C'est pourquoi Il ne l'exige aucunement.

SYGNE

Que demandez-vous donc en Son nom?

MONSIEUR BADILON

Je ne demande pas, et je n'exige rien, mais je vous
regarde seulement et j'attends,

Comme Moïse regardait la pierre devant lui quand il
l'eut frappée.

SYGNE

Qu'attendez-vous?

MONSIEUR BADILON

Cette chose pour laquelle il apparaît que vous avez
été créée et mise au monde.

SYGNE

Dois-je sauver le Pape au prix de mon âme?

MONSIEUR BADILON

A Dieu ne plaise que nous recherchions aucun bien
par le mal!

SYGNE

Je ne livrerai point mon âme au diable!

MONSIEUR BADILON

Mais déjà l'esprit violent la tient,

Sygne, Sygne, et cette nuit vous avez reçu Jésus-Christ dans la bouche.

SYGNE, *sourdement.*

Ayez pitié de moi.

MONSIEUR BADILON, *avec éclat.*

Grand Dieu! Ayez pitié de moi vous-même qui ai de telles paroles à vous dire dont j'ai épouvante!

C'est votre mère, la sainte comtesse Renée, qui m'a aperçu quand je n'étais encore qu'un mauvais petit corbeau et m'a fait prêtre ici pour l'éternité.

Et quoi? me voici là qui demande à sa fille ces choses au prix de quoi la mort est peu, qui ne suis pas digne de toucher à votre chaussure!

Moi l'imbécile, le gros homme chargé de matière et de péchés!

Me voici à qui Dieu a donné ministère sur les hommes et sur les anges, c'est à ces mains rouges qu'il a remis pouvoir de lier et de délier!

Tout a péri, et c'est moi seul maintenant que vous appelez votre père, pauvre paysan!

Ah, du moins, rien n'a été votre père par le sang plus que je ne suis le vôtre, ma fille chérie, au nom du Père et du Fils.

Priez Dieu pour que je sois pour vous un père et non pas un sacrificateur sans entrailles,

Et que je vous conseille hors de toute violence dans un esprit de mesure et de suavité.

Car Il ne nous demande point ce qui est au-dessus de nous, mais ce qu'il y a de plus bas,

Ne se plaisant point aux sacrifices sanglants mais aux dons que Son enfant lui fait de tout son cœur.

SYGNE, *sourdement.*

Pardonnez-moi parce que j'ai péché.

Il ouvre son manteau et on le voit en surplis, l'étole violette croisée sur la poitrine.

Eh quoi! vous avez sur vous le viatique?

MONSIEUR BADILON

Non. Je reviens de le porter au père Vincent dans les bois.

En quittant ce matin même
(*A voix basse :*) le Pape,
J'ai appris que le pauvre homme venait d'avoir les jambes broyées [1] par un chêne.

J'arrive de chez lui. Quelle tempête!

Cela m'a rappelé les bons temps de l'Indivisible, quand le sorcier Quiriace me pourchassait,

Et que je passais la nuit dans le creux d'un saule, avec Notre-Seigneur sur la poitrine.

SYGNE, *se mettant à genoux.*

Pardonnez-moi, mon Père, parce que j'ai péché.

MONSIEUR BADILON

Il est assis sur un fauteuil à côté d'elle.

Qu'Il vous pardonne comme je vous bénis.

SYGNE

Je suis coupable de paroles violentes, de désir de mort, de propos de tuer.

MONSIEUR BADILON

Renoncez-vous de toute votre volonté à la haine d'aucun homme et au désir de lui mal faire?

SYGNE

Je cède.

MONSIEUR BADILON

Poursuivez.

---

1. Il prononce « broy-ées ».

SYGNE, *à voix basse.*

Georges
Dont je vous ai parlé tout à l'heure, Père,
Je l'aime.

MONSIEUR BADILON

Mais il n'y a point de mal à cela.

SYGNE

Plus qu'il n'est dû à aucune créature.

MONSIEUR BADILON

Mais pas autant cependant que Dieu lui-même qui
l'a faite.

SYGNE

Père, je lui ai donné mon cœur!

MONSIEUR BADILON

Ce n'est pas assez l'aimer que de l'aimer hors de
Dieu.

SYGNE

Mais Dieu veut-il que je l'abandonne et le trahisse?

MONSIEUR BADILON

Ayez patience avec moi, écoutez-moi, mon enfant
bien-aimée, car je suis votre pasteur qui ne vous veut
point de mal.
Qu'une femme quitte son bien, comme cela arrive,
son père, sa mère, son pays, son fiancé,
(Et la chose est bien dure, bien que les mots soient
aisés à dire),
Pour se retirer dans le désert au pied d'une croix,
pour panser les malades, pour nourrir les pauvres,
Pour chérir et préférer au-dessus du sens et de la
raison ces gens qui ne nous sont de rien,

Elle le fait dans l'abondance de son cœur et son salut
n'y est pas intéressé.

Et vous, que pour sauver le Père de tous les hommes,
selon que vous en avez reçu vocation,

Vous renonciez à votre amour et à votre nom et à
votre cause et à votre honneur en ce monde,

Embrassant votre bourreau et l'acceptant pour
époux, comme le Christ s'est laissé manger par Judas,

— La Justice ne le commande pas.

SYGNE

Ne le faisant pas, je reste sans péché ?

MONSIEUR BADILON

Aucun prêtre ne vous refusera l'absolution.

SYGNE

Est-il vrai ?

MONSIEUR BADILON

Et je vous dirai plus : Prenez garde et faites attention
à ce grand sacrement qu'est le mariage, de crainte qu'il
ne soit profané.

Ce que Dieu a créé, Il le consomme en nous. Ce que
nous lui sacrifions, Il le consacre. Il achève le pain et le
vin.

Il consomme l'huile. Il donne effet pour l'éternité à
cette parole qu'Il nous a communiquée. Il fait un sacrement comme Son Corps même

De cet aveu par qui le pécheur se condamne à
mort.

Ah, comme le cœur d'un prêtre frémit, quand ce
monstre qui est le frère de Jésus tournant vers lui sa
face décomposée avoue par l'orifice de son corps
pourri !

Et de même il a sanctifié tout consentement dans le
mariage, que deux êtres l'un à l'autre se font l'un de
l'autre pour l'éternité.

SYGNE

Dieu ne veut donc pas de moi un tel consentement?

MONSIEUR BADILON

Il ne l'exige pas, je vous le dis avec fermeté.
— Et de même quand le Fils de Dieu pour le salut
des hommes
S'est arraché du sein de son Père et qu'il a subi
l'humiliation et la mort
Et cette seconde mort de tous les jours qui est le péché
mortel de ceux qu'il aime,
La Justice non plus ne le contraignait pas.

SYGNE

Ah, je ne suis pas un Dieu mais une femme!

MONSIEUR BADILON

Je le sais, pauvre enfant.

SYGNE

Est-ce à moi de sauver Dieu?

MONSIEUR BADILON

C'est à vous de sauver votre hôte.

SYGNE

Ce n'est pas moi qui l'ai prié sous mon toit.

MONSIEUR BADILON

C'est votre cousin qui l'a amené.

SYGNE

Je ne peux pas! O mon Dieu, je ne peux pas à ce prix!

MONSIEUR BADILON

C'est bien. Vous êtes acquittée du sang de ce juste.

SYGNE

Je ne peux pas au-delà de ma force.

MONSIEUR BADILON

Mon enfant, sondez votre cœur.

SYGNE

Le voici devant vous tout ouvert et déchiré.

MONSIEUR BADILON

Si les enfants de votre cousin vivaient encore, s'il
s'agissait de le sauver, lui et les siens,
Et le nom, et la race, si lui-même vous le demandait,
Ce sacrifice que je vous propose, Sygne, le feriez
vous ?

SYGNE

Ah! qui suis-je, pauvre fille, pour me comparer au
mâle de ma race ? Oui,
Je le ferais.

MONSIEUR BADILON

Je l'entends de votre propre bouche.

SYGNE

Mais il est mon père et mon sang et mon frère et mon
aîné, le premier et le dernier de nous tous,
Mon maître, mon Seigneur, à qui j'ai engagé ma
foi!

MONSIEUR BADILON

Dieu est tout cela pour vous avant lui.

SYGNE

Mais il n'a pas besoin de moi! Le Pape a ses promesses
infaillibles!

MONSIEUR . BADILON

Mais le monde ne les a point, pour qui le Christ n'a point prié.

Épargnez à l'univers ce crime.

SYGNE

C'est vous qui m'avez instruite et ne me disiez-vous pas que le Pape près de périr, Dieu chaque fois l'a sauvé ?

MONSIEUR BADILON

Jamais sans le secours de quelque homme et sans sa bonne volonté.

SYGNE

Je vis toute seule ici et ne sais rien de la politique.

MONSIEUR BADILON

Mais vous voyez au moins que c'est l'heure du Prince de ce monde, et Pierre lui-même est entre les mains de Napoléon.

Qui l'empêche de façonner un autre pape, comme ces empereurs de ténèbres jadis, ou de le tirer de Rome,

Comme les anciens rois de France afin de l'avoir à eux ?

Voici le dernier désordre ! Voici le cœur dérangé de sa place !

Ah, nous ne sommes pas seuls ici ! Ame pénitente, vierge, voyez ce peuple immense qui nous entoure,

Les esprits bienheureux dans le ciel, les pécheurs sous nos pieds,

Et les myriades humaines l'une sur l'autre, attendant votre résolution !

SYGNE

Père, ne me tentez pas au-dessus de ma force !

MONSIEUR BADILON

Dieu n'est pas au-dessus de nous, mais au-dessous.
Et ce n'est pas selon votre force que je vous tente,
mais selon votre faiblesse.

SYGNE

Ainsi donc moi, Sygne, comtesse de Coûfontaine,
J'épouserai de ma propre volonté Toussaint Turelure,
le fils de ma servante et du sorcier Quiriace.
Je l'épouserai à la face de Dieu en trois personnes, et
je lui jurerai fidélité et nous nous mettrons l'alliance
au doigt.
Il sera la chair de ma chair et l'âme de mon âme, et ce
que Jésus-Christ est pour l'Église, Toussaint Turelure
le sera pour moi, indissoluble.
Lui, le boucher de 93, tout-couvert du sang des
miens,
Il me prendra dans ses bras chaque jour et il n'y aura
rien de moi qui ne soit à lui,
Et de lui me naîtront des enfants en qui nous serons
unis et fondus.
Tous ces biens que j'ai recueillis non pas pour moi,
Ceux de mes ancêtres, celui de ces saints moines,
Je les lui porterai en dot, et c'est pour lui que j'aurai
souffert et travaillé.
La foi que j'ai promise, je la trahirai. Mon cousin trahi
de tous et qui n'a plus que moi seule,
Et moi aussi, je lui manquerai la dernière!
Cette main qu'il a prise dans la sienne le lundi de la
Pentecôte,
Sous l'œil de nos quatre parents exposés devant nous
tous ensemble sur cet autel,
Je la lui retirerai. Ces deux mains qui se sont serrées
passionnément tout à l'heure,
La mienne est fausse!

Silence.

Vous vous taisez, mon Père, et ne me dites plus
rien!

MONSIEUR BADILON

Je me tais, mon enfant, et je frémis!
Je vous déclare que ni moi,
Ni les hommes ni Dieu même, ne vous demandons un
tel sacrifice.

SYGNE

Et qui donc alors m'y oblige?

MONSIEUR BADILON

Ame chrétienne! Enfant de Dieu! C'est à vous seule
de le faire de votre propre gré.

SYGNE

Je ne puis pas.

MONSIEUR BADILON

Préparez-vous donc. Je m'en vais vous bénir et vous
renvoyer.

SYGNE

Mon Dieu! Cependant Vous voyez que je Vous aime!

MONSIEUR BADILON

Mais non point jusqu'aux crachats, à la couronne
d'épines, à la chute sur le visage, à l'arrachement des
habits et à la croix.

SYGNE

Vous voyez mon cœur!

MONSIEUR BADILON

Mais non point à travers cette grande rupture à mon
côté.

SYGNE

Jésus! mon bon ami!

Qui a été tout le temps mon ami sinon Vous ? Il est
dur maintenant de Vous déplaire.

MONSIEUR BADILON

Mais il est facile de faire Votre volonté!

SYGNE

Il est dur de me séparer de Vous pour la première fois.

MONSIEUR BADILON

Mais, il est doux de mourir en Moi qui suis la Vérité
et la Vie.

SYGNE

Seigneur, s'il se peut, que ce calice soit éloigné de
moi!

MONSIEUR BADILON

Mais toutefois que Votre volonté soit faite et non la
mienne!

SYGNE

Ah, du moins, ô mon Dieu, si je Vous abandonne tout,
Et Vous de Votre côté, faites aussi pour moi quelque
chose.
Ne tardez pas et prenez ma vie misérable avec le reste!

MONSIEUR BADILON

Mais toutefois à Vous seul il appartient de savoir le
jour et l'heure.

SYGNE, *sourdement.*

Agneau de Dieu qui effacez les péchés du monde,
ayez pitié de moi!

MONSIEUR BADILON

Le voici déjà avec vous.

SYGNE

Seigneur, que Votre volonté soit faite et non la mienne!

MONSIEUR BADILON

Est-il vrai, mon enfant, et tout est-il consommé?

SYGNE

... Et non la mienne.

Silence.

Seigneur, que Votre volonté soit faite et non pas la mienne! Seigneur, que Votre volonté soit faite et non pas la mienne!

MONSIEUR BADILON

Ma fille, mon enfant bien-aimée, le voyez-vous maintenant, combien Dieu vous demande une chose facile!

Le voici donc enfin abattu, l'édifice de votre amour-propre! La voici terrassée, cette Sygne que Dieu n'a pas faite! Le voici arraché jusqu'aux racines,

Ce tenace amour de vous-même! Voici la créature avec son Créateur dans l'Éden de la croix!

« O mon enfant, certes la joie est grande que je réserve à mes saints, mais que dites-vous de mon calice? » Il est facile de mourir,

Il est facile d'accepter la mort, et la honte, et le coup sur le visage, et l'inintelligence, et le mépris de tous les hommes.

Tout est facile, excepté de Vous contrister.

Tout est facile, ô mon Dieu, à celui qui Vous aime,

Excepté de ne pas faire Votre volonté adorable.

Il se lève.

Et moi, Votre prêtre, je me lève à mon tour et je me tiens au-dessus de cette victime immolée,

Et je Vous prie pour elle, ainsi que l'on prie sur les azymes à la messe.

Père Saint, Vous voyez cette brebis qui a fait ce qu'elle a pu.

Maintenant ayez compassion d'elle et ne lui imposez pas un fardeau intolérable,

Ayez pitié de moi aussi, prêtre, pécheur, qui viens de Vous immoler mon enfant unique de mes propres mains.

Et vous, ma fille, dites que vous me pardonnez avant que je vous pardonne.

> *Elle fait un geste de la main, il lui pose la sienne sur la tête.*

Mon enfant, recueillez-vous, je m'en vais vous bénir et que la grâce de Dieu soit avec vous!

> *Elle se laisse couler la face contre terre et demeure prosternée et les bras étendus. Il fait lentement le signe de la croix sur elle, cependant que les rayons rouges du soleil couchant entrent par les fenêtres.*

ACTE III

SCÈNE PREMIÈRE

Le château de Pantin près de Paris. Un grand salon au rez-de-chaussée avec quatre portes-fenêtres donnant sur une terrasse. Mobilier officiel du temps de l'Empire, cuivres et acajou massif. Un grand portrait au mur représentant l'Empereur Napoléon en costume du sacre. Toute la pièce est en désordre et souillée de boue. C'est le quartier général de l'armée qui défend Paris contre les Alliés, et que commande le général baron Toussaint Turelure, Préfet de la Seine, réunissant dans ses mains les pouvoirs civils et militaires.

Coups de canon dans le lointain. Puis, tout près, carillon de trois cloches sonnant le baptême.

Toussaint Turelure debout, Sygne cachée dans un grand fauteuil à oreillettes [1]...

TOUSSAINT TURELURE

Vous avez mes instructions. Maintenant il faut que je vous quitte; excusez-moi. Voici le cortège qui quitte l'église.

Tous mes officiers sont réunis dans la pièce à côté et nous allons fêter autour d'une galette chaude et de quelques bouteilles de vin de la Marne l'entrée dans le sein de l'Église du petit Turelure.

---

1. Pendant tout l'acte Sygne a ce tic nerveux d'agiter la tête lentement de droite à gauche, comme quelqu'un qui dit : Non.

Profitons de ces loisirs que Messieurs vos amis nous
font.

Nous regretterons de n'avoir point le plaisir de votre
compagnie, Madame. Mais les affaires d'abord !

Triste temps que celui où le père et la mère ne peuvent
assister ensemble au baptême de leur enfant !

SYGNE

Vous ne paraissez pas si triste. Vous vous accom-
modez de ce triste temps assez bien.

TOUSSAINT TURELURE

C'est ma foi vrai ! Je n'ai jamais été si heureux !

La guerre, les affaires, un peu d'intrigue, l'aliment du
corps et de l'esprit,

Que faut-il de plus à un homme ?

J'oubliais une épouse aimante et le petit Turelure à
qui l'on met son premier grain de sel sur le bout de la
langue.

SYGNE

Que ne traitez-vous donc vos affaires vous-même ?

TOUSSAINT TURELURE

Les miennes sont les vôtres, il n'y a aucune différence.
Je vous ai vue à l'œuvre, et j'ai pleine confiance en
vous.

Et vous voyez que de mon côté j'ai les mains pleines.

N'est-il pas juste qu'après avoir rendu le Pape à
l'Église, aujourd'hui

Vous rendiez le Roi à son royaume ?

De plus il ne s'agit pas seulement du pays,

Mais de nos biens conjointement dont je désire conso-
lider la possession à ce petit fi.

SYGNE

Ce qui veut dire

Que je dois achever de dépouiller ma famille ?

TOUSSAINT TURELURE

Au profit de votre enfant qui est le dernier mâle.
Et pour notre vaillant cousin, le généreux Agénor, le
Roi sans doute lui réserve des compensations.

SYGNE

Je verrai ce que j'ai à faire.

TOUSSAINT TURELURE

J'ai toute confiance en vous.

SYGNE

Qui est le plénipotentiaire du Roi?

TOUSSAINT TURELURE

Il est ici. Je m'en vais vous l'amener.

SYGNE

Je suis prête.

TOUSSAINT TURELURE

Nul doute que vous ne vous entendiez. — Plaît-il?

SYGNE

Je n'ai rien dit.

TOUSSAINT TURELURE

C'est ce mouvement que vous faites avec la tête.

*Il pose la main sur les papiers qui sont déposés sur
la table.*

Telles sont mes conditions à qui panse d'*a* ne peut
être changée.
Ce n'est pas le moment de discuter. La France, pour
le moment, c'est moi, Toussaint Turelure,
Préfet de la Seine, général en chef de l'armée de Paris,
A qui tous pouvoirs civils et militaires ont été par Sa
Majesté Impériale et Royale remis.

SYGNE

Vous justifiez sa confiance.

TOUSSAINT TURELURE

Je suis l'homme de la France et non point d'un particulier.

Le Corse a eu sa chance et moi je prends la mienne où je la trouve.

SYGNE

Craignez qu'il ne revienne avec ses grandes bottes.

TOUSSAINT TURELURE

C'est pourquoi il faut choisir son temps avec art, et ce n'est pas pour rien que le Suprême-Artiste

Il fait un geste maçonnique.

M'a rendu boiteux comme une balance.

Tout dépend de Paris et Paris pour quelques moments est entre mes mains compétentes.

SYGNE

Pensez-vous tenir ici tout seul contre trois armées?

TOUSSAINT TURELURE

L'Empereur vient de remporter une victoire à Saint-Dizier, j'en ai reçu la nouvelle à l'instant.

Il me prescrit de tenir bon et de faire le brave, tandis qu'il attache les trois bourriques par la queue.

La route d'Allemagne est coupée, l'Alsace et les Vosges sont pleines de partisans, les places du Rhin ne sont pas prises.

Il y a de beaux jours encore pour l'homme d'Austerlitz.

Et puis ne croyez pas que tous ces larrons soient d'accord; il y a moyen de négocier. Vous savez que je suis entouré d'émigrés et de renégats.

SYGNE

Vous n'avez pas de troupes.

TOUSSAINT TURELURE

J'ai un terrier. Qu'ils voient donc voir à m'enfumer dans Paris. J'y tiens plus dur qu'un blaireau, je suis croché!

Et vous dites que je n'ai pas de troupes? Que l'Empereur de Russie y vienne avec ses riflandouilles et le Prussien avec ses Jonas Müller en bois de navet!

Je ne crains rien tant que j'ai avec moi ces nourrissons de Bellone, les pompiers de Pantin et les Gardes-Nationales de Saint-Denis et les volontaires de Popincourt!

Vous avez entendu le canon ce matin?

SYGNE

Oui.

TOUSSAINT TURELURE

On est entré dedans, comme disait mon ordonnance. On a torché Miloradovitch aussi propre qu'une assiette à pain.

Quatre cents Wurtembergeois en pantalon rose sont couchés dans les vignes de Noisy-le-Sec,

Le pot-à-beurre sur la tête et le petit doigt sur la couture du pantalon,

Les yeux encore dans la mort et le petit nez tout rond tournés à gauche vers le Herr Adjudant « Achtung! »

— En l'honneur de quoi nous allons boire de ce vin de Mareuil.

SYGNE

Tout cela n'est pas sérieux.

TOUSSAINT TURELURE

Je ne sais. Mais il y a encore un point que je vous conjure de méditer.

L'Empereur déchu, il n'y a pas qu'un seul roi possible
pour la France.

Il y a le fils de Marie-Louise, il y a le papa d'Oscar.

Tout dépend de moi et de ces mains à qui je remettrai
les clefs de Paris.

Qui a reçu Paris, voici tous les doutes tranchés, il est
l'héritier incontestable.

Je suis Français! Il me répugne de capituler

Autrement qu'entre les mains du fils de Saint Louis

Dont je veux être le plus humble sujet,

Appuyant à son trône même les fondements de notre
maison.

SYGNE

La maison Turelure.

TOUSSAINT TURELURE

Un petit rond en or au-dessus du T et dans dix ans
cela sonnera comme Tancrède ou Tigranocerte.

Et puis notre cousin n'a pas d'enfants, et le nom
s'éteint avec lui, que le monarque peut relever.

SYGNE

J'ai tout compris.

TOUSSAINT TURELURE

J'en suis sûr. Je remets le sort de la France dans votre
panier à ouvrage.

Il y dépose les papiers.

Il ne me reste plus qu'à vous présenter l'autre plénipotentiaire.

SYGNE

Qui est-ce?

TOUSSAINT TURELURE

C'est une surprise. Vous allez voir. Le Roi est un
homme d'esprit.

Nous allons tout régler en famille.

*Il sort. Violons qui se rapprochent du cortège
baptismal. Il rentre, ramenant avec lui le vicomte de
Coûfontaine.*

Sygne, je vous présente le lieutenant et plénipotentiaire de Sa Majesté,

Notre cousin Georges, lui-même, que la politique
depuis trop longtemps nous a ravi.

SYGNE

Georges!

GEORGES

Madame.

Il prend sa main et la baise.

TOUSSAINT TURELURE

C'est gentil de les voir! Je le jure, l'œil me pique.
Georges, ma femme a tout pouvoir de traiter avec vous.
Adieu, Georges!

GEORGES

Adieu, Toussaint!

Musique. Tapage. Acclamations.

*Tumulte de la maison qu'on envahit. Salve de
mousqueterie au dehors.*

TOUSSAINT TURELURE

Tonnerre de Dieu, ils vont s'estropier! J'avais
défendu qu'on leur donne des cartouches!

Il sort.

SCÈNE II

Sygne remet à Coûfontaine l'un des papiers que le baron a mis dans son panier. Coûfontaine le prend et tire des lunettes de sa poche. Cependant qu'il lit elle reste dans le fauteuil et les yeux fermés.

Brouhaha violent dans la pièce voisine, portes que l'on claque, tumultes de rires et de paroles, cliquetis d'armes et de verres, puis les deux violons qui éclatent tout à côté et se taisent soudain.

Vagissement d'un nouveau-né.

GEORGES

C'est votre enfant que l'on baptise, Sygne? J'ai vu le cortège en arrivant.

SYGNE

Oui.

GEORGES

Pourquoi n'êtes-vous pas de la fête?

SYGNE

Ma place est ici.

Il se remet à lire, puis s'interrompt de nouveau et prête l'oreille.

On tape sur une table, le silence se fait.

Voix de TOUSSAINT TURELURE

Messieurs, je vous présente mon fils, Louis-Agénor-Napoléon Turelure !

> *Applaudissements.*

Le curé vient de te baptiser chrétien avec de l'eau,
Et moi je te baptise Français, petit lapin, avec cette
goutte de la rosée champenoise sur la bouchette.
Goûte le vin de France, citoyen !

> *Rires. Applaudissements.*

Que Messieurs les Russes attendent ! Que M. le Feld-Maréchal Benningsen et M. le Prince de Witzingerode nous fassent la grâce de patienter un petit moment ! Que diable ! tout de même on ne peut pas s'occuper d'eux tout le temps ! Nous serons à ces messieurs dans une seconde.

Pour l'instant profitons de l'armistice que l'on vient d'arranger, et buvons à la santé de cet enfant nouveau-né avec le vin de la Comète.

> *Grand bruit de verres. Ils boivent. Cris :* « Vive
> Turelure ! Vive Louis-Agénor ! Vive l'Empe-
> reur ! »

Passez la galette.

GEORGES

C'est une bonne pensée que d'avoir gardé notre nom à cette nouvelle bouture. La grande éloquence de Toussaint m'émeut.

> *Bruit de trompettes au loin.*

Voix d' TOUSSAINT TURELURE

C'est la cavalerie russe qui prend ses positions. Pour nous, que les cris de cet enfant tout neuf soient notre trompette que nous venons de baptiser sous le canon !

Entends-tu, Alexis Couillonadovitch ? C'est le cri d'un homme libre ! Nous nous foutons de toi, cosaque !

> *Trompettes de nouveau.*

Est-ce que tous ces Nicodèmes du Nord vont prendre
la France ? Ils n'ont pas assez d'esprit pour cela.

Il y a encore du vin à Épernay ! Il y aura toujours assez
de France pour embêter l'Europe et pour lui piquer le
derrière et pour l'empêcher de manger tranquille son
foin, la vache.

Messieurs, je vous apprends une grande nouvelle :
l'Empereur Napoléon vient de remporter une grande
victoire à Saint-Dizier.

                    Acclamations : « Vive l'Empereur! »

Quant à nous, qu'en dites-vous ? Il me semble que
nous tenons ici assez bien.

Nous avons derrière nous Paris, et nos ennemis, ce
qu'ils ont derrière eux, c'est l'Empereur et ses aigles !

Messieurs, à votre santé. Sacrebleu, on ne nous a pas
tout pris, tant qu'il nous reste ce grand bout de France,
ce petit morceau de Turelure et de la galette !

            Rires. Applaudissements. Acclamations.

            GEORGES, *reprenant sa lecture.*

Brave péroraison et digne de l'exorde !

        *Il finit sa lecture et reste pensif. Puis il lit de nou-
        veau, ôte ses lunettes, les remet dans sa poche, replie le
        papier et le repose sur la table. Sygne est restée dans
        son fauteuil sans un mouvement. Georges, frappant
        un coup léger sur la table :*

Sygne.

                SYGNE, *se redressant.*

Me voici.

                    GEORGES

C'est avec vous que je dois discuter ce papier ?

                    SYGNE

C'est avec moi. Le baron m'a donné tous pouvoirs.
Il a pleine confiance en moi.

GEORGES

« Il a pleine confiance en vous. » Il a raison.

SYGNE

Mais d'ailleurs, il n'y a rien à discuter. Le temps manque.

GEORGES

Dois-je signer ces conditions *hic et nunc* ?

SYGNE

Pas un point ne peut être changé.

GEORGES

Et si j'accepte ?

SYGNE, *montrant un pli scellé.*

Voici la soumission de Turelure et la capitulation de Paris
Entre les mains de Sa Majesté Très Chrétienne.

GEORGES

Sygne, remettez-moi ce papier.

SYGNE

Je ne puis pas.

GEORGES

Sygne, remettez-moi ce papier et je vous tiens quitte de l'autre.

SYGNE

J'ai promis.

GEORGES

Certes vous êtes fidèle à vos promesses.

SYGNE

Mais du moins je serai fidèle à ma honte.

GEORGES

Ne puis-je lire les termes de reddition?

SYGNE

Il faut me croire sur parole.

GEORGES

Je vous crois, Sygne.

SYGNE

Georges, ce qu'il dit est vrai. Il m'a tout montré et j'ai tout vu. Il m'a tout expliqué. J'ai repassé ses raisons une par une, et je n'y trouve point de faute.

L'homme est maître de Paris et celui-là est roi qui recevra Paris de sa main.

GEORGES

C'est donc de Toussaint Turelure que le Roi de France attend sa couronne?

SYGNE

De lui-même et non pas d'un autre.

GEORGES

« Le Roi jure la Constitution.

« Le budget sera voté chaque année par les représentants du peuple. »

Ainsi Toussaint capitule, mais il faut que le Roi abdique.

SYGNE

Je ne puis discuter.

GEORGES

Et le Roi selon Dieu devient le Roi selon Turelure.

SYGNE

Et cela, Georges,
C'est moi qui le propose et c'est vous qui allez l'accepter.

GEORGES

Je ne l'accepterai pas.

SYGNE

Vos ordres sont formels.

GEORGES

Que savez-vous de mes ordres?

SYGNE

S'ils n'étaient pas ceux que je crois, vous ne seriez
pas ici.

GEORGES

Mais qu'importent les Chambres à votre baron?

SYGNE

Le possible seul lui importe.

GEORGES

Ce serviteur du tyran, est-ce lui qui mesure le Roi?

SYGNE

Tout ce qui est d'un homme seul, l'Empereur vient
de l'épuiser pour toujours.

GEORGES

Adieu donc, ô Roi que j'ai servi, image de Dieu!
Le Roi pas plus que Dieu n'acceptant de limitation
que sa propre essence.
Tout homme dès sa naissance recevait le monarque
au-dessus de lui éternellement à sa place par lui-même,

Afin qu'il apprît aussitôt que nul n'existe pour lui seul,
mais pour un autre, et qu'il eût ce chef inné.

Et maintenant, ô Roi, à cette conclusion de ma
vie,

De cette main qui a combattu pour toi, c'est moi qui
m'en vais signer ta déchéance.

SYGNE

Réjouis-toi parce que tes yeux vont voir ce que ton
cœur désirait.

GEORGES

Il y a une chose plus triste à perdre que la vie, c'est
la raison de vivre,

Plus triste que de perdre ses biens, c'est de perdre
son espérance,

Plus amère que d'être déçu, et c'est d'être exaucé.

SYGNE

Voici le Roi sur son trône.

GEORGES

L'appelez-vous le Roi? Pour moi je ne vois qu'un
Turelure couronné.

Un préfet en chef administrant pour la commodité
générale, constitutionnel, assermenté,

Et que l'on congédie, le jour qu'on en est las.

SYGNE

Mais pour nous du moins il est;

Il est le Roi encore, par ce grand sacrifice que nous
allons lui faire,

Et si le Seigneur périt, que ce ne soit pas avant son
vassal.

GEORGES

Vous parlez de ce que Turelure me demande?

SYGNE

Oui.

GEORGES

Abandon général et transport à Turelure de tous
mes droits, titres et possessions.
Et déposition après ma mort de tous mes droits sur
cet hoir que vous m'avez fait.
Tout est cédé sans réserve.

SYGNE

O Georges, je voulais d'abord crier et disputer.

GEORGES

Vous ne l'avez point fait?

SYGNE

N'ayez peur.

GEORGES

Je vous rends grâces, Sygne. En cela du moins je
vous reconnais.

SYGNE

Va, donne-lui tout.

GEORGES

Je suppose que c'est la partie de l'acte à quoi mon
beau-frère tient le plus?

SYGNE

O Georges, donne-lui tout!

GEORGES

Qu'ai-je à donner, vous avez tout déjà?

SYGNE

Mais le droit et le nom vous restent.

GEORGES

Faut-il donner cela aussi?

SYGNE

Donne-lui cela aussi.

GEORGES

Mais le nom n'est pas à moi, le droit n'est pas à moi,
la terre n'est pas à moi, l'alliance entre la terre et moi
n'est pas à moi.

SYGNE

Tout est changé, Georges. Il n'y a plus de droit, il
n'y a plus qu'une jouissance. Il n'y a plus d'alliance pour
toujours entre la terre et l'homme, que le tombeau
seul.

Et les mains qui étaient jointes se sont séparées.

Et la tienne ne sert plus de rien qu'à écrire et résigner.

GEORGES

Qu'il garde tout, je ne lui réclame rien.

SYGNE

Mais il faut écrire et consentir.

GEORGES

Je ne capitulerai pas.

SYGNE

Vous êtes donc l'ennemi de votre souverain?

GEORGES

Je ne puis céder mon honneur.

SYGNE

Qu'avez-vous d'autre à céder?

GEORGES

Qu'un homme au monde du moins ne trahisse pas!

SYGNE

Cède, trahis, renonce! O Georges, donne-lui cela aussi!
Cher frère, ne nous empêche pas de finir!

GEORGES

Nous ne finissons pas, en cet enfant.

SYGNE

Tout est fini pour moi avec toi.

GEORGES

Le reste est coupé, il est vrai. Tous nos noms et tous
nos biens
S'accumulent sur la tête de cet enfant.

SYGNE

M'accuses-tu d'une pensée vile?

GEORGES

La honte suffit que vous vous êtes acquise.

SYGNE

Acquise à la peine de mon âme et à la sueur de mon
front!

GEORGES

Elle est à vous.

SYGNE

Elle est à moi en effet!
Elle est mon bien qui ne me sera pas ravi, la honte
plus fidèle que la louange!
Elle m'accompagnera jusqu'à la tombe et plus loin,

elle est scellée sur moi comme une pierre, elle est incor-
porée
  A ces os qui seront jugés!

GEORGES

Ma sœur, pourquoi avez-vous fait cela?

SYGNE, criant.

Georges!
  C'est le mauvais sang en moi qui a parlé, moi qui me
croyais si forte et si raisonnable!
  Souviens-toi de celui-là de nos ancêtres qui combattit
contre Jeanne avec le Bourguignon, et de celui-là qui
se fit renégat,
  Et de ce Nogaret aussi dont nous descendons qui
frappa le Pape sur la face.
  Les choses grandes et inouïes, notre cœur est tel qu'il
ne peut y résister.
  Et voici que maintenant je me tiens seule dans une
terre ennemie,
  Comme cet Agénor jadis qui avait son château de
l'autre côté de la mer Morte à la descente de l'Arnon.

GEORGES

Et voici que nos mains aussi se sont dissoutes et que
la *foi* sur notre blason est corrompue,
  Et cette main m'est arrachée, la dernière que je tenais
dans ma main, le matin de ce sacrifice offert!

SYGNE

J'ai arraché ma main et toi ne m'arrache point le cœur!

GEORGES

Tout ce qui lie un homme à un autre,
  Tout cela avec ta main m'était encore attaché : enfant,
sœur, père et mère, défendue, confortatrice,
  Épouse, vassal, compagnon d'armes. Tout cela encore
était avec ta main et ma forte société.

Quel est le serment que tu n'as pas rompu ? Quelle est la foi que tu ne m'as pas retirée ?

SYGNE

Ce serment du moins est intact que j'ai fait à mon baptême.

GEORGES

Il ne fallait donc pas en faire d'autre.

SYGNE

Mais par quoi jure-t-on que par Dieu ?

GEORGES

Dieu a beaucoup d'amis et je n'avais qu'un seul agneau.

SYGNE

J'ai sauvé le Père des hommes.

GEORGES

Et tu as perdu ton frère.

SYGNE

Sois donc mon juge, je l'accepte.

GEORGES

Dieu est ton juge et je suis appelant à son tribunal, et cette loi qu'Il a faite, Lui-même ne peut l'altérer.
Et je te citerai à produire mon gant, car ce qui est une fois donné
Ne peut être retiré sur la terre et dans les cieux

SYGNE

Je ne crains rien de Dieu et le Seigneur ne peut plus me déposer.
Car ce qui est assis sur la terre, il n'y a pas de place plus basse,

Et je n'en demande pas de plus haute.

GEORGES

Tu as manqué à la foi.

SYGNE

Un grand prix m'était offert...

GEORGES

Tu as manqué à l'amour.

SYGNE

Je t'ai fait beaucoup de peine, Georges?

GEORGES

C'est trop. Il ne fallait pas faire cela et ma mesure était suffisante.

Maintenant je vais mourir et être damné et j'ai l'éternité devant moi à me passer de toute consolation. Ne pouvait-il me laisser cette petite heure?

Ne pouvait-il me laisser un seul cœur fidèle? une seule Véronique pour m'y cacher la face afin que nul ne la voie, à cette heure où le cœur succombe?

SYGNE

C'est moi seule, c'est moi seule qui ai fait cela, qui ai fait cela de ma propre volonté et ne dis pas un mot contre Dieu!

C'est mon mauvais cœur seul qui est la cause!

GEORGES

Tu m'a manqué et mon enfant m'a été tourné en amertume.

SYGNE

Que Dieu prenne ma place, misérable, et acquitte ce que je ne puis payer!

GEORGES

Il ne fallait pas faire cela.

Le manquement qui est fait à l'amour vrai, Dieu lui-même ne peut le réparer.

Il ne le peut pas, quand il créerait de nouveaux cieux et une nouvelle terre!

Jouis de ton Dieu et moi je t'exclus de mon cœur.

Est-ce que j'avais un paradis à attendre après cette vie?

Ou suis-je comme ces gens d'aujourd'hui qui se payent d'idées et de mots sans nulle substance?

Ma part était avec les hommes vivants. Ma société était le partage d'un cœur d'homme et non d'aucune idée. Mon partage était avec mes compagnons, ma foi et mon espérance, et mon cœur dans un cœur fait comme le mien.

Et toi, à cette dernière heure de ma vie, tu me renies solennellement, comme un Juif qui déchire son vêtement du haut en bas.

— N'agite pas ainsi la tête.

SYGNE

Mon humiliation est trop grande. Hélas! il n'y a plus de douleur pour moi et mon âme en est avide ainsi qu'une terre altérée.

Je suis séparée des larmes.

Il n'y a plus de douleur possible et toute souffrance qui s'ajoute aux autres est pour moi comme une consolation.

GEORGES

Et moi, que me faut-il faire?

SYGNE

Viens avec moi où il n'y a plus de douleur.

GEORGES

Et plus d'honneur?

SYGNE

Plus de nom et aucun honneur.

GEORGES

Le mien est intact.

SYGNE

Mais à quoi sert d'être intact? Le grain que l'on met
dans la terre,
De quel usage est-il, s'il ne pourrit d'abord?

GEORGES

La chair pourrit. mais la pierre reste inaltérable.

SYGNE

La terre est la même pour nous deux.

GEORGES

Mais moi je ne l'ai pas trahie. J'ai honoré cette terre
qui était mon propre bien,
Afin qu'elle ne nourrisse point que le seul ventre,
mais un cœur
Fidèle, elle-même fidèle.

SYGNE

C'est moi qui m'en vais la nourrir à mon tour.

GEORGES

Parjure! cette terre n'est plus à toi que tu as vendue
et ton nom serf n'est plus son nom féodal!

SYGNE

Je l'ai aimée plus que toi.

GEORGES

Et qui l'aimerait plus qu'un exilé?

SYGNE

Tu n'en aimes que la surface.

GEORGES

Elle est ma terre et mon bien qui ne ressemblent à
aucun autre.

SYGNE

Et moi j'en possède le fond et la racine.
Toute terre est la même à six pieds de profondeur.

GEORGES

N'attends-tu point de résurrection?

SYGNE

Ne parle point de ces choses que tu n'entends pas.
Et même s'il n'en était aucune, le bienfait seul de
mourir est assez grand.

GEORGES

Tu dis bien. Cela du moins est vrai.

SYGNE

O Georges, combien nous avons été tous les deux
ridicules! Cela fait pitié! Voilà que nous nous étions
absurdement fiancés afin d'être mari et femme, comme
s'il y avait encore une place pour nous entre les
hommes.
Est-ce que les hommes ont encore besoin de nous avec
eux? Pas plus que de Coucy et de ses tours.
Et toi, est-ce que tu tiens tellement à être propriétaire,
comme d'autres sont pasteurs ou meuniers?
Les hommes n'ont plus besoin entre eux d'un homme
plus haut.
Et nous, nous étions faits pour donner et pour prendre et non pas pour partager.
Viens donc avec moi et prends ma main,

Non point comme deux époux qui s'enracinent l'un
à l'autre,

Mais prends ma main puisque tu ne me vois plus, ô
frère, je suis restée la même! et mon autre main est liée
à la chaîne de tous mes morts.

O Georges, que veux-tu faire ici? Voici assez longtemps que nous sommes à charge aux hommes.

Voici assez longtemps que nous les obligeons durement à vivre non pas pour eux mais pour nous, comme
nous-mêmes pour le Roi et pour Dieu.

Maintenant chacun s'en va vivre pour soi-même à son
aise et il n'y aura plus de Dieu ni de Seigneur.

La terre est grande, que chacun y aille de son côté,
voici les hommes libres à la manière des animaux.

Mais nous, est-ce que nous avons souci d'être libres?
il n'y a point de liberté pour un gentilhomme.

Ou égaux?

Ou frères, et il n'y aura plus de Nom ni de famille, toi
seul es mon frère!

GEORGES

Vous n'êtes plus ma sœur.

SYGNE

Si, Georges, je le suis.

GEORGES

Je ne reprendrai point cette main félonne.

SYGNE

J'ai trahi, il est vrai! j'ai tout livré, et moi-même
avec! ce qui était mort.

Le Roi est mort, le chef est mort. Mais j'ai sauvé le
Prêtre éternel.

Dieu est vivant avec nous, tant qu'il y aura encore
avec nous Sa parole et un peu de pain, et Sa main sacrée
qui lie et qui délie.

GEORGES

Elle a délié la tienne.

SYGNE

Je m'en vais donc seule et déliée vers le soleil souterrain.

GEORGES

Mais cependant que nous sommes vivants encore, achevons ce qui nous reste à faire.

SYGNE

Signeras-tu ces papiers?

GEORGES

Je les signerai l'un et l'autre au nom du Roi mon maître et au mien.

Il les prend, les lit et les signe.

Ne dois-je attendre aucune tricherie de votre époux?

SYGNE

Tous ses ordres sont déjà prêts, il me les a montrés. Les estafettes attendent.

Son intérêt vous garantit.

Dans une heure Paris sera désarmé et Montmartre aux mains de vos amis.

GEORGES

Voici mon testament, voici la nouvelle alliance.

Mais n'ai-je point lu qu'il n'y a point de testament sans un mort et d'alliance sans quelque sang versé?

SYGNE

Que ce soit donc le mien!

GEORGES

Ne me tentez pas.

SYGNE

S'il n'y a point de Dieu pour toi, sois donc un homme
au moins, et s'il n'y a point de justice, fais-la toi-même
et agis suivant ta propre loi.

Celui qui a manqué à la foi humaine, qu'il meure! Me
voici prête.

GEORGES

Non, non! je ne tuerai point ma pauvre enfant!

SYGNE

O Georges, tu m'aimes encore.

GEORGES

Mais du moins, je vous déferai de cet homme.

SYGNE

Ne le tue pas.

GEORGES

Tenez-vous tant à sa vie?

SYGNE

Aussi peu qu'à la mienne.

GEORGES

Il mourra donc de ma main.

SYGNE

Pourquoi t'occuper de cet homme?

GEORGES

Je délivrerai le Roi de ses promesses.

SYGNE

Qui est mort,
Il ne peut plus rendre la parole.

GEORGES

Un écrit n'est pas une parole et peut être anéanti.

SYGNE

Je te prierais donc en vain?

GEORGES

En vain.

SYGNE

Fais ce que tu veux.

GEORGES

Je vous salue.

Il s'éloigne, comptant ses pas jusqu'à la porte-fenêtre, et disparaît.

SCÈNE III

Entre Toussaint Turelure.

TURELURE

Eh bien, Madame?

Elle lui tend en silence les papiers, il les prend, les vérifie d'un regard et sonne aussitôt.

C'est à moi de faire ce qu'il reste à faire.

Entre un domestique.

Faites entrer les estafettes que j'ai commandé de tenir prêtes.

Entrent plusieurs officiers.

Ces ordres à mes généraux! Toute l'armée en retraite sur Paris. La Garde Nationale licenciée, l'armée de réserve à Versailles,
Sous les ordres de M. le duc de Raguse.
Ordre de l'Empereur. Faites diligence.

Il distribue des plis scellés. Les estafettes sortent. A Sygne:

Je me suis souvenu du bon tour de notre cousin.

Il sonne.

Monsieur Lafleur.

Entre Monsieur Lafleur.

Monsieur Lafleur, portez ces papiers à la personne
que vous savez,
Et dites que je me mets à ses pieds.

Sort Monsieur Lafleur.
Il sonne. — Entrent deux autres estafettes.

Ces papiers à Messieurs Dalberg et Talleyrand.
Et dites que le rendez-vous est ce soir même ici.

Elles sortent.
Il sonne. — Entre un officier.
Turelure, se redressant :

Monsieur, quand trois heures sonneront, dites que
l'on amène le drapeau.

Sort l'officier.

Voici beaucoup de besogne en peu de temps.

*Il reste debout et poitrinant comme au port d'armes,
la tête droite, les bras allongés le long du corps, les
mains recourbées en arrière. — L'horloge grince
longuement et va sonner.*

L'heure sonne.

*A ce moment Coûfontaine apparaît derrière la
fenêtre. — Premier coup de l'heure. — Turelure s'est
armé aussitôt. Deux détonations retentissent en même
temps. Sygne s'est jetée d'un bond devant lui. —
Deuxième coup. — La scène s'est emplie de fumée.
Quand elle se dissipe on voit Sygne étendue par terre
dans une mare de sang. — Troisième coup. — Turelure enjambe rapidement le corps et se hâte vers la fenêtre.
On le voit derrière les vitres cassées qui se penche vers
le sol, puis s'éloigne, comme tirant derrière lui un
fardeau qu'on ne voit pas.*
Pause.
*Rentre Turelure. Quelques serviteurs ont pénétré
dans la pièce. Turelure, d'une voix de commandement :*

La baronne est blessée. Un accident déplorable s'est

produit. Qu'on lui dresse un lit sur cette table. Le médecin, l'abbé Badilon!

Quant à moi, les affaires de l'État m'occupent.

Il sort.
Le rideau tombe et reste baissé pendant quelques moments.

SCÈNE IV

La même pièce au coucher du soleil. Il fait presque nuit.

Sygne étendue sur une grande table dans un coin de la pièce. Monsieur Badilon est auprès d'elle. Un flambeau unique brûle dans un grand chandelier d'argent.

MONSIEUR BADILON

Sygne, mon enfant, m'entendez-vous ?

Longue pause. — Mouvement de paupières. — Monsieur Badilon, plus bas :

M'entendez-vous ?

SYGNE

Que dit le médecin ?

MONSIEUR BADILON

Ma fille, réjouissez-vous.

SYGNE

C'est donc la mort qu'il m'annonce ?

MONSIEUR BADILON

Le temps de votre épreuve est fini.

Elle commence son mouvement familier de la tête
et ne peut achever.
Monsieur Badilon, prêtant l'oreille :

« Plus de joie... » Que dites-vous ? ne remuez pas
ainsi la tête. Vous rouvrez votre blessure.
Que dites-vous ? « Plus de joie... Plus de sang... »

Il répète :

« Plus de douleur pour souffrir, plus de joie pour me
réjouir. »

Se parlant à lui-même :

Tout est épuisé.
Mais vous allez au ciel et moi je reste dans la déso-
lation.

SYGNE

Est-il...

MONSIEUR BADILON

Est-il mort ? Georges, votre cousin ?

Mouvement de paupières.

Il est mort. La balle l'a frappé en plein cœur.

SYGNE

... Le temps...

MONSIEUR BADILON

Le temps de lui donner l'absolution ?
Non, on m'a appelé trop tard. Il était déjà mort.

Silence.

J'ajoute cette amertume. Mais...

SYGNE

Je ne m'inquiète pas.

MONSIEUR BADILON

Il est vrai. Le grand Dieu pourvoit.

SYGNE

Ensemble.

MONSIEUR BADILON

Les deux Coûfontaine ensemble et l'un précède l'autre tour à tour.

SYGNE

Le parjure.

MONSIEUR BADILON

Le voici racheté de votre sang.

SYGNE

Le serment.

MONSIEUR BADILON

Non point rompu, mais consommé. En Dieu le Fils qui est assis à la main droite en qui est toute parole achevée.

SYGNE

Avec lui.

MONSIEUR BADILON

Avec toi pour toujours, ô mon maître et mon chef. *Coûfontaine, adsum.*

SYGNE

Jésus.

MONSIEUR BADILON

Jésus Notre-Seigneur est avec vous.

SYGNE

Avec lui.

MONSIEUR BADILON

Avec vous, le juste et le pécheur inséparables, et
l'œuvre ne sera point séparée de l'ouvrier, et le sacrifice de l'autel, et le vêtement du sang qui l'imprègne.

SYGNE

Tout.

MONSIEUR BADILON

Tout est fini, tout est fait comme il le fallait, l'épouse
absoute est couchée dans ses vêtements nuptiaux.

J'ai achevé mon œuvre, j'ai achevé mon enfant pour
le ciel.

Et moi je reste seul.

L'enfant de mon âme s'envole, et moi, je reste seul, le
vieux curé inutile.

Sygne : ... mouvement de la tête inachevé.

Épouse du Seigneur,

Je vous ai absoute, et vous, absolvez-moi à mon tour,

Et cette main que j'ai levée sur vous comme quelqu'un
qui consacre et qui sacrifie!

Et dites-moi que vous me pardonnez

Ce mal que je vous ai fait,

Ces paroles que je vous ai dites, ma pauvre colombe,
moi pécheur,

Sur l'ordre de Dieu, mon maître, dans l'épouvante de
mon cœur,

Afin que Pierre soit sauvé et que votre couronne soit
parfaite.

Sygne : ... mouvement des yeux.

La main? Que je lève ma main de nouveau et que
je la tienne devant vos yeux?

Sygne : ... mouvement des lèvres.

Ainsi le pauvre agneau mourant entre ses gencives
désarmées prend la main qui vient de l'égorger!

Mais ce n'est point ma main que vous baisez, ô ma

fille, mais le Christ en son prêtre qui oint et qui pardonne.

La main du prêtre consacré qui vous a communiée si souvent et qui chaque matin tient élevé

Le Fils de Dieu sous les accidents,

Que vous allez voir face à face.

Il tombe à genoux devant le lit.

Et maintenant enfin, je puis être lâche et vous montrer mon cœur !

Nul homme ne vous a aimée comme moi, de cet amour que les gens du monde n'entendent pas,

Car Dieu même qui parlait par ma bouche, et qui entendait par vos oreilles,

Est-ce qu'il n'était pas dans notre cœur aussi à tous deux ?

Gloire à Dieu qui a donné l'âme sublime à guider par l'âme la plus basse !

Et quand vous vous mettiez à genoux à mon côté au tribunal de la pénitence,

C'est moi qui du fond des ténèbres m'émerveillais et me prosternais devant vous.

Hélas ! je n'avais qu'un seul enfant et voici qu'on me l'a égorgé !

Souvenez-vous de votre pasteur, petite brebis, qui si souvent êtes venue prendre la nourriture céleste entre ses mains.

Silence.

SYGNE, *avec un sourire amer qui s'accentue peu à peu.*

... Si sainte ?

MONSIEUR BADILON

Et quel plus grand amour y a-t-il que de donner sa vie pour ses ennemis ?

Sygne : ... sourire.

Est-ce que vous ne vous êtes pas jetée au-devant de votre époux pour le couvrir ?

SYGNE, *presque indistincte.*

Trop bonne...

MONSIEUR BADILON

La mort? Que dites-vous?

Il se penche sur elle. — Elle agite les lèvres.

«Une chose trop bonne pour que je la lui eusse laissée. »
Et pensez-vous connaître vos intentions mieux que
Dieu même?

Silence. — Elle commence à respirer péniblement.

Mais je sais que déjà vous lui avez pardonné.

Silence. — Signe que non.

Sygne! à ce moment où vous allez paraître devant
Dieu, dites-moi que vous lui avez pardonné.

Signe que non.

Voulez-vous que je vous fasse apporter votre enfant?

Signe que non.

Eh quoi? Sygne, m'entendez-vous? Votre enfant?...

SYGNE, *d'une voix distincte.*

Non.

Silence. — L'agonie commence.

MONSIEUR BADILON, *il se lève.*

La mort approche. Ame chrétienne, faites avec moi
la recommandation et les actes d'espérance et de charité.

Sygne : ... signe que non.

Sygne, soldat de Dieu! debout! debout jusqu'au
dernier moment!

SYGNE

Tout est épuisé.

MONSIEUR BADILON

Coûfontaine, *adsum !*

SYGNE

Tout est épuisé.

MONSIEUR BADILON

Jésus, fils de David, *adsum !*

Silence. — Le râle commence.

Tout est épuisé jusqu'au fond, tout est exprimé jusqu'à la dernière goutte.

Silence.

Seigneur, ayez pitié de cet enfant que vous m'avez donné et que je vous donne à mon tour.

Eli ! Je vous supplie dans le terrible secret de la dernière heure.

Seigneur, en qui tous les siècles sont comme un seul instant qui ne peut être divisé,

Ayez pitié de ces deux âmes qui vont paraître devant vous en même temps que vous avez faites frère et sœur.

Et agréez le sang versé et cet échange entre elles qui s'est fait dans la déflagration de la poudre.

> *Sygne se redresse tout à coup et tend violemment les deux bras en croix au-dessus de sa tête ; puis, retombant sur l'oreiller, elle rend l'esprit, avec un flot de sang.*
>
> *Et Monsieur Badilon lui essuie pieusement la bouche et la face. Puis éclatant en sanglots, il tombe à genoux au pied du lit.*

SCÈNE V

*Apparaissent derrière les fenêtres vitrées, et sui
vant Toussaint Turelure, un homme tenant une lanterne
d'écurie, puis quatre autres portant sur le battant d'une
porte démontée le corps de Coûfontaine sous son manteau. — Ils entrent.*

TOUSSAINT TURELURE

Monsieur le curé, comment va la baronne?

Pas de réponse.

Madame.

*Il prend la lanterne et, l'approchant du visage de la
morte, il l'examine. Puis, déposant la lumière par terre,
il fait le signe de la croix.*

Aux gens qui se tiennent par derrière:

Avancez!

Que l'on apporte ici le corps de mon cousin, et qu'on
le couche sur cette table, — à côté de celui de ma femme,
je dis!

Afin que les deux Coûfontaine reposent côte à côte,

Et que ceux qui ont été séparés durant la vie aient
le même lit dans la mort.

Et que le poing fermé se pose dans la main ouverte.

*Ils font ainsi. On étend Coûfontaine près de Sygne
et l'on déploie sur eux le drapeau fleurdelysé. Mais la*

*main ouverte de Sygne sort du drap sans qu'on puisse
la faire rentrer en dessous. Sur une table à la tête de la
couche funèbre, couverte d'une serviette, on place un
crucifix entre deux flambeaux qu'on allume et un seau
d'eau bénite avec le goupillon.*

*Pendant ce temps le bruit au dehors peu à peu s'est
accru jusqu'à ébranler la terre, d'une armée en marche
et de troupes interminables qui passent. Bruit de chevaux,
roulement de l'artillerie et des fourgons.*

*Puis tout à coup bruit de grelots et d'une voiture
attelée de chevaux lancés à toute vitesse qui soudain
s'arrêtent devant la maison. Tapage. On entend des
portes qu'on ouvre violemment et toute la maison
s'emplit d'une grande lumière.*

*Soudain la porte à deux battants est comme arrachée
du dehors et l'on entend un grand cri :*

LE ROI!

*Entrent deux valets tenant des flambeaux et derrière
eux le Roi de France.*

Toussaint Turelure, s'avançant à sa rencontre :

Sire, soyez le bienvenu dans votre propre royaume!

Il s'agenouille et lui baise la main.

LE ROI

Relevez-vous, Monsieur. Il m'est agréable de reconnaître en vous le plus utile de mes sujets.

*Il regarde autour de lui. Son fils, son frère et les
officiers de sa suite sont entrés derrière lui et l'entourent.*

TURELURE

Que Votre Majesté daigne excuser le désordre de
cette maison.

LE ROI

Il ressemble à celui de la France. Pauvre vieille
demeure!

Des fondements jusqu'au grenier, on n'a rien laissé
en place. Tout a subi conscription.
Mais Nous apportons la paix avec Nous.

> *Murmure flatteur dans la suite. — Le Roi aperçoit
> le lit funèbre devant lequel Monsieur Badilon est tou-
> jours en prière, et le sourcil légèrement levé vers Ture-
> lure pour l'interroger, il le regarde pour la première
> fois.*

TURELURE

Que Votre Majesté m'excuse de ne pouvoir lui cacher
mes deuils domestiques.

LE ROI

Qui est-ce?

TURELURE

Ma femme,
Issue du sang de la France le plus pur et le plus loyal.

LE ROI, *reconnaissant les armes.*

Coûfontaine adsum.
Et qui est l'autre mort?

TURELURE

Georges Agénor, mon cousin, votre fidèle serviteur
et lieutenant.
Tous deux sont tombés en même temps. Un déplorable malentendu, l'affreux quiproquo de cette crise
soudaine.

> *Le Roi s'approche du lit majestueusement et l'asperge
> d'eau bénite. Puis il passe le goupillon à son fils qui
> l'imite, puis son frère et les gens de la suite. Et, le
> dernier, Turelure, qui s'acquitte du rite avec componc-
> tion.*

LE ROI, *revenu au milieu de la scène.*

Je saurai reconnaître de tels services et le sang versé
pour ma cause.

TURELURE

Un noble nom s'éteint.

LE ROI

Il n'est pas éteint. Je sais que vous avez un fils.
Entre un huissier qui dit un mot à l'oreille de Turelure.

TURELURE

Sire...

LE ROI

Je vous entends.

TURELURE

Les Corps de l'État
Se sont donné rendez-vous en cette maison pour
saluer Votre Majesté.

LE ROI

C'est bien. Je leur donnerai audience incessamment.

TURELURE, *montrant à gauche.*

Ici, à gauche, les délégations du Corps législatif,
du Conseil d'État, des tribunaux et du Sénat conserva-
teur.

LE ROI

Ouvrez la porte.
On ouvre la porte à deux battants. — Bruit à droite.
A droite?

TURELURE

A droite les évêques de France qui se jettent aux pieds
de Votre Majesté.
Vous savez que l'Usurpateur avait convoqué ici un
Concile

Afin de formuler les libertés de l'Église gallicane, sous la garde de la gendarmerie.

LE ROI

De Pradt et Talleyrand pourront me présenter ces messieurs.
Ouvrez la porte.

> *On ouvre la porte de droite. Un huissier entre et parle à Turelure.*

TURELURE

Sire,
La délégation des Maréchaux de France demande à être présentée à Votre Majesté.

LE ROI

Qu'ils entrent!

> *Entre la délégation des Maréchaux.*

LE DOYEN DES MARÉCHAUX

Sire, l'Armée
Est heureuse de faire hommage à son souverain.

> *Il salue.*

LE ROI, *gracieusement lui saisissant les mains, comme si l'autre avait voulu mettre genou en terre.*

Relevez-vous, Monsieur!
Le Roi de France est fier de voir, autour de son trône rétabli, vos épées.
Ce n'est point à l'étranger que vous les avez remises, mais au Roi de France, Louis votre Roi, en qui est seul

> *Majestueusement :*

La paix.

> *Demi-pause.*

Gardez la gloire! elle est à vous et ne vous sera pas ôtée.

Et s'il y a quelque opprobre à encourir pour le salut
du peuple,
Que le Roi seul l'assume, selon qu'il convient au père
de famille.
Je reviens pour me jeter entre mon peuple et l'ennemi.
Je reviens à vous,
Non point avec, mais à travers vos ennemis, à cette
heure où la France est blessée, et seules mes mains ici
sont sans armes et n'en savent tenir aucune.
Et il est vrai que nous souffrons violence. Mais consi-
dérez avec équité que l'Europe ne peut se passer de la
France,
Et cet empire que l'on vous a fait, ce n'était plus la
France, ce n'était plus sa mesure et sa forme,
Non point étendue, dis-je, mais diminuée.

LE MARÉCHAL

Nous sommes vos loyaux soldats et les plus fidèles
de vos sujets.

LE ROI

Demeurez et soyez Nos témoins.

*Il s'avance au milieu de la pièce, et, se tournant un
peu vers la droite, puis vers la gauche, d'une voix forte :*

Et vous tous, Évêques, Officiers, Corps de l'État,
dont j'accueille la démarche,
Soyez témoins de cet acte que je vais accomplir.

*Il revient vers la table que l'on a préparée et où sont
disposés des flambeaux, des plumes, des parchemins,
de la cire et le Grand Sceau de France.*
*Entrent le Roi d'Angleterre, le Roi de Prusse,
l'Empereur d'Autriche, l'Empereur de Russie, le
Nonce du Pape.*

Messieurs mes frères, soyez les bienvenus dans mon
royaume,
Et remerciés de votre loyal service.
Souverains de l'Europe!

Soyez témoins de ce nouveau contrat que le Roi de France va signer avec son peuple.

Il se retourne lentement vers la fenêtre où paraissent quelques rougeurs.

Quelles sont ces fumées?

TURELURE

Ce n'est rien. Quelques mauvais quartiers de Paris qui brûlent, bon nettoyage!

Quelques mauvaises têtes que Monsieur de Raguse achève de mettre à la raison.

Et le tison de la Révolution s'éteint en puant et en fumant.

LE ROI, *avec mépris.*

Ces extravagances ont pris fin.

Il s'assied lourdement.

Et le Roi avec la France recommence suivant l'ordre légitime.

Il est assis derrière la table entre les deux flambeaux. A sa gauche, Turelure; à sa droite, Monsieur le Dauphin, le Grand Chancelier; par derrière, les Souverains. Devant, massés dans les fenêtres, les Maréchaux. A droite et à gauche, les Évêques et les Corps de l'État débordent des deux portes ouvertes. Le Roi promène lentement ses gros yeux sur l'assemblée, puis s'adressant à Turelure :

Monsieur le Comte!

TURELURE, *ricanant.*

Je suis Comte!

LE ROI

Veuillez quérir des sièges pour Leurs Majestés.

FIN

ACTE III

SCÈNE IV

Rentre Turelure. Il prend Sygne sous les bras et l'assoit dans un grand et profond fauteuil. Lui-même s'assied devant elle, la regardant fixement.

TURELURE

Bonjour, Sygne.

Elle fait effort comme pour parler et n'y peut parvenir.

M'entendez-vous? Vous ne pouvez parler?
Parlez cependant, je puis lire les mots sur vos lèvres.

Elle parle sans aucun son.

Mort? Georges est-il mort?

Signe.

J'ai le regret de vous dire que oui.

Paroles sur les lèvres.

Le prêtre? Je vous répète qu'il est mort. Trop tard.
Il est trop tard.
La balle l'a frappé au front. Il est mort.
— Moi je suis vivant.

Silence.

Grâce à vous, chère Sygne.
Sans prêtre, sans confession.

Et dans des dispositions, hélas! qui nous permettent
de conserver quelques doutes sur son salut.

Silence.

Quoi? je ne puis vous entendre.
Infinie?
La miséricorde de Dieu est infinie? C'est vrai, la
miséricorde de Dieu est infinie.
Sa justice aussi. « *Nescio vos* », est-il écrit. « Je ne sais
du tout qui vous êtes. »
C'est le Père qui parle ainsi.

Silence.

Texte. Vous avez beau dire que non.

Silence.

Mais moi, Sygne, quelle reconnaissance vous dois-je!
Vous sauvez ma vie au prix de la vôtre.
O mystère de l'amour conjugal! ô dévouement digne
de l'antiquité!
C'est de vous qu'il est écrit comme de l'ancienne Ruth :
« J'oublierai mon pays et tes dieux seront mes dieux. »
Qu'est-ce qu'un frère pour vous à côté de l'époux
que vous vous êtes choisi?
Ah, je veux qu'où je suis vous soyez désormais avec
moi et que nos os côte à côte reposent dans le même
monument!

Silence.

Encore non? mais moi, je vous dis que oui, et c'est
moi qui suis le plus fort.
Je vous connais mieux que vous-même et ce dernier
acte vous découvre à la fin.
L'amour est un lien plus fort que le sang. Et qui vous
connaîtrait mieux, ma chère Sygne,
Que cet époux à qui s'est ouvert le secret de votre
corps virginal?

Silence.

Du moins votre sacrifice ne fut pas vain :
Le Roi revient en France.

Silence.

Le Roi de nouveau est là et je suis son premier ministre.

Silence.

Coûfontaine renaît en notre cher enfant. Voulez-vous pas le voir et l'embrasser?

Signe que non.

Quoi? vous ne voulez pas voir votre enfant?

Signe que non.

Ceci est grave.

Silence.

Sygne, il est vain de vous le cacher. Je crains que pour vous aussi l'heure de la mort soit proche.
L'abbé Badilon n'est pas loin. Dois-je le faire venir?

Silence.

Sygne, ai-je bien compris? Eh quoi, vous ne dites rien?

Silence.

Tu tiens bon, Sygne. Mais tu ne peux me cacher ces larmes qui coulent de tes yeux.

Silence. Elle pleure.

Croyez-vous que je ne vous comprenne pas?

Silence.

Vous ne voulez pas me pardonner. Vous ne voulez pas que ce prêtre vous impose le pardon.
Vous voulez bien me donner votre vie, la mort était une chose trop bonne pour me la laisser.
Mais non point me pardonner. Et pourtant c'est la condition nécessaire de votre salut!

Silence.
Lentement comme s'il épelait sur ses lèvres :

« Je n'en puis plus », dites-vous?

Silence.
Turelure, de même :

« Tout est épuisé — jusqu'au fond. — Tout est exprimé — jusqu'à la dernière goutte. » Non, cela n'est pas.

Le devoir reste.

Laissez-moi vous conjurer au nom de votre salut éternel.

En vérité, vous êtes un scandale pour moi, qui ne crois pas plus à ces choses que votre frère.

Silence. Signe que non.

Si grande est la haine que vous me portez!

Que fut donc notre mariage?

Le mariage est un sacrement. Ce n'est point le prêtre qui fait le mariage, c'est le consentement seul.

Et comme le pain de l'Eucharistie, le *oui* est la matière de cette communion permanente.

Combien ne doit-il pas être complet qui fait de deux âmes

Une seule en une seule chair?

Un grand sacrement, dit l'Apôtre.

Silence.

Sygne, que dois-je penser de ce oui que vous m'avez donné?

Silence.

Vos intentions étaient droites? Défaite.

Il s'agissait de sauver le Pape? Non.

Aucun bien ne justifie un acte mauvais. Aucun.

Silence.

Sygne, m'entendez-vous? oui, je vois que vous m'entendez encore. Ah, fille fière, tu ne fléchis pas!

Silence.

Tu n'as pas su faire complètement ton sacrifice et tu recules au dernier moment.

La damnation, Sygne! l'éternelle privation de ce Dieu qui t'a faite,

Et qui m'a fait aussi, à son image : oui, quoique tu refuses de me pardonner!

De ce Dieu qui t'appelle à ce suprême instant et qui te somme, toi, la dernière de ta race.

Coûfontaine! Coûfontaine! M'entends-tu?

Et quoi! tu refuses! tu trahis!

Lève-toi! quand tu serais déjà morte! C'est ton suzerain qui t'appelle! Eh bien, tu fais défection?

Lève-toi, Sygne! Lève-toi, soldat de Dieu! et donne-lui ton gant.

Comme Roland sur le champ de bataille quand il remit son poing à l'Archange Saint Michel,

Lève-toi et crie : ADSUM! Sygne! Sygne!

> *Énorme et railleur au-dessus d'elle :*

COÛFONTAINE, ADSUM! COÛFONTAINE, ADSUM!

> *Elle fait un effort désespéré comme pour se lever et retombe.*

TURELURE, *plus bas et comme effrayé :*

COÛFONTAINE, ADSUM.

> *Silence.*
> *Il prend le flambeau et fait passer la lumière devant les yeux qui restent immobiles et fixes.*

LE RIDEAU TOMBE

Le pain dur

DRAME EN TROIS ACTES

Et dixi : Non pascam vos; quod moritur, moriatur; et quod succiditur, succidatur; et reliqui devorent unusquisque carnem proximi sui.

Zach. proph., XI, 9.

Insipientes, incompositos, sine affectione, absque foedere, sine misericordiâ.

Rom., I, 31.

ACTE PREMIER

SCÈNE PREMIÈRE

L'ancienne bibliothèque du monastère cistercien de Coû-
fontaine, telle qu'elle est décrite à l'acte I de L'otage. Tous
les livres ont été enlevés des rayons et on en voit des piles
çà et là sur le plancher. Désordre et poussière ; aux fenêtres,
par places, carreaux remplacés par du papier. Le grand cru-
cifix de bronze a été descendu, on le voit appuyé contre le
mur. A sa place et au-dessus, le portrait du Roi Louis-
Philippe, en uniforme de la Garde Nationale, grosses épau-
lettes et pantalon de casimir blanc. — Au-dehors, Novembre.

Au lever du rideau, Sichel et Lumîr[1] assises.
Lumîr en habit d'homme, grande redingote à brande-
bourgs. On entend Turelure qui pérore dans la pièce
voisine.

VOIX DE TURELURE

... la Monarchie constitutionnelle; traditionnelle par
son principe, moderne par ses institutions!

Applaudissements.

SICHEL

C'est moi qui ai trouvé cette phrase, ça a toujours du
succès! Il place ça partout.

---

1. Prononcez *Loum-yir*.

VOIX DE TURELURE

Te te te te te... le développement des ressources nationales qui marche de pair avec le progrès des lumières et d'une sage liberté! Et ceci me ramène, Messieurs, à l'événement qui fait l'objet de notre réunion. Aujourd'hui la voie ferrée touche Coûfontaine! Demain, par la vallée de la Marne au-delà des Vosges, elle atteint le Rhin, elle rejoint l'Orient! Notre main au delà des frontières va saisir celle que nous tend l'Allemagne fraternelle. Ah, pardonnez son émotion à un vieux militaire! Ce que notre jeunesse a rêvé, ce que n'ont pu faire nos armes et le génie d'un grand homme, la science le réalise! D'un pays à l'autre se fait en paix l'échange des produits, des idées et des plus nobles sentiments. Et pour nos campagnes mêmes, quel avenir! Notre agriculture trouve des débouchés faciles, tout entre en exploitation, les villes encombrées se dépeuplent au profit des champs et leur envoient de joyeux bataillons de travailleurs! Plus de chômage, plus de bras inoccupés! L'industrie allume de toutes parts ses foyers, partout s'élèvent les cheminées des sucreries! Et moi aussi, Messieurs, moi-même, oui, je veux donner l'exemple. Cette terre, cette maison, ce bien héréditaire de notre antique famille, je veux les consacrer au développement de nos forces économiques. Ce monastère va devenir une papeterie. Là où jadis de bien intentionnés ecclésiastiques, dont les plus vieux d'entre vous se souviennent sans doute avec attendrissement, élevaient en l'honneur de la Divinité une voix respectable mais inutile, va retentir le bruit joyeux des machines et des trémies. Le tavail n'est-il pas la meilleure des prières, celle qui est la plus agréable au Créateur? Oui. Mais à qui devons-nous ces bienfaits! à qui, Messieurs? ne l'oublions pas : au Souverain réparateur, qui, sauvant la France des vaines agitations de la démagogie, est venu définitivement implanter sur notre sol la Monarchie constitutionnelle, traditionnelle par son principe, moderne par ses institutions!

Silence. Puis faibles applaudissements.

SICHEL

Il oublie qu'il l'a déjà dit.

VOIX DE TURELURE

Messieurs, je lève mon verre en l'honneur de Sa Majesté Louis-Philippe Premier, Roi des Français! Vive le Roi et son auguste famille!

Applaudissements, brouhaha.

SICHEL

Vous me direz que cela ne vous rend pas vos dix mille francs.

LUMÎR

Patience, je les aurai.

SICHEL

Vous croyez que dix mille francs, ça ressort comme ça tout seul?

LUMÎR

Monsieur le Comte est riche.

SICHEL

Pas tant que vous le pensez. Son désordre égale son avarice,
Qui ne le cède qu'à son improbité. Ah, c'est un grand seigneur!
Et vous croyez que parce qu'on est riche, on a de l'argent comme ça à donner? Votre simplicité m'étonne.
Plus l'argent travaille, plus il est difficile de le déranger. Tout est retenu d'avance.
Et ce n'est pas au moment qu'il va construire cette papeterie qu'il peut se passer de monnaie.

LUMÎR

Je sais qu'il a touché de l'argent de votre père.

SICHEL

Oui, vous savez cela ? C'est vrai, il a touché vingt mille francs.

LUMÎR

Pour la propriété de l'Arbre-Dormant.

SICHEL

L'antique manoir des Coûfontaine !
Un joli marché que fait mon père ! Quelques pans de murs en ruine et des champs de sable ! plus, un moulin.

LUMÎR

Mais c'est là que l'embranchement de Rheims va s'accrocher.

SICHEL

Vous êtes bien renseignée.

LUMÎR

J'aurai donc ces vingt mille francs.

SICHEL

C'est vingt mille francs maintenant qu'il vous faut ?

LUMÎR

Dix mille francs que j'ai prêtés
Et dix mille francs qui sont nécessaires à Louis pour l'échéance.

SICHEL

Cela peut le tirer d'affaire ?

LUMÎR

Et lui permettre d'attendre la moisson qui sera belle,
— il a plu, —
Et ses rentrées pour fournitures au Corps d'occupation.

SICHEL

C'est sérieux ? Louis a fait quelque chose là-bas ?

LUMÎR

Trois cents hectares aux portes d'Alger conquis sur
les marais de la Mitidja !
Qui commenceront à rendre.
Notre père ne va pas laisser tout cela aller aux Juifs
pour dix mille francs.

SICHEL

Vous dites : notre père ?

LUMÎR

Louis m'épouse, vous le savez.

SICHEL

Je le sais, il me l'a écrit.

LUMÎR

Il vous écrit ?

SICHEL

Pauvre garçon ! J'ai de la sympathie pour lui, il le sait.
Je lui rends les services que je puis.

LUMÎR

Vous lui devez bien cela.

SICHEL

Comment est-ce que je lui dois bien cela ?

LUMÎR

Toute sa fortune a passé aux mains de votre père.

SICHEL

Est-ce de ma faute ou celle de mon père,
Si M. le Capitaine Louis-Napoléon Turelure-Coûfontaine
S'est mis en tête de conquérir les marais de la Mitidja
(trois cents hectares aux portes d'Alger) ?
Je dis qu'il doit de la reconnaissance au vieux
Habenichts.
Et d'ailleurs, l'argent n'est pas sorti de la famille.

LUMÎR

Je le sais.

SICHEL

Votre père, comme vous dites, n'est nullement étranger
aux petites opérations du mien.

LUMÎR

C'est pourquoi je dois avoir mes dix mille francs.

SICHEL

Vous comptez pour cela sur mon aide?

LUMÎR

Madame, je me permets de la solliciter.

SICHEL

Je ne suis pas Madame.

LUMÎR

Sichel...

SICHEL

Je ne suis pas Sichel! C'est le vieux qui m'appelle ainsi.
Il ne se souvient d'aucun nom,

Moitié insolence, moitié imbécillité, et nous rebaptise
tous,
Si je peux dire.
C'est ainsi que de mon père il a fait Ali Habenichts, —
ça lui donne la juste pointe d'Orient et de Galicie, dit-il. —
Et de moi, qui suis Rachel, Sichel, qui est en allemand
Faucille dans le ciel clair du mois nouveau.
Bon. Cela va bien comme ça.

LUMÎR

Je sais que vous pouvez tout ici.

SICHEL

Je suis la maîtresse, n'est-ce pas ?

LUMÎR

Si je ne le croyais pas, pourquoi serais-je ici ?

SICHEL

Vertueusement accompagnée de notre vieille tante
de Grodno, l'ineffable Madame Kokloschkine.
Vous êtes gentille dans ces habits d'homme.

LUMÎR

C'est plus commode pour le voyage.

SICHEL

C'est bien de me traiter ainsi en amie.
Vous êtes jeune, mais raisonnable. Vous ne ferez
qu'un mariage raisonnable.
Je ne vous aurais pas crue si attachée à l'argent.

LUMÎR

Cet argent n'est pas à moi.

SICHEL

Je vois. C'est une pauvre petite caisse révolutionnaire.

C'est avec ça qu'on va refaire la Pologne et racheter au
musée de Dresde le sabre de Sobieski.

LUMÎR

Non point cette Pologne, Mademoiselle Habenichts,
une autre.

SICHEL

Quelle ?

LUMÎR, *baissant les yeux.*

Une nouvelle Pologne.

SICHEL

Où cela ?

LUMÎR

Au-delà d'ici. De ceux-là faite qui sont morts pour
elle.

SICHEL

Sans espérance.

LUMÎR

Morts sans aucune espérance.

Silence.

SICHEL

Pour vous, vous vivrez en contentement dans cette
belle propriété, au soleil d'Algérie.

LUMÎR

Tout d'abord, je dois reporter cet argent là-bas.

SICHEL

Et il est tellement sûr que vous reviendrez ?

LUMÎR, *la regardant.*

Peut-être.

Silence.

SICHEL, *pensive, les yeux baissés.*

Vous avez encore une patrie sur terre. Vous avez une place qui de droit est à vous, pas à d'autres. On ne vous a pas extirpés.

Mais nous, Juifs, il n'y a pas un petit bout de terre aussi large qu'une pièce d'or,

Sur laquelle nous puissions mettre le pied et dire : c'est à nous, c'est nous, c'est chez nous, cela a été fait pour nous. Dieu seul est à nous.

Quelle singulière histoire ! La prise de Jérusalem (bon Dieu ! qui est-ce qui s'occupe de Jérusalem !)

Et à cause de cela, il n'y a pas un homme vivant, si je sors de ceux de ma race,

Qui me tende la main et me dise de son gré : « Viens. Sois à moi. Tu es ma femme. »

Nous sommes refusés par toute l'humanité, et c'est de ce refus que nous sommes faits.

Et je sais, oui, il y a cette autre histoire, celui-ci...

Elle désigne le crucifix sans le regarder.

Eh bien, ce n'est pas la seule erreur judiciaire qu'on ait commise.

Et était-ce une erreur ? Est-ce qu'on pouvait souffrir qu'il se dise Dieu ? C'est un blasphème, dit mon père.

Et c'est de plus un mensonge, car il n'y a pas de Dieu.

LUMÎR

Son sang est retombé sur le vôtre. Le sang !

C'est une grande chose que le sang. Vous devriez causer là-dessus avec ma tante, elle en sait long.

A ce moment, ç'a été pour vous comme une nouvelle naissance, dit-elle, une conception par-dessus l'autre, un deuxième péché originel, l'inverse de la bénédiction d'Abraham.

SICHEL

C'est de la mysticité à la manière de Grodno! Que parlez-vous de sang?

Nous étions là avant vous et nous sommes les premiers-nés.

Qui êtes-vous à côté de nous? Quand vous pouvez remonter à dix générations, issus de sangs plus entre-croisés que les chiens,

Vous vous dites gentilshommes! Mais nous seuls sommes purs, en droite ligne depuis la création du monde!

C'est à nous que vous devez tout et vous nous excluez.

LUMÎR

Je ne demande pas à sortir de ma race.

SICHEL

Et moi, je demande à sortir de la mienne, à m'arracher de ce ghetto où l'on nous tient étouffés!

Mes pères ont cru en Dieu et ils ont espéré dans le Messie.

C'est leur rôle depuis la création du monde et ils n'ont pas changé, à part, debout sous l'arbre à sept branches, dans une foi et dans une espérance enragées!

Mais moi, je ne crois pas en Dieu, et je n'espère qu'en moi-même, et je sais qu'il n'y a qu'une vie.

Je suis une femme, et je veux avoir ma place avec le reste de l'humanité, et pour cela je suis prête à tout faire et à tout donner, et à tout trahir! Il n'est que temps!

Pensez-vous que votre Pologne m'intéresse? Réjouissez-vous qu'il y ait une frontière de moins.

Il n'y a pas de Pologne, il n'y a pas de judaïsme, il n'y a que des hommes et des femmes vivants, pas de Dieu et le même droit pour tous!

Dieu n'est pas, il n'y a pas de Messie à attendre, on nous a trompés et notre espérance a été vaine.

C'est pourquoi les choses qui existent sont importantes et je n'en serai pas exclue.

LUMÎR

Personne ne vous dispute votre Pair de France.

SICHEL

Pourquoi donc êtes-vous ici?

LUMÎR

Il ne dépend que de vous que je parte.

SICHEL

Non. Monsieur le Comte est à cet âge où l'on veut
être aimé pour soi-même.
Et vous obtiendrez tout de lui, car il aime les femmes,
ah! c'est un vrai Français!
Excepté de l'argent.
Fi! ne lui parlez point d'argent, c'est bas!

LUMÎR

Sichel, si j'obtiens cet argent qui m'est dû,
Je ne retourne pas à Alger.
— Vous voyez, je vous ai comprise.

SICHEL

Je ne sais ce que vous dites.

LUMÎR

C'est vous qui me poussez!
Je dis que j'obtiendrai cet argent
Par tous moyens. Je l'aurai.
Et qu'il est dangereux pour vous que je reste.

SICHEL

Que pensez-vous faire?

LUMÎR

Croyez-vous que je ne connaisse pas le cœur d'un
père comme Monsieur le Comte ?
Je suis la fiancée de son fils.

SICHEL

Et certes, je vois que vous l'aimez !

LUMÎR

L'honneur et le devoir avant tout.

SICHEL

C'est l'honneur et le devoir qui vous poussent à
capter un vieillard imbécile ?

LUMÎR

Oui.

SICHEL

Et à trahir celui qui vous aime ?

LUMÎR

Montrez-moi les lettres que le capitaine vous a écrites.

SICHEL

Je pense qu'il vous aime sincèrement.

LUMÎR

Je l'aime aussi.

SICHEL

Pas autant que ces dix mille francs à récupérer.

LUMÎR

Je les lui ai donnés.

SICHEL

Prêtés.

LUMÎR

Je lui ai donné ma vie.

SICHEL

Prêtée à de gros intérêts.

LUMÎR

Nous avons fait assez. Je n'ai pas le droit d'être plus généreuse envers ce Français.

C'est mon frère qui lui a sauvé la vie, le rapportant tout sanglant de la brèche de Constantine.

Et c'est moi ensuite qui l'ai soigné.

C'est mon frère et moi qui l'aidions pendant qu'il commençait ses défrichements, et je tenais sa maison.

Maintenant mon frère est mort et d'autres devoirs m'appellent.

SICHEL

Je ne vous trouve point si belle.

LUMÎR

Assez pour me faire épouser.

SICHEL

Quels yeux! Quand vous les tenez baissés, tout est si fermé qu'on dirait que vous n'êtes plus là.

Et le plus souvent ils sont fixes et tranquilles comme ceux d'un enfant, si sérieux que Monsieur le Comte lui-même en est décontenancé.

Mais quand ils noircissent et se chargent de furie et qu'on voit l'âme là-dedans qui brûle...

Ce sont de ces yeux-là sans doute qu'il est épris.

LUMÎR

Vous vous trompez. Ce ne sont pas mes yeux qu'il aime.

Silence.

SICHEL

Lumîr, le Comte est vieux et je trouve qu'il a assez vécu.

LUMÎR

Plût au ciel que son sort et cet injuste argent fussent
entre mes mains !

SICHEL

Ou entre les miennes, ainsi soit-il ! Mais je pense que
ce n'est pas aux morts d'enterrer éternellement ceux qui
vivent.

LUMÎR

Il est là et nous n'y pouvons rien.

SICHEL

Plus que vous ne pensez.

LUMÎR

Me conseillez-vous un crime ?

SICHEL

Je n'appelle pas cela un crime. Quand un homme nous
refuse ce qu'il nous doit,
Il dénonce tous nos traités avec lui, nous sommes en
état de guerre.
Chacun n'a plus qu'à se servir des armes qu'il peut,
à ses risques et périls.
Et le Comte une belle nuit recevrait une balle dans la
tête, qui s'en étonnerait ? Il est terrible avec les bracon-
niers et tous ses domestiques le haïssent.

LUMÎR, *avec un doux sourire.*

Exécutez-le donc vous-même.

SICHEL

Tout le monde le peut, pas moi.
Et d'ailleurs je suis une femme.

LUMÎR

Je ne peux pas non plus.

SICHEL

C'est vrai.

Il y a d'autres moyens. Je le connais, voici deux ans
que je n'ai pas autre chose à faire que de le regarder.

Il est vieux. Il a peur, peur de la mort.

Il fait le brave encore, mais le médecin dit que le
ressort qui anime cette grande carcasse est limé.

Avez-vous vu comme la peau de son crâne est mince ?
On voit déjà dessous la tête de mort :

La même couleur jaunâtre, il y en a tout un tas près de
la maison du jardinier.

Une violence, une émotion, et claque la berloque !

Il sait cela et il a peur. Il y a toujours moyen de faire
avec un homme qui a peur.

Presque tous les hommes ont peur de quelque chose.

C'est pour cela qu'il n'ose me chasser.

LUMÎR

Touchante union !

SICHEL

Croyez-vous que ce soit par amour pour moi qu'il
m'ait prise ? Non, vous ne devineriez jamais ! C'est pour
m'empêcher de faire de la musique !

Il est incapable de résister à un certain esprit de farce
et de taquinerie.

J'étais une artiste, connue dans le monde entier, vous
savez mon nom. Croyez-vous que depuis deux ans il
m'empêche de toucher à un piano ?

Je suis sa teneuse de livres et il m'a réduite en esclavage comme les anciens Israélites.

Et je pensais d'abord qu'il m'épouserait, mais j'ai dû
bientôt renoncer à cet espoir enchanteur.

Je vous dis qu'il ne consentira à mourir que s'il a le
sentiment ainsi de jouer un tour à quelqu'un.

Et je ne puis tirer un sou de lui : pas plus pour moi que pour vous.

LUMÎR

Qu'il meure, et le fils vous reste.

SICHEL

Et à vous la sainte Pologne!

LUMÎR

J'ai commis un crime et je dois le réparer.

Mon frère et moi, nous avons prêté cet argent trois fois sacré.

Il faut que je le retrouve.

Jusque-là je ne puis me permettre une autre idée.

SICHEL

Nous nous sommes clairement comprises, je crois ?

Jouez votre jeu, je joue le mien, j'ai mes atouts aussi, toutes deux contre le mort.

Entre Turelure.

SCÈNE II

TURELURE

Eh bien! qui est-ce qui parle de mort?

SICHEL

Nous discutons les principes du whist et le coup
d'hier soir : les faibles et les fortes du mort.

TURELURE

Ouais! pauvre homme! me voici bien encadré entre
ces deux fines joueuses.

Vous m'avez bien battu hier et ramené tout roulant,
il ne m'est resté que les honneurs.

SICHEL

Monsieur le Comte n'est pas près d'en manquer.

TURELURE

Charmant! charmant! « Toujours l'honneur! » c'est
ma devise.

« Toujours l'amour! » comme disait le roi de West-
phalie en levant son verre.

De quoi les Allemands ont fait « Tschorlemorl! »,
qui est un mélange bien frais de vin blanc et d'eau de
seltz.

SICHEL

Je vous laisse. Je crois que la Comtesse Lumîr a
besoin de vous parler.

TURELURE

Chère Comtesse! Que c'est aimable à vous d'être
venue me rendre visite en cette pauvre maison! Une
triste hospitalité!

Les murs sont solides et j'ai eu la bêtise de faire réparer
la toiture, il y a deux ans, mais tout est à l'abandon.

Regardez ces piles de livres dont je ne peux parvenir à
me débarrasser. Rien que pour les porter à Rheims on me
prendra plus qu'ils ne valent. Je vais en faire du feu.

Bon! tout cela va changer avec les machines et le
chemin de fer. Cet étang, ce barrage que les moines ont
fait là-haut pour leur poisson me donnera la force motrice.

Ah! tout cela me coûte gros d'argent, vous pouvez le
dire.

J'ai dû vendre notre bien de famille, c'est dur.

Votre père a fait une bonne affaire, Sichel! Il profite
de mon dénuement.

SICHEL

C'est conclu?

TURELURE

Pas encore tout à fait. Il veut voir certains plans,
prendre certaines sûretés. Ah, c'est un homme prudent!

Vous le connaissez, Comtesse? Il a eu l'occasion
d'obliger notre pauvre Capitaine.

LUMÎR

Il lui en est reconnaissant.

TURELURE

Je le sais.
Sichel, — Lumîr! — vous me permettez de vous

appeler ainsi ? ne vais-je pas être votre père ? On l'aimera un peu, ce vieux papa ?

Que je suis heureux de vous voir causer ainsi comme des amies !

Lumîr, cette petite femme sera une sœur pour vous.

Et pour moi elle a été un ange ! non, je dis vrai ! un ange par le sens qu'elle a des affaires, et plus de force dans le petit doigt que le chien d'une carabine !

C'est comme pour la musique, quelle artiste, si vous l'entendiez ! Dire que je ne puis plus obtenir d'elle qu'elle ouvre son piano !

C'est l'art qui a été le premier lien entre nous. Si vous aviez entendu ce que fait le piano déchaîné sous ses phalanges de fer et cet ouragan de notes, on entend distinctement chacune d'elles !

Ce petit doigt surtout, à l'extrémité de chaque main, ce petit doigt d'acier qui trouve tout à coup la touche à tous les points du clavier et la frappe avec une implacable ubiquité !

J'étais enthousiasmé ! Je me suis dit : « Il faut que je fasse de ce petit doigt mon ministre et le Gouverneur général du vieux Turelure ! »

Et voilà ! C'est elle qui tire de cette vieille âme tout ce qui lui reste de musique.

Il lui baise la main.

SICHEL

Cher Comte !

Cher Toussaint ! — Adieu, Lumîr ! Courage ! Et vous, Toussaint, je vous en prie, faites ce que vous pouvez ! J'aime tant ce pauvre Louis.

Elle sort.

SCÈNE III

TURELURE, *lui envoyant un baiser.*

Adieu, chère amie! — Adieu, charogne, puisses-tu
crever!

Me voici à vous, Mademoiselle, et prêt à vous écouter.

LUMÎR

Je crains de tomber mal en ce jour de fête et parmi
tant d'occupations.

TURELURE

Je suis toujours occupé. Et d'ailleurs, l'inauguration
est finie.

Là-bas un train orné de feuillage et de drapeaux
ramène vers Paris mes invités digérants. Ah, c'est une
grande époque!

Quelle levée de pioches sur toute la France! Quel
fourmillement de brouettes!

Quatre autres voies comme celle-ci partant de la capitale vers tous les coins du pays

Permettent en quelques heures à tous les citoyens de
s'unir sur le même forum.

LUMÎR

La ligne du Midi atteint Lyon déjà et permettra à
votre fils d'être ici en quelques heures.

TURELURE

Quoi! c'est-i qu'il vient?

LUMÎR

Je ne sais, je n'ai de lui aucune nouvelle.

TURELURE

Je lui avais recommandé de rester là-bas! Je vous
avais priée de lui écrire. Nous n'avons pas besoin de lui.

LUMÎR

J'ai écrit.

TURELURE

Je n'ai rien à lui dire! Je ne veux pas le voir.

LUMÎR

J'en tire bon augure pour le succès de ma requête.

TURELURE, *sec*.

Toujours ces dix mille francs?

LUMÎR

Vingt mille, s'il vous plaît.

TURELURE

Vingt mille, mon petit monsieur? Comme vous êtes
gentille dans votre grande redingote!

LUMÎR

Il a une grosse échéance. S'il ne peut l'honorer, on
saisit tout.

TURELURE

Est-il si mal en point? Ces usuriers sont de vrais
arabes.

LUMÎR

On dit que vous êtes d'accord avec eux.

C'est ainsi que vous lui avez repris les biens de sa mère.

TURELURE

C'est faux, je veux dire c'est vrai. Mais, où est le mal ?
Coûfontaine n'est pas à lui, ni à moi.

C'est le bien de la famille. Où est le mal que j'aie voulu l'abriter des fantaisies d'un prodigue ?

LUMÎR

Ne le poussez pas au désespoir.

TURELURE

Il lui reste l'armée. Il y retrouvera son grade.

Je suis un père, que diable! Je l'aime. Dites-lui bien que je l'aime. Dites-lui que je m'intéresse à son avancement.

LUMÎR

C'est de l'argent qu'il veut.

TURELURE, *avec dégoût.*

L'argent, ah!

LUMÎR

Il est prêt à vous donner huit pour cent.

TURELURE

Non! C'est un mauvais service à lui rendre que de l'encourager dans cette entreprise absurde. Il n'y a rien à faire en Algérie. Pas d'argent.

LUMÎR, *baissant les yeux.*

Je voudrais le mien aussi.

TURELURE

Ce n'est pas moi qui l'ai pris.

LUMÎR, *levant les yeux sur lui.*

Faites cela pour moi, Monsieur le Comte!

TURELURE

Bon. J'aime mieux ce ton-là.

LUMÎR

Je ne vous croyais pas si méchant.

TURELURE

Cent fois non. Je suis un bien bon homme. Doux, doux, flasque. Mou comme une purée de citrouille.

LUMÎR

Vous pouvez plaisanter, c'est plus vrai que vous ne vous en doutez.

TURELURE

Quoi? Je ne vous fais pas peur? On m'a toujours dit que j'avais l'air d'un loup.

LUMÎR, *avec douceur.*

Je vous trouve l'air d'un mouton. Un vrai Champenois. Et le bas de la figure est si drôle!
Vos deux lèvres sont comme des marionnettes qui se poursuivent et qui disent tout ce que vous pensez quand vous n'y pensez pas.

TURELURE, *vexé.*

Merci. Vous oubliez à qui vous parlez.

LUMÎR

Monsieur le Comte, je sais ce que je vous dois.

TURELURE

Et donc que je ne vous dois rien.

LUMÎR

Je ne vous demande pas de me devoir quelque chose.

TURELURE

Mademoiselle ma fille, mon petit bonhomme, il vaut
mieux que je vous ôte aussitôt quelques idées de la tête.
Je ne vous rendrai pas ces dix mille francs.

LUMÎR

Vous m'avez fait espérer autre chose.

TURELURE

La politique de Sa Majesté a changé.

LUMÎR

Quoi! C'est une question politique!

TURELURE

L'autre jour, nous n'étions pas au mieux avec votre
souverain légitime,
C'est le Czar que je veux dire.
Une bonne petite conspiration à Varsovie... Eh, mon
Dieu, il n'aurait pas été si mauvais de lui faire sentir la
pointe.

LUMÎR

Et au besoin, on gagnait la reconnaissance de mon
souverain légitime
En lui donnant quelques indications bienveillantes.

TURELURE

Comme vous dites. Eh bien! notre politique a changé.
La Pologne ne nous intéresse pas. Ces gens-là ne sont
que des émeutiers.

LUMÎR

Comme les héros des Trois-Glorieuses!

TURELURE

Honneur à ces défenseurs de la Constitution!

LUMÎR

Vous respectez les lois?

TURELURE

Chacun son rôle. Le mien est de les faire.

LUMÎR

C'est bien. Il ne me reste donc plus qu'à partir.

TURELURE

Où cela?

LUMÎR

Là-bas. Il faut que je rende mes comptes, pour mon frère et pour moi.

TURELURE

Vous laissez ainsi votre fiancé?

LUMÎR

Il n'est pas mon fiancé tant que ça. Je me dois d'abord à d'autres.

TURELURE

C'est vous qui allez délivrer la Pologne, n'est-ce pas?

LUMÎR

Oui.

TURELURE

Le Czar n'a plus qu'à retenir une petite villa sur les bords du lac de Genève, quelque pension « *mit früh-*

stück ». Voilà Mademoiselle qui se met en marche comme une armée.

LUMÎR

Le jour est venu.

TURELURE

C'est elle qui va venir à bout de trois Empires avec ses grands yeux bleus et ses petites mains dans son manchon en imitation de lapin.

Elle le regarde.

Pourquoi me regardez-vous ainsi avec ces yeux qui n'expriment rien et qui sont parfaitement incapables de comprendre quoi que ce soit ? On ne sais jamais ce que vous pensez.

LUMÎR

Rendez-moi cet argent.

TURELURE

Non !

LUMÎR

Croyez-vous que je n'aie pas assez d'ennemis sans vous ?

TURELURE

Je ne suis pas votre ennemi.

LUMÎR

Non, je ne crois pas.
Monsieur le Comte, est-ce qu'il y a beaucoup de gens dans votre vie qui vous aient dit : Turelure, j'ai confiance en vous ?

TURELURE

Ah, petite rusée ! Comme tu sais trouver la place faible d'un vieux bonhomme !

LUMÎR

Dois-je vraiment partir?

TURELURE

Non!

LUMÎR

Comte, vous êtes riche et je n'ai rien, et le peu que j'avais n'était pas même à moi.

TURELURE

Ce Louis est un grand coquin!

LUMÎR

L'argent des femmes — ce sont des femmes qui l'ont ramassé, — l'avarice des mères et des veuves, la dot des jeunes filles, le pain des orphelins, les larmes et le sang des proscrits et des martyrs! Pas un sou qui ne soit poissé de sang!

TURELURE

Tout cela sert à défricher les jujubiers de la Mitidja.

LUMÎR

Il est lâche de me voler ainsi, abusant de ma faiblesse!

TURELURE

Je ne vous ai pas volée!

LUMÎR

... Comme un homme qui vole une petite fille, lui prenant sa tartine dans son petit sac!

TURELURE

Je ne vous ai rien volé, sacré bout de bois! J'ai aidé le capitaine tant que j'ai pu. A moi aussi, il me doit de l'argent.

LUMÎR

Rendez-moi mon argent à moi, Monsieur le mouton et je vous tiens quitte du reste.

TURELURE

Mais il est ruiné dans ce cas et vous ne pouvez l'épouser.

LUMÎR, *baissant les yeux.*

Naturellement, je ne puis l'épouser sans argent.

TURELURE

Vous ne l'aimez donc pas ?

LUMÎR

Ma vie est trop courte pour que je m'attache tellement à aucun homme.

TURELURE

Vous avez raison. Il ne vous aime pas. Il a trop d'idées dans l'esprit.

LUMÎR

Je suis si jeune, j'étais fière qu'il eût besoin de moi.

TURELURE

D'autres peuvent avoir besoin de vous !

LUMÎR

Alors, laissez-moi le moyen de les aider.

TURELURE

Un autre qui n'est pas loin.

LUMÎR

Qui ?

TURELURE

Pourquoi parler de vie courte; et toutes ces images
héroïques et funèbres,
Qui font tant de plaisir aux petits enfants? Que diable!
C'est bon, la vie!

LUMÎR

Je ne puis rester que si mon argent part à ma place.

TURELURE, *sévère*.

Lumîr, répondez-moi. Aimez-vous réellement votre
pays?

LUMÎR

Je ne sais pas. C'est une question que je ne me suis
jamais posée.

TURELURE

Eh bien, tout de même, vous valez plus pour votre
pays que dix mille francs! Il y a autre chose à faire dans
la vie que d'être honnête!
Il y a autre chose à faire de la vie quand on est
jeune que de mourir bêtement comme dans les versions
latines, ou autrement de se laisser mettre les fers aux
pieds.
Quand vous vous serez laissée enterrer toute vive à
Boufarik, au milieu d'un grand champ de poireaux,
Croyez-vous qu'on n'avait pas autre chose à faire de
vous?

LUMÎR

On ne me demande pas davantage.

TURELURE

Louis n'est pas de notre race. Ce n'est pas un Coûfontaine! Il n'a jamais su ce que c'était qu'un Coûfontaine!
Il ne pense qu'à ses échéances.

Moi, je vous comprends, Mademoiselle. Mon vieux sang s'échauffe quand je vous entends. Que diable! C'est nous qui avons fait la Révolution.

LUMÎR

C'est la Révolution qui vous a faits.

TURELURE

Je ne dis pas non. Mais la chose ne m'amuse plus autant. Et pourtant, faut le dire, parole d'honneur, il y a de bons moments.

Quand Sa Majesté sort des Tuileries, au roulement du tambour, entourée de toute sa cour et des représentants de la Propriété Française, ah, c'est un beau spectacle!

On voit se coudoyer des régicides, des nobles renégats, des raffineurs, des magistrats jansénistes, une douzaine de vieux cornards de l'Empire échappés à tous les champs de bataille, Victor Cousin,

Et au milieu, Monsieur le Roi des Français lui-même qui nous préside avec la dignité d'un chef d'institution et le sourire d'un banquier qui n'est pas absolument sûr de ses chiffres.

C'est un demi-siècle d'histoire qui s'avance! Sa Majesté elle-même y est pour quelques anecdotes.

Ça vaut les Revues Consulaires de l'an X, sur la Place du Carrousel!

LUMÎR

C'est vous qui êtes la France?

TURELURE

C'est vrai, pour le moment, c'est moi qui suis la France, pourquoi pas?

LUMÎR

Et moi, je suis la Pologne, sans aucun ami.

TURELURE

Ne me dites pas ça, Mademoiselle! morbleu, vous me faites de la peine.

LUMÎR

Le seul ami que j'avais m'est retiré.

TURELURE

Il ne tient qu'à vous d'en retrouver un autre à la place, mon petit soldat!

LUMÎR

Je ne vous entends pas.

TURELURE, *larmoyant.*

Écoutez-moi, Mademoiselle Je suis vieux. J'ai besoin d'un sentiment. Pardonnez à mon émotion.

LUMÎR

Que vous êtes drôle!

Elle sourit.

TURELURE

Je suis comme la France. Personne ne me comprend!

LUMÎR

Mais pourquoi voulez-vous que je vous comprenne?

TURELURE

Est-ce ma faute si je suis Pair de France, et Comte, et Maréchal, et Grand Officier de je ne sais quoi, et Président de ça, et Ministre de ceci, et le diable sait quoi!

Croyez-vous que je n'aimerais pas mieux autre chose?

Ce n'est pas moi qui suis fort et méchant, c'est les autres qui sont si bêtes et si tristes, et qui vous donnent tout avant qu'on leur demande!

C'est une comédie où l'on n'a qu'à jouer son rôle avec aplomb et l'on peut tout se permettre quand on connaît les planches.

Mais il y a autre chose à faire que de jouer la comédie! Croyez-vous que je n'aimerais pas mieux autre chose?

C'est comme la France quand elle se jetait sur Versailles ou sur le Louvre.

Ce n'est pas du pain qu'elle demandait, un peuple ne vit pas que de pain!

C'est de la mitraille et du plomb et de grands coups de pieds dans les côtes!

Un cheval comme la France, c'est jeune, c'est amoureux, ça aime à sentir son maître!

Il faut avoir du genou quand on a l'honneur de tenir une pareille bête entre les jambes, c'est pas un veau.

Mais ce gros Louis qu'elle avait sur le dos,

A peine avait-elle commencé à danser un petit peu qu'il tombait par terre sans aucun mouvement ou bruit, comme un gros boulot de coton.

Qu'est-ce qu'il restait d'autre à faire que de lui couper la tête? Je vous en fais juge.

LUMÎR

Mais que voulez-vous que je vous dise?

TURELURE

Il faut dire : c'est bien.

LUMÎR

C'est bien, Monsieur le Comte, c'est tout à fait bien.

TURELURE

Bon. Où en étais-je? Ah, oui, ma femme.

Ma première femme, la seule, car Sichel, c'est pas vrai. Ah, c'était une sainte, Dieu ait son âme!

LUMÎR

Sygne de Coûfontaine.

TURELURE

Répétez un peu, comment avez-vous dit cela?

LUMÎR

Sygne de Coûfontaine.

TURELURE, *baissant la voix.*

Sygne de Coûfontaine. Cela a une drôle de sonorité dans cette pièce.

Ah, nous fûmes des époux bien accordés pendant tout le temps de notre mariage.

Trop court, hélas! Onze mois en tout, dont neuf séparés. Jamais un mot entre nous. Quelle douceur toujours dans ses manières,

Et quel mépris dans ses yeux quand elle consentait à me voir!

LUMÎR

On m'a raconté certaines choses.

TURELURE

Elle était meilleure que moi, ce n'est pas une raison pour me mépriser.

Ces gens qui ne savent que mépriser, à quoi cela sert-il? Le mépris est le masque des faibles.

Un homme fort ne méprise rien. Il a usage de tout.

LUMÎR

Eh bien, c'est qu'elle était la plus faible, vous le lui avez bien fait voir.

TURELURE

Il ne faut pas être le plus faible avec moi. C'est mauvais.

LUMÎR

Je vais le dire à Sichel.

TURELURE

Ah, elle voudrait bien être la plus forte, mais elle
ne peut pas, dont elle rage!

Dès que je la regarde d'un certain œil, elle se trouble et
se dérobe.

LUMÎR

Moi, je n'ai pas peur de vous!

TURELURE

Je le sais, c'est délicieux. Il n'y a place que pour un
sentiment dans votre petit cœur fervent et dur, dans
votre petite âme loyale.

Ce que vous ont dit les gens de votre race, le père, le
frère,

Cela seul existe pour vous, et ceux qui ne sont pas de
la Race Sacrée,

Ils ne comptent pas l'un plus que l'autre. C'est
vrai?

LUMÎR

Les pauvres restent entre eux.

TURELURE

Eh bien, les gens de la Race Sacrée, ils s'entendaient
si tellement bien entre eux autrefois

Que pour leur imposer la paix il leur fallait aller chercher au dehors quelqu'un qui fût absolument incapable
de les comprendre. Jamais un Polonais n'a pu venir à
bout de la Pologne.

LUMÎR

Que signifie cet apologue?

TURELURE

Donnez-moi votre main, et je vous offre mon
bras.

LUMÎR

C'est encore une plaisanterie.

TURELURE

Oui, c'est une plaisanterie, mais une plaisanterie
sérieuse.
Vous voyez à vos pieds l'homme d'affaires de la Nation
française.
Le Maréchal Comte de Coûfontaine, Président du
Conseil des Ministres.
Faites-en usage.

LUMÎR

Quel bonheur pour moi, Monsieur le Comte!

TURELURE

Savez-vous ce qui me plaît en vous? c'est la tran-
quillité que je lis dans vos yeux bleus,
La chasteté d'une foi si pure qu'aucune contradiction
n'y touche, la stupidité délicieuse de la jeunesse!
Grâces à Dieu, je ne suis pas encore mort!
Il est encore temps de faire une grande bêtise avant de
mourir et d'engager mes cheveux blancs au service de
mon capitaine!

LUMÎR

C'est sérieux, ce que vous dites?

TURELURE

Qu'en pensez-vous?

LUMÎR

Oui, je crois que c'est sérieux.

TURELURE

Quel meilleur adieu à faire à mon temps et à cette
Sainte-Alliance des Saintes Monarchies

Que de leur lancer avant de mourir ce gentil petit
brûlot!

Une femme, n'importe laquelle, quand elle vous a une
idée dans la tête,

Celui qui sait s'en servir, il peut bouter le feu aux
quatre coins du monde avec!

LUMÎR

Dites-moi, je ne suis pas pour vous n'importe laquelle?

TURELURE

Non, Lumîr. Ah, regardez-moi ainsi! Dieu, que vous
êtes jeune! Jeune et dangereuse en même temps, mais
c'est ce danger que j'aime.

Faites-moi oublier la mort! Faites-moi oublier le
temps! Faites-moi trouver intérêt à quelque chose hors
de moi!

Utilisez en moi ce qui était fait pour servir et à quoi
personne n'a jamais cru.

Faisons une étroite alliance entre nous!

LUMÎR

Et vous me rendrez mes dix mille francs?

TURELURE

Le lendemain de notre mariage!

Avec tous les intérêts, mon petit ange, *(chantant :)*
Les intérêts composés, mon petit morceau de beurre en
or!

LUMÎR

Et que dira Sichel?

TURELURE

Je n'ai pas peur de Sichel!

> *Il lui prend la main.*
> *Entre Sichel.*

LUMÎR, *regardant Sichel et gardant la main de Turelure, qui voudrait l'ôter, avec un aimable sourire, à demi-voix.*

Que vous êtes vieux! Que vous êtes vilain!

Ah, j'aimerais mieux mille fois mourir que d'être à vous!

Ne pensez pas me faire peur.

SCÈNE IV

SICHEL

Monsieur le Comte...

TURELURE

Vous étiez là?

SICHEL

Monsieur le Comte, l'aubergiste du Pot-d'Étain, à Fismes...

TURELURE

Qu'il aille au diable!

SICHEL

... dit qu'il a reçu un télégramme de Paris. Quelqu'un qui veut venir vous voir. D'urgence. On lui retient une voiture.

TURELURE

Qui a signé le télégramme?

SICHEL

Interrompu par le brouillard.

TURELURE

Ce ne serait pas Louis, par hasard?

SICHEL

Non, qui l'aurait prévenu?

TURELURE

Prévenu de quoi, je vous prie? Il n'y a à le prévenir
de rien.

LUMÎR

Louis arrive! Quel bonheur!

TURELURE

Non, Mademoiselle, je vous demande pardon, ce n'est
pas un bonheur du tout.

SICHEL

Grossoleil l'aubergiste, n'avait pas de chevaux libres.
J'ai pensé bien faire d'envoyer notre voiture.

TURELURE

Vous avez très mal fait. Le cheval est vieux et se
passerait bien de ces quinze kilomètres sous la pluie.

SICHEL

Réellement, vous devriez en acheter un autre.

TURELURE, *sombre*.

Je suis vieux aussi.

LUMÎR

Adieu, je vais faire préparer la chambre de Louis. —
Adieu, Monsieur le Comte!

Elle sort.

SCÈNE V

SICHEL

Charmante enfant! Quel joli page! Je vois avec plaisir que vous êtes en termes excellents.
Elle a obtenu ce qu'elle voulait.

TURELURE

On obtient toujours de moi ce qu'on veut.

SICHEL

Lorsque l'on sait s'y prendre.

TURELURE

Qui a dit à Louis de venir?

SICHEL

Mais je ne sais pas s'il vient.

TURELURE

J'espère que non. J'ai horreur des scènes et des violences! Il n'y a rien de si dangereux pour moi.

SICHEL

Avez-vous peur de lui?

TURELURE

Je suis vieux et je n'aime pas les violences.

SICHEL

Que craignez-vous quand Lumîr va au-devant de lui
avec ces bonnes nouvelles?

TURELURE

Ma fille chérie, crois-tu vraiment que je me suis laissé
ainsi entortiller?

SICHEL

Plus que tu ne penses peut-être, mon vieux Toussaint!

TURELURE

Quand il me tuerait, il n'aura pas un sou de moi.

SICHEL

Va, donne-lui ces dix mille francs.

TURELURE

Quand il me tuerait, il n'aura pas un sou de moi!

SICHEL

Il ne songe pas à tuer son père.

TURELURE

Nous verrons bien qui crèvera le premier.

SICHEL

Tout de même vous êtes le plus vieux.

TURELURE

Pas si vieux qu'il croit.

Il rit sèchement.

SICHEL

Allons, parle, vieux loup, et ne fais pas l'idiot.

TURELURE

Tu as entendu ces dernières paroles qu'elle disait?

SICHEL

Oui, et elles étaient peu flatteuses, quoique vraies.

TURELURE

Je pense que c'est pour toi qu'elle les disait. Il me semble qu'elle me serrait quelque peu les doigts en même temps.

SICHEL

Alors, c'est ton mariage que tu m'annonces avec elle?

TURELURE

Qui sait?

Il rit.

SICHEL

C'est cela ce que tu vas mettre dans la main à ton fils?

TURELURE

Ou peut-être lui écrire, quand il sera parti.

SICHEL

L'âge rend les gens imbéciles.

TURELURE

Une certaine imbécillité n'est pas inutile à l'agrément de l'existence.

SICHEL

Non, tu en as ta part!

TURELURE

Cette union immorale avec une Juive coûtait à ma conscience.

SICHEL

A ta conscience?

TURELURE

A ma conscience. J'ouvre les yeux enfin.
J'ai eu des torts envers vous. Je vous ai séduite.

SICHEL

Il est vrai. Je n'ai pas su vous résister.

TURELURE

Moi non plus. J'ai brisé votre carrière d'artiste.
Ah, j'ai eu de grands torts envers vous! Le meilleur
moyen pour moi de les reconnaître est de ne pas essayer
de les réparer.

SICHEL

C'est un coup bien sensible pour moi.

TURELURE

Vous m'en voyez transpercé.

SICHEL

J'ai bien dit que l'âge t'a rendu idiot.

TURELURE

Peut-être qu'il te rendra polie.

SICHEL

Tu vivras toujours, n'est-ce pas?

TURELURE

Je l'espère de toutes mes forces. L'expérience m'ap-
prend que je survis à tout le monde.

SICHEL

Ce n'est pas l'avis de ton médecin.

TURELURE

J'en prendrai un autre.

SICHEL

Ni de ton fils sans doute.

TURELURE

Faudra bien qu'il s'y accoutume

SICHEL

Si tu meurs, ayant épousé cette petite, — si tu meurs
dis-je...

TURELURE

J'ai bien entendu! ce n'est pas la peine de répéter.

SICHEL

Je dis que si tu meurs...

TURELURE

Non, je ne mourrai pas.

SICHEL

Tu laisseras une riche héritière.

TURELURE

Il ne peut pas l'épouser. Le Code le lui défend.

SICHEL

Bah!

TURELURE

Je n'aime pas les conjectures qui ont ma disparition
pour point de départ.

SICHEL

Je suis sûre que vous n'avez pris aucunes dispositions.

TURELURE

J'ai bien le temps d'y songer.

SICHEL

Tout revient en ce cas à votre fils.

TURELURE

Non, ça serait trop bête!

SICHEL

Ou bien alors vous laissez tout à votre épouse, dernière survivante.

TURELURE

J'aurai un enfant d'elle.

SICHEL

Peut-être.

TURELURE

J'en aurai trois. J'ai lu cela dans ses yeux.

SICHEL

Oui da!

TURELURE

Ce ne sera pas une hybridation comme la nôtre.

SICHEL

Ne lui donne pas trop d'intérêt à ta disparition.

TURELURE

C'est pourquoi je veux me couvrir.

SICHEL

Ne te mets pas à sa merci.

TURELURE

Je crois que je me ferai aimer de cette petite.

SICHEL

...D'elle et de son amant.

TURELURE

Va-t'en au diable !

SICHEL

Que tu es simple ! Ce voyage, n'est-ce pas ? c'est une chose toute naturelle ?

Et c'est une chose toute naturelle aussi, cette irruption du militaire, comme dans les comédies, l'arme au poing, qui se présente à point nommé.

TURELURE

Je me demande ce qu'il vient faire ici.

SICHEL

Il vient réclamer ses dix mille francs,
Plus dix autres mille dont il a un besoin pressant.

TURELURE

Juste ce que j'ai reçu de ton père.

SICHEL

Qui l'a prévenu ? je me le demande.

TURELURE

Toi, poison !

SICHEL

Peut-être. Mais je crois que c'est plus simple.

TURELURE

Tu penses que l'affaire est montée entre eux ?

SICHEL

Oui, Monsieur le Comte, je suis portée à le penser.
Il veut sa part tout de suite et le reste plus tard.

TURELURE

Eh bien, je lui donnerai ses vingt mille francs.

SICHEL

Oui, mais alors elle est libre et peut se passer de vous.

TURELURE

Eh bien, je ne les lui donnerai pas.

SICHEL

Mais alors vous le poussez à bout et ce n'est pas sans
danger!

TURELURE

Eh bien, je ne l'attends pas et je pars pour Paris.

SICHEL

C'est impossible. J'ai envoyé la voiture à Fismes.

TURELURE

Je suis pris! Il ne me reste plus qu'à faire tête.

SICHEL

Et procéder à ces choses que je vais vous dire.

TURELURE, *ricanant*.

Sois tranquille, tu seras dans mon testament.

SICHEL

Il ne s'agit pas de testament, mais d'une espèce
d'assurance.

Silence.

TURELURE

A ton profit, je commence à comprendre.

SICHEL

Supposez que nous trouvions un moyen de faire passer toute votre fortune à mon nom?

TURELURE

Il y a une idée.

SICHEL

Otez-leur toute raison de désirer votre disparition.

Silence.

TURELURE

Sichel, penses-tu qu'il veut me tuer?

SICHEL

Que feriez-vous à sa place?

TURELURE

Je n'aime pas sa figure. Je désire qu'il soit mort.

SICHEL

Rendez-lui donc sa femme et son argent.

TURELURE

Non,.je ne les lui rendrai pas.

SICHEL

Défendez-vous en ce cas.

TURELURE

C'est une chose effrayante que de mourir.

SICHEL

Mais non, c'est une chose très simple.

TURELURE

Tu ne sais pas ce que je sais.

Roulement de voiture au dehors.

SICHEL

Il me semble que j'entends la voiture.

TURELURE

J'ai peur de la mort.

ACTE II

SCÈNE PREMIÈRE

La même pièce, le lendemain.

Une table est dressée autour de laquelle Turelure, le Capitaine, Ali, Sichel et Lumîr achèvent de dîner. Bien qu'il fasse jour, on a fermé les volets et deux flambeaux brûlent au milieu de la table.

TURELURE, *versant du vin à son fils.*

Capitaine, mon Capitaine, que dites-vous de ce vin de Bouzy?

LOUIS

Je le reconnais. J'en ai bu une bouteille avec vous le jour de mon départ pour Alger.

TURELURE

C'est le vin de la montagne de Rheims, dont Jean de La Fontaine buvait avec Monsieur Pintrel, seigneur de Villeneuve.

Il a encore du degré et fait des jambes sur le verre comme le Bourgogne.

Ça ressemble à un gros bourgeois qui a tout de même de la finesse.

LOUIS

A votre santé, mon père!

TURELURE

A la santé de ces dames!

Ils boivent tous deux

LOUIS

Quelle joie de se retrouver dans son pays!
Vous avez bien fait de fermer les volets, mon père. On
est plus entre soi.

TURELURE

A mon âge un verre de vin vaut la peine d'être
tranquillement dégusté. On ne sait jamais s'il y en aura
un autre qui suivra.
C'est pas non plus que je crache sur le Beaune, mais
c'est un vin qu'il faut boire seul à mon âge.
Une de ces solennelles vieilles bouteilles qu'on vous
apporte après dîner et que l'on met deux heures à finir
judiciairement,
Plein d'idées et de souvenirs puissants.

ALI

Pour moi, je ne reçois que de l'eau, c'est le médecin
qui le veut.

LOUIS

Ça ne fait rien! A votre santé, Monsieur Habenichts!

ALI

A votre santé, mon Capitaine!

Il boit son eau.

LOUIS, *la main sur le cœur.*

Wohl bekommen ! A la santé de mon bienfaiteur!

ALI

Toujours à votre service.

LOUIS

Et ne craignez rien. Vous serez payé à l'échéance.

ALI

J'en suis sûr! J'en suis sûr!

TURELURE

Tout va bien! rien de tel qu'un bon dîner pour mettre les gens d'accord.

Quant à moi je suis le plus heureux des hommes entre mon quasi-beau-père et ma quasi-belle-fille.

ALI

Vous avez commencé vos travaux?

TURELURE

Nous sommes en train de faire la fosse pour la roue,
En plein dans le cimetière des moines.

Ce que nous avons enlevé d'os, ça n'est pas à croire! Deux charrettes et il y en a encore un tas.

Et au milieu, il y avait une espèce de puits romain que nous avons curé, c'était déjà une espèce de puits sacré, vous savez, où on élevait des serpents.

Et dans le fond, nous avons trouvé un Mercure de bronze.

ALI

Il faudra me montrer ça. Je suis amateur de tous ces bons dieux.

LOUIS, *montrant le Christ.*

Vous devriez bien nous débarrasser de celui-ci.
Ce n'est pas une chose à avoir chez soi.

LUMÎR

Si j'avais un bien comme celui-ci, je n'en ferais pas une usine.

LOUIS

Pourquoi donc? Il faut être de son temps.

SICHEL

Lumîr a raison. On peut faire une usine partout. Mais un complexe comme celui-ci...

ALI

On ne dit pas un complexe.

SICHEL

C'est drôle, je ne peux pas vous voir sans parler allemand.

Enfin une chose comme celle-ci, ces cloîtres, ces caves, ces greniers,

On n'en fera pas une autre. C'est dommage de tailler là-dedans.

Ça impressionne. C'est comme dans les romans.

Tout est de l'époque. On ne travaille plus comme ça aujourd'hui.

ALI

Also! On me dit rien que les plombs une fois déjà aussi que vous avez arrachés,

Vous en avez eu pour dix mille francs.

TURELURE

C'est faux.

Il boit.

LOUIS

Voilà le chemin de fer qui va toucher Coûfontaine.

Il n'y a plus qu'à raser la baraque et à tout bazarder.

Quelle stupidité de tenir tellement à cette vieille terre,
quand il y en a d'autres, toutes neuves et toutes chaudes,
qui vous rapportent ce que vous voulez !

ALI

Des dattes.

TURELURE

Des dettes.

LOUIS

C'est gras, c'est fondant ! Une fois que vous avez
extirpé les palmiers nains et toute la saloperie,
    La charrue entre là-dedans sans aucun bruit, comme un
sabre au travers d'un marchand de cacaouettes ! On n'en
voit pas le fond.
    Ça vous donne du blé comme du plomb zéro et des
raisins à tous les ceps comme des paquets de boyaux.

TURELURE

Il n'y a pas d'autre terre que la terre de France.

ALI

Un an de blé, un an de betteraves. Blé, betteraves.
Reblé, rebetteraves. Et encore du blé, et encore des
betteraves. Et toujours du blé, et sempiternellement des
betteraves.
    Trois pour cent dans les bonnes années. Tous les
impôts à payer, toute la sacrée boutique du Gouverne-
ment sur votre dos.
    Ce n'est pas vous qui avez la terre, c'est la terre
qui vous tient par les bottes, une betterave entre les
autres.

TURELURE

Pourquoi donc est-ce que vous avez tellement envie
de ma terre de Dormant ?

SICHEL

Il n'y a pas de spectacle plus désolant qu'un champ de betteraves.

LUMÎR

Ça fait buter les chevaux.

LOUIS

Vous avez raison, père Ali! Eh, disons-le, sambleu, il n'y a de vraie propriété que celle qu'on a volée, parce qu'on en avait tellement envie!

Un bien qu'on a conquis les armes à la main et qu'on défend à coups de fusil!

Une putain de terre qui vous fout la fièvre et dont vous êtes déterminé à faire ce qu'elle ne veut pas!

TURELURE

C'est comme ça qu'on a pris la Pologne, hé, hé!

ALI

Lisez l'histoire. Il n'y avait pas moyen de faire autrement que de la partager.

TURELURE

Cette méchante Pologne! Oui, c'est elle qui a induit en tentation ses vertueux voisins. Ah, c'est là son grand crime qu'on ne peut lui pardonner!

— Vous ne dites rien, ma chère belle-fille?

LUMÎR

Je cherche mon sac.

TURELURE

Le voici. Il était sous ma serviette. Qu'il est lourd! Qu'est-ce qu'il y a dedans?

LUMÎR, *reprenant le sac.*

Deux pistolets chargés.

TURELURE

Otez l'un d'eux et faites une place pour mon cœur.
— Eh bien, père Ali, je crois qu'il est temps que nous
en finissions et que nous réglions toutes ces affaires
ensemble.

LOUIS

Mon père, vous savez que j'ai besoin de vous parler.

TURELURE

Est-ce tellement pressé?

LOUIS

Oui, c'est tellement pressé.

TURELURE

Eh bien, je suis à toi dès que j'aurai fini.

Sortent Turelure, Ali et Sichel.

SCÈNE II

LOUIS, *à Lumîr.*

Bonjour, Mademoiselle.

LUMÎR

A vos ordres, mon Capitaine.

LOUIS

Voulez-vous avoir la bonté de m'expliquer ce qui se passe en ces lieux?

LUMÎR

C'est Sichel qui vous a dit de venir?

LOUIS

Elle-même.

LUMÎR

Je sais que vous êtes en correspondance avec elle.

LOUIS

Oui. Et vous voyez que je m'en trouve bien.

LUMÎR, *dure.*

Louis, j'ai demandé à votre père cet argent que vous me devez, et celui qui vous est nécessaire.

J'ai fait le siège du vieillard par tous les bouts et je
crois que Sichel m'a aidée de son mieux.
En vain.

LOUIS

Il ne fallait pas demander d'argent. Il fallait que ce soit
lui au contraire qui nous en offre.

LUMÎR

On ne peut pas le tromper. Il sait très exactement où
nous en sommes.

LOUIS

C'est pourquoi vous avez essayé d'un autre moyen?

LUMÎR

C'est vrai. Il a bien voulu m'offrir sa main hier soir.

LOUIS

Et vous avez l'intention de l'accepter?

LUMÎR

C'est un homme irrésistible.

LOUIS

Que vous a-t-il proposé?

LUMÎR

Il a mis son bras à mon service et m'offre de se faire
le général et l'homme d'affaires de la Pologne.

LOUIS, *riant aux éclats.*

Ah! ah! ah!

LUMÎR

N'est-ce pas, c'est drôle?

LOUIS

Le plus grand coquin a dans son cœur un stock des
plus nobles sentiments,
Dont il regrette de n'avoir jamais pu se servir.
C'est comme neuf.

LUMÎR

Croyez-vous que je sois incapable de m'en servir?
Qui sait?
Entre un vieillard et une jeune fille, la partie n'est pas
égale. Je n'ai qu'à lui sourire d'une certaine manière que
j'ai essayée et je vois qu'il la connaît.
Un vieillard et une jeune fille! des mains aussi fortes
et délicates que celles de la mort.

LOUIS

Ainsi, mon père m'a tout pris et maintenant, il me
prend ma femme!

LUMÎR

Vous n'aviez qu'à la défendre.

LOUIS

Voyons, Lumîr, c'est ridicule! vous ne voulez pourtant pas me faire dire que je vous aime.
Non! J'ai beau essayer, cela me reste dans la bouche.
Et il n'est pas facile de vous dire ce qu'on veut, mais
vous avez l'air tout de suite si loin quand vous le voulez.
Mais nos vies à tous les trois depuis de longues années,
la vôtre, celle de votre frère,
Oui, elles furent tellement réunies, dans la souffrance,
dans la lutte, dans l'espoir, dans la misère!
Oui, mon enfant, et dans ce qui n'est pas considéré de
ce côté-ci de la mer comme la stricte honnêteté. — Par les
honnêtes gens comme mon père.
Je tiens tellement à vous, mon bel ange lointain à mes
côtés, est-il possible que nous soyons séparés?

LUMÎR

Ce n'est pas ma faute.

LOUIS

Vous m'avez sauvé la vie!

LUMÎR

Ça suffit à vous donner tous les droits?

LOUIS

Vous êtes toujours là quand je suis triste, quand j'ai
la fièvre;
Quand on est vaincu.
Toujours calme, toujours jeune, forte, avisée, et toujours prête à partir dans les vingt minutes.
Pas une heure de votre temps depuis ces six années que
vous ne m'ayez consacrée, à moi et à mon bien.
Vous avez toujours cru aux possibilités de la Mitidja,
ah, c'est un lien entre nous!

LUMÎR

Je vous ai même donné tout ce que j'avais.

LOUIS

Je le sais.

LUMÎR

Et ce que je n'avais pas : ces dix mille francs sacrés.

LOUIS

Je vous les rendrai.

LUMÎR

Dans un mois, vous serez vendu et tout sera fini.

LOUIS, *violemment*.

On ne vendra pas ma terre!

LUMÎR

L'échéance est le 30.

LOUIS

Je vous dis qu'on ne me vendra pas!

LUMÎR

Le pays pacifié, les chemins faits, la terre prête à
rendre. Le moment est venu pour votre père et pour Ali
de mettre la main dessus.

LOUIS

N'essayez pas de me faire perdre la tête. Pour le
moment, ce n'est pas ma terre que je suis venu sauver.

C'est vous, mon enfant, ma sœur, vierge Lumîr,
contessina, mon petit hussard!

Ne dites pas qu'il n'est plus personne au monde qui
m'aime pour autre chose que son propre intérêt.

Ma mère a mieux aimé mourir que de me voir et
mon père, dès que je suis né, a mis tout son cœur à me
détester.

Je me souviens de ces yeux attentifs dont il me regardait, suivant chacun de mes mouvements.

Et toujours plein de politesse. Toujours il me parlait
comme à une grande personne.

J'espérais qu'il y aurait quelque part un enfant et un
camarade qui serait à moi seul, simplement parce qu'il
m'aime le mieux,

Quelqu'un pour écouter ce que je dis et avoir confiance
en moi,

Quelqu'un avec votre visage qui n'est pas tellement
beau, mais il n'en est aucun autre qui ait du charme pour
moi, et il me parle de tant de choses que je ne comprends
pas,

Un compagnon à voix basse qui vous prend dans
ses bras et qui vous avoue qu'il est une femme, — un
ami,

Un seul, c'est assez d'un.

LUMÎR, *les yeux baissés.*

Oui, je suis cela pour vous. Ne croyez pas que je suis insensible.

LOUIS

Cependant, tu vas te vendre à mon ennemi, à ce père qui m'a fait!
Nul ennemi ne vous a suffi si ce n'est précisément celui-là.

LUMÎR

Louis, tout de même, j'existais avant de vous connaître.
Et moi aussi, avant que vous soyez là,
J'ai un père qui m'a faite.

LOUIS

Vous l'aimiez, lui!

LUMÎR

Mon père, mon frère et moi.

LOUIS

Ici le monde s'arrête.

LUMÎR

Mon frère, mon père! Tous deux sont morts et je reste seule, une même chose avec eux.

LOUIS

C'est vous-même que je veux épouser et non pas votre frère et votre père.

LUMÎR

Je ne suis pas distincte. Mon père avec nous! Ses bras autour de moi et ma tête sur son épaule!
Je n'ai pas eu d'autre patrie que lui! Son visage, ses yeux, son grand dénuement,

Ces larmes que j'ai vues couler, cette sublime colère
comme sur le champ de bataille, son cœur avec celui de
son enfant!

Et cet argent, mourant de faim, auquel il ne touchait
pas, ce trésor de la patrie, sous sa veste râpée, cette
suprême poignée de terre à nous, est-ce que je la laisserai périr?

Je ne fais qu'un avec lui! Qui me prend, il nous prend
tous ensemble!

Quelle autre patrie que dans les yeux de mon père
quand il me tenait ainsi serrée contre lui?

Je reste seule.

LOUIS

Il reste moi qui suis aussi seul que vous. Laissons le
passé où il est.

Il n'est meilleure patrie que celle qu'on se fait soi-
même.

Qu'est-ce que la Pologne? Nous sommes tous les deux
assez forts pour le soleil d'Afrique.

LUMÎR

Il y a un sillage derrière moi que la mer ne suffit pas
à disperser.

La Pologne, pour moi, c'est cette raie rose dans la
neige, là-bas, pendant que nous fuyions,

Chassés de notre pays par un autre plus fort,

Cette raie dans la neige, éternellement!

J'étais toute petite alors, blottie dans les fourrures de
mon père.

Et je me souviens aussi de cette réunion, la nuit, alors
que la révolte commença.

Mon père me prit dans mon lit et m'apporta au milieu
de ces hommes armés, tous gentilshommes,

Et il me leva tout debout comme il aimait à le faire,
mes deux pieds dans ses fortes mains,

Toute droite dans ma longue chemise blanche et mes
cheveux bruns répandus,

Comme une petite statue de l'Espérance et de la
Victoire!

Et tous ces hommes fiers autour de moi, les sabres
dégainés, criant hourra!

LOUIS

Eh bien! que serait-il arrivé s'ils avaient réussi?
Un pays comme celui que vous voyez autour de vous,

Des journaux, des ministres, un parlement et toutes
ces choses inexprimablement dégoûtantes,

Le jeu des intérêts, l'opinion publique, l'essor des
forces économiques. Pots de vin, raffineries, Sociétés par
actions.

Des hommes sur vous comme Toussaint Turelure et
comme Ali Habenichts.

Croyez-vous que je sois le fils ou le compatriote de ces
gens-là? Il n'y a plus d'autre patrie que soi-même.

Le Pologne n'a pas réussi? Tant mieux! Il y a bien
assez de patries comme cela!

LUMÎR

Vous parlez comme Sichel.

LOUIS

Son père vaut le mien.

LUMÎR, *suave*.

Quand je l'aurai épousé...

LOUIS

Plaît-il?

LUMÎR

Quand j'aurai épousé le Comte de Coûfontaine, votre
père...

LOUIS

Vous serez une belle-mère tout à fait charmante.

LUMÎR

Je dis que quand j'aurai épousé votre père,
Je serai bonne pour vous, Louis!
Nous nous intéresserons à vous. Nous mettrons un
peu d'argent dans vos cultures. Nous vous recomman-
derons au Gouverneur.

LOUIS

Ce sera beau. Toutefois, il pourrait arriver quelque
chose auparavant.

LUMÎR

Quelque chose? Tu es bien incapable de rien faire,
lâche!

LOUIS

Je ne suis pas un lâche!

LUMÎR

Tu veux une femme et tu es incapable de la défendre!
Es-tu un homme? Est-ce que tu te laisseras marcher
sur le ventre jusqu'à la fin? Est-ce que tu te laisseras
éternellement chevaucher par ce vieux cadavre?
Ce n'est pas assez de tes biens? Tes biens que tu t'es
faits toi-même sans qu'il y soit pour un sou!
C'est ta femme qu'il veut à présent! C'est moi qu'il
vient te prendre sous ton nez!

LOUIS

Il ne l'aura pas.

LUMÎR

Il a déjà tes biens. C'est lui qui fera la vendange cette
année.
Et toi, on te payera trois francs par jour pour les gros
travaux et le sulfatage.

LOUIS

Ne me rends pas fou.

LUMÎR

Maintenant, c'est ta femme qu'il va prendre aussi et je suis à lui.

LOUIS

Il ne l'a pas prise encore.

LUMÎR

Il ne l'a pas prise encore?
Lève-toi, *hombre !* lève-toi, je te dis!

LOUIS

Malheur à toi si je me lève!

LUMÎR

Crois-tu que j'aie peur,
Capitaine? Capitaine Louis-Napoléon Turelure-Coûfontaine!
Lève-toi, lève-toi que je te regarde! Coûfontaine, Coûfontaine...

Elle rit aux éclats.

LOUIS, *sombre.*

Adsum.   *Il se lève.*

LUMÎR

Tu es un lâche et je te crache à la figure!

Silence.

LOUIS, *bas.*

Lumîr, assez.

LUMÎR, *à mi-voix, entre ses dents.*

Lâche! lâche!

LOUIS

Assez, petite furie!

LUMÎR, *de même.*

Rends-moi mes dix mille francs, voleur!

LOUIS

Tais-toi et laisse-moi réfléchir.

LUMÎR

Louis! *Caballero!* Écoute-moi, soldat de la Légion
Étrangère!

Tous les deux nous avons servi sur la terre d'Afrique,
sous un drapeau qui n'est pas le nôtre, pour une cause
qui ne nous intéresse pas,

Pour l'honneur du Corps,

Sans amis, sans argent, sans famille, sans maître, sans
Dieu,

Estimant que ce n'est pas trop de l'esclavage pour
payer cette demi-liberté!

Il reste l'Honneur!

Si Dieu existait,

Oui, si Dieu existait,

> *Elle regarde le crucifix. — D'une voix déchirante :*

Si Dieu existait, il y aurait Dieu d'abord, mais il n'y a
plus que des soldats dans le même rang et des hommes
égaux, le devoir entre les camarades, la batterie des
Hommes-sans-peur!

Il y a l'Honneur!

Es-tu un lâche? Quand un camarade t'appelle au
secours, est-ce que le premier devoir n'est pas de
répondre? Il n'y a que nous au monde.

Qui est ton père? Quel bien t'a-t-il fait?

Quand tu étais par terre sur la brèche de Constantine
avec trois balles dans la peau,

Est-ce que mon frère a tellement réfléchi pour te
charger sur son dos,

Quand tu claquais des dents sous ton gourbi avec une
sale fièvre,

Est-ce une autre que j'ai laissée te soigner? Tu faisais

sous toi et c'est moi qui te nettoyais comme un enfant.

Qui a eu confiance en toi? Qui t'a prêté de l'argent? Pas un sou que nous ne t'ayons donné, ce qui était à nous et pas.

Sans reçu, sans intérêt, en vrais militaires, en chics camarades, en hommes du même *çouf*.

Mon frère est mort à ton service, maintenant je suis seule.

LOUIS

Il est cependant permis de réfléchir et de chercher sa voie.

LUMÎR

Il n'est pas permis de réfléchir et il n'y a qu'une voie.

LOUIS

Le cœur me lève à l'idée de porter la main sur le vieux Monsieur.

LUMÎR, *doucement*.

Louis, sauve-moi. Je suis seule sur la terre.

LOUIS

Tu as confiance en moi?

LUMÎR

Oui, j'ai confiance en toi.

LOUIS

Donne-moi le sac.

LUMÎR, *elle ouvre le sac et en tire deux pistolets*.

Fais attention!

Il y a dedans deux pistolets, l'un grand, l'autre petit.

Je les ai chargés moi-même ce matin.

LOUIS

Bien.

LUMÎR

Tu vois? Les amorces sont mises. Maintenant, écoute bien.

Le petit est chargé à blanc, il n'y a pas de balle. Tu as entendu ce que je te dis?

LOUIS

Le petit est chargé à blanc, il n'y a pas de balle.

LUMÎR

Le petit, tu entends? Pas d'erreur.

Le vieux est lâche. Je suis sûre que la peur suffira et qu'il n'y aura pas besoin d'en venir aux extrémités.

Il vient de toucher vingt mille francs d'Ali. C'est Sichel qui me l'a dit. Il les a certainement sur lui.

Il est vieux. Il est usé. Qui sait si l'émotion ne suffira pas? C'est une idée que Sichel m'a donnée.

Elle est avec son père dans l'autre aile du bâtiment.

Il n'y a personne dans celle-ci. Il n'y a rien à craindre d'elle.

LOUIS

L'autre pistolet?

LUMÎR

L'autre pistolet est chargé à balle.

LOUIS

C'est bien.

LUMÎR

Tous les deux sont au cran d'arrêt, mais on peut les armer avec une seule main.

LOUIS

J'ai compris.

LUMÎR

Je les remets tous les deux dans le sac.

LOUIS

Mets le sac ici à ma droite.

LUMÎR

Du cœur!

Elle le regarde et lui sourit. Puis elle sort.

SCÈNE III

Entre Turelure.

TURELURE

Monsieur mon fils, me voici à vous, toutes affaires réglées avec le Barkoceba.

Seigneur! que deviendrions-nous si je n'étais là pour prendre soin de votre héritage!

Il essaye vivement de prendre le sac que Lumír a laissé sur la table. Le capitaine le lui retire. Tous les deux se regardent en silence.

LOUIS

Mon père, pourquoi me faites-vous tort? Mon père, pourquoi me faites-vous la guerre?

C'est bien, vous avez le dessus et me voici prêt à composer.

TURELURE

Tu es mon fils unique et mes sentiments pour toi sont ceux du plus tendre intérêt.

LOUIS

Quittez ce ton.

TURELURE, *grinçant des dents.*

Et toi, tu voudrais m'ôter la vie si tu le pouvais!

LOUIS

Pourquoi faites-vous que je ne puisse aller nulle part
sans que vous me barriez la route?

TURELURE

Il ne fallait pas me réclamer cet argent de ta mère à ta
majorité. Je ne pouvais te le laisser dissiper.
Et ce que tu jetais, il valait autant que je fusse là pour
le ramasser.

LOUIS

Je n'ai pas jeté d'argent et ma vie est dure. Je ne suis
pas un homme de plaisir.

TURELURE

Tu es un homme de chimère, donnant ce qu'il a pour
ce qu'il n'a pas.

LOUIS

Je suis un homme de conquête. Qui m'y a forcé? Je
n'ai eu ni père ni mère. Tout ce que j'ai, il me fallait le
tenir de moi-même.

TURELURE

Tu oublies la fortune que tu as reçue de moi.

LOUIS

Reprise de force, mon père, à grand appareil de
papier timbré.

TURELURE

Ne t'étonne donc pas que j'essaye de la rattraper.

LOUIS

Vous n'y êtes de rien. C'est le bien de ma mère qu'elle avait reconstitué à grand labeur.

TURELURE

De rien? Tu dis que je ne suis de rien dans Coûfontaine?

Mort de ma vie! J'en suis fait et je l'ai dans les os! qu'est-ce auprès de moi que ces comtes toujours absents, coupés de tous les sangs de France et d'Europe, ces produits de haras et de chenil?

Ah, ça me faisait pitié que de voir cette bonne terre de France fondre et frire comme du beurre sur le sable d'Afrique!

Je suis plus Coûfontaine que toi!

LOUIS

Je ne suis ni Turelure ni Coûfontaine.

TURELURE

Tu es Turelure, le front et le nez sont les miens.

La bouche fine et dessinée est celle de ta mère. Quelque chose d'assez simple.

LOUIS

C'est à cause de la bouche que vous me haïssez?

TURELURE

Non, c'est à cause du nez et du front.

LOUIS

Un père se réjouirait d'être ainsi continué.

TURELURE

Qu'est-ce qu'il y a à continuer? Il n'y a pas besoin de deux Turelure. Et moi, à quoi est-ce que je sers, alors?

LOUIS

Je ne suis pas Turelure.

TURELURE

Tu l'es. Tu te sers de la même figure que moi et ton âme fait les mêmes plis.

Je te comprends à fond, et ne dis pas que tu ne me comprends pas aussi! ça bouge ensemble.

Ou sinon je ne verrais pas ce regard dans tes yeux. (Bon, je ne te veux pas de mal.) C'est cela qui nous fait du mal à tous les deux.

Tu es le Turelure concurrent et successeur.

Il n'y a pas là de quoi se fondre d'amour et de bénignité! Quoi! je me défends!

LOUIS

J'ai mis exprès la mer entre vous et moi.

TURELURE

En emportant mon bien.

LOUIS

Vous dites que vous l'avez repris.

TURELURE

Ma mort te le rendra. Je n'aime pas les gens qui sont intéressés à mon décès.

LOUIS

Ce n'est pas à votre mort que je suis intéressé. Je viens à vous dans un sentiment de tristesse et de curiosité pendant que vous vivez encore.

Pourquoi vous débattre ainsi avec fureur comme si je vous tenais à la gorge?

Je vous regarde, oui, ça m'intéresse, et je voudrais savoir de quoi je suis fait.

Mon père qui m'avez fait, expliquez-moi pourquoi.

Il y avait quelque chose en vous qui n'était pas fini et
qui ne pouvait venir à la vie que dans un autre

Par le moyen de cette autre, ma mère.

Et il est bien vrai que je vous ressemble. C'est comme
si je vous voyais pour la première fois. Oui, je vous vois
en plein et je pourrais tout dessiner.

TURELURE

Pour moi je n'éprouvais aucun besoin de te voir.

LOUIS

N'est-ce pas? un enfant, c'est comme un autre soi-
même que l'on peut regarder de ses deux yeux,

Soi-même et quelque chose d'autre et d'intrus,

La conscience hors de vous qui s'anime et qui agite les
bras et les jambes,

Une conséquence vivante sur laquelle tu ne peux plus
rien, papa!

TURELURE

Il fallait que je fisse de toi tout le but de mon existence?

LOUIS

Quel a été le but de votre existence?

TURELURE

Quel est le but d'un nageur, sinon de ne pas aller
dessous? Pas le temps de réfléchir à autre chose.

Il n'y avait pas de fonds de bois pour nous! Pas le
temps de faire la planche et de se chauffer le ventre au
soleil. Il y en a très bien qui ont bu un petit coup près
de papa Turelure!

Ce n'est pas moi qui me suis mis à l'eau, c'est la mer
qui m'a pris et qui ne m'a plus quitté.

Je voulais vivre.

Des vagues comme des montagnes! Il faut monter
avec elles. Attention qu'elles ne vous versent pas sur la

tête comme une charretée de cailloux! Chacun pour soi
et tant pis pour les camarades.

LOUIS

Vous voilà au sec.

TURELURE

Oui. J'attends ce que tu as à me dire.

LOUIS

Je sais que vous me tenez. Vous m'avez suivi de loin
avec une patience de chasseur.

Toutes les routes autour de moi sont bouchées. Vous
avez bien réfléchi et vous n'en avez pas oublié une.

Vous le savez, je ne puis faire face à l'échéance du 30.

Faute de quoi je suis saisi et vendu par le compère
Habenix.

TURELURE

Il te reste l'armée que tu as désertée,
Et qui est toujours ouverte aux hommes de notre sang.
Tu peux toujours compter sur moi pour ton avancement,
Pour un avancement raisonnable.

LOUIS

Saisi, vendu.

TURELURE

Il te reste les espérances.

LOUIS

C'est vrai, il me reste l'espérance.

TURELURE, *chantonnant :*

> *Quand papa lapin mourra,*
> *J'aurai sa belle culotte !*
> *Quand papa lapin moùrra,*
> *J'aurai sa culotte de drap !*

LOUIS

Je vous cède une terre toute molle et nettoyée, une belle terre sans aucun venin, pure comme une pucelle, vous n'y trouveriez pas une racine, pas une pierre aussi grosse que le poing.

C'est moi qui ai fait cela et j'ai manqué d'y crever.

TURELURE

Je vais te dire un secret, mon garçon. Je me fous de ta terre et de ton travail.

Tu n'es qu'un paysan et tu ne vois pas autre chose que la terre qui fait du fruit.

Mais pour moi c'est autre chose qui me paraît bien doux et sucré!

LOUIS

Le « Chapeau de gendarme », n'est-ce pas? Mes sept arpents au bord de la mer près du Camp-des-Zouaves?

TURELURE

Tu l'as dit, mon petit enfant! c'est tout chocolat!

Ah, quels beaux Magasins-Généraux nous allons y construire et matière à warrants!

LOUIS

Et vous ne ferez rien de ma terre de la Mitidja?

TURELURE

Rien du tout, mon capitaine! Pourquoi se donner tant de mal quand il n'y a qu'à attendre, les bras croisés?

Si le pays se développe, nous profiterons du travail des autres.

LOUIS

Écoutez, mon père, je ne vous demande rien; laissez-moi seulement comme régisseur sur ma terre,

Sur votre terre, veux-je dire.

TURELURE

Non, le plus sûr est d'arrêter les frais et risques,
Et de laisser faire aux gens de cœur.

LOUIS

C'est votre idée?

TURELURE

Oui, mon fils, c'est mon idée.

LOUIS

Et est-ce qu'il ne vous a jamais frappé, Monsieur le
Comte,
Qu'il peut être dangereux de réduire un homme au
désespoir?

TURELURE

Je n'ai peur que des optimistes.
Il n'y a rien de moins dangereux qu'un homme déses-
péré;
Quand on est hors de sa portée.

LOUIS, *mettant la main sur le sac.*

Vous n'êtes pas hors de ma portée.

TURELURE

Louis, tu es trop de mon sang pour sauter dans la
mare à Gribouille.

LOUIS

Ne vous y fiez pas trop, je vous le conseille. Oui,
regardez-moi, Monsieur, vous m'avez bien regardé?
Et ne quittez pas cette table, je vous le défends! Ne
bougez bras ni jambes, je vous dis! Fixe!
Ah! Ah! je vois une grosse bosse sous votre redingote.
C'est l'argent que vous a donné Habenix?

TURELURE

Ne fais pas de bêtises.

LOUIS

Et vous, ne faites pas le dévorant avec moi, je vous
le conseille, Monsieur mon père!
Vous voulez voir ce qu'il y a dans ce petit sac?

*Il ouvre le sac et en tire les deux pistolets qu'il arme
et place soigneusement devant lui.*

TURELURE

Gamin, ce que tu fais est de bien mauvais goût.
Si tu tires, on viendra.

LOUIS

Tout le monde est dans l'autre aile de la maison,
Par les soins de Sichel.

TURELURE

Par les soins de Sichel! je comprends. Quoi donc, c'est
sérieux?

LOUIS

Je n'ai pas le choix des moyens, je marche, je ne suis
pas libre!
Mon père, je vous en supplie, comprenez qu'il n'y a
aucun moyen de reculer.
Je ne suis pas libre! Il me faut cet argent! Je dois!
Je dois cet argent, et il faut à tout prix que je le restitue,
Ou je perds l'honneur, je suis entièrement perdu!
Je vous dis que je dois avoir cet argent.
— Ne bougez pas! — Mon père,
Vous m'avez pris tout ce que j'avais.

TURELURE

Tu n'avais rien du tout.

LOUIS

Gardez-le.

TURELURE

Mille grâces.

LOUIS

Mais donnez-moi ces dix mille francs.

TURELURE

Non. C'est non. Moi non plus, je ne peux pas, je ne peux pas te les donner.

LOUIS

Ces dix mille francs qui ne sont pas à moi, ni à vous; et qui ne sont pas à celle-là même qui me les a prêtés.

TURELURE

Eh bien, elle a pris ses risques.

LOUIS

Je vous assure qu'il me faut ces dix mille francs et que je les aurai. — Ne remuez pas ainsi, je vous en prie, cela me fait mal au cœur.

TURELURE

Et qu'est-ce qui arrivera, pauvre benêt, si tu lui rends ces dix mille francs?

LOUIS

Cela m'est égal.

TURELURE

Crois-tu qu'elle t'épousera, ruiné comme tu l'es?

LOUIS

Je n'en sais rien.

TURELURE

Jamais, je te dis! jamais! elle me l'a dit.

LOUIS

Raison de plus pour que vous me donniez cet argent.

TURELURE

Elle fout le camp avec et c'est fini.

LOUIS

Qu'est-ce que cela peut vous faire?

TURELURE

Ne vois-tu pas que si tu lui rends cet argent,
Nous perdons toute prise sur elle? Ce n'est pas plus
ton intérêt que le mien. Qu'est-ce que cela peut me faire,
bougre d'égoïste?
Si j'étais son mari, je ne lui donnerais jamais d'argent
que sur vu des notes.

LOUIS

Son mari?

TURELURE

Eh! Tu te crois toujours tout seul au milieu de tes
jujubiers, espèce de sauvage!

LOUIS

Ainsi, c'est sérieux et je le tiens de votre bouche
même;
Vous m'avez pris mon bien et maintenant, tu veux me
chauffer ma femme!

TURELURE

C'est toi qui la laisses aller.

LOUIS

Vous lui avez demandé, n'est-ce pas?

TURELURE

Bon, j'ai été repoussé avec perte.

LOUIS

Laissez-la donc tranquille!

TURELURE

Laisser une chose qu'il me faut? Je ne puis, quand je le voudrais.

Geste de Louis.

Louis, mon fils, ne me tue pas! Cela ne te servirait à rien. Tu n'auras pas ma fortune. Oui, je t'expliquerai! J'ai des arrangements avec Sichel, elle a tout, j'ai pris une assurance!

LOUIS

Ne me provoquez pas!

TURELURE

J'ai eu tort, j'ai fait le brave. Ce n'est pas ce que je voulais dire! Je me suis laissé entraîner.

Oui, j'ai eu des torts envers toi, laisse-moi un peu de temps, je ferai ce que tu voudras!

Je ne suis pas brave. Tu verras comme on tient à la vie quand on est vieux! les jours comptent.

Ne me fais pas de mal, Louis!

LOUIS

Donnez-moi ces dix mille francs.

TURELURE

Je ne peux pas, Louis! Attends un peu! Aie pitié de moi, mon enfant! Cela ne m'est pas possible.

LOUIS

Savez-vous une chose, mon père? Savez-vous ce qu'elle m'a dit?

Vous n'êtes pas libre, dites-vous, et je ne le suis pas non plus, et elle ne l'est pas davantage.

Il lui faut cet argent que vous avez et qui n'est pas à elle.

TURELURE

Tout ce que j'ai, si elle veut, est à elle.

LOUIS

Eh bien, soyez content, elle veut. Oui, si je ne lui rends pas ce dépôt dont elle saisie,

Elle est prête à se laisser épouser.

TURELURE

Louis, c'est une bonne parole. A cause de cela, je te pardonne tout le reste.

Elle est si jeune et si gentille, c'est un rayon de soleil dans ma vie.

Et que ses bras sont blancs! j'ai vu ses bras à dîner, l'autre jour. Il me faut ces bras-là.

LOUIS

Et cela vous est égal de vous faire épouser par nécessité?

TURELURE

Nécessité engendre la crainte qui est la moitié de l'amour chez une femme.

LOUIS

Et la moitié de la sagesse chez un vieux turlupin.

TURELURE

Louis, tu as eu tort de me dire qu'elle voulait m'épouser.

LOUIS

Elle veut. Vous avez touché son cœur.

TURELURE

Comment veux-tu que je fasse maintenant?
Je t'aurais encore donné c t argent, brigand, bien que
ce soit dur.

LOUIS

C'est plus dur encore de mourir.

TURELURE, *avec un gros soupir.*

C'est vrai, c'est encore plus dur de mourir.
Mais il n'y a pas moyen de faire autrement.

LOUIS

Soyez sage.

TURELURE

Non!
Tu peux tout demander à un Français
Excepté de faire le chapon et de renoncer à une femme
par contrainte.
Cela, c'est impossible! cela, non! Je suis Français et
tu ne peux pas me demander cela.
Tu peux tuer ton père, si tu le veux.

LOUIS

C'est votre dernier mot?

TURELURE

Tue-moi si tu le veux...
Non, ne me tue pas, j'ai peur!

LOUIS

L'argent.

TURELURE

C'est impossible! Tu ne crois pas en Dieu, Louis?

LOUIS

Je n'y crois pas.

TURELURE

Je suis perdu, je ne suis entouré que de figures impitoyables!

Voici mon fils, et je me tiens au milieu de ces deux femmes qui me conduisent à la mort avec un sourire funèbre!

LOUIS

Est-ce que vous y croyez?

TURELURE

J'y crois! je suis le seul croyant et votre bestialité me fait horreur!

Tu ne comprends pas un homme du vieux temps.

J'y crois de tout mon cœur! Je suis un bon catholique à la manière de Voltaire!

Non, non, je ne ris pas! Mon fils, ne me tue pas, mon enfant!

LOUIS, *le couchant en joue avec les deux pistolets.*

L'argent!

TURELURE, *claquant des dents et essayant de tenir bon.*

Non. C'est impossible. Ne me tue pas!

LOUIS

L'argent, voleur!

TURELURE

Non!

LOUIS

Mon argent, voleur! mon argent, voleur! les dix mille francs, voleur!

Signe que non.

Louis tire à la fois avec les deux pistolets. Les deux coups ratent. Turelure reste un moment immobile et les yeux révulsés. Puis la mâchoire s'avale et il s'affaisse sur un bras du fauteuil.

Louis s'approche de lui, ouvre les vêtements, tâte le cœur, fouille dans les poches, prend l'argent, remet le corps en position. Lui-même, debout et les bras croisés, le regarde fixement.

Entre Lùmîr.

SCÈNE IV

LUMÎR

Je n'entendais plus rien. Je suis entrée.

LOUIS

Vous écoutiez à la porte?

LUMÎR

Oui.

A demi-voix :

Tu as tiré?

LOUIS

Oui.
Les deux coups à la fois.

LUMÎR

Eh bien?

LOUIS

Tous les deux ont raté.

LUMÎR

Mais ton père...

LOUIS

... Est mort. Oui, il est mort tout de même. Il est bien mort. Son misérable cœur s'est arrêté.

LUMÎR

Cependant les amorces étaient fraîches, la poudre sèche et je sais charger.

LOUIS

Tu auras oublié de souffler dans la cheminée. Ce sont de vieilles armes.

LUMÎR

Tu lui as pris l'argent?...

LOUIS

Je l'ai. *(Il lui donne l'argent.)* Voici les dix mille francs. Pas besoin de quittance entre nous.

LUMÎR

Louis, que faut-il que je te dise?

LOUIS

J'ai tué mon père.

LUMÎR

Tu l'as tué. C'est bien. Il n'y avait pas autre chose à faire.

LOUIS

Il fallait. Je n'étais pas libre.

LUMÎR

Je jure que cet argent était à moi et qu'il n'avait pas le droit de le garder, et que je n'étais pas libre de le lui laisser.

LOUIS

Il n'y a qu'à ne plus y penser.

LUMÎR

Comme il est jaune! comme il nous regarde avec ses vieux yeux rouges!

LOUIS

N'aie pas peur, il ne te fera rien. Le vieux *gentleman* est tout à fait tranquille et jamais il n'a eu l'air si respectable.

LUMÎR

Louis!

LOUIS

Crois-tu que j'aie regret de ce que j'ai fait? C'est fini, cela n'est plus, il n'y a plus qu'à ne pas y penser. Je n'étais pas libre.

LUMÎR

Tu as tiré les deux coups à la fois?

LOUIS

Oui, je n'aime pas les marivaudages.
Compte ton argent, et moi, j'ai à vérifier quelque chose:

> *Elle compte les billets, et lui, pendant ce temps, dégageant la baguette d'une des armes, la plonge dans le canon du pistolet court et en fait tomber une balle, qu'il élève entre ses doigts.*

Lumîr,
Le premier pistolet aussi était chargé.

> *Elle se retourne vers lui et rit.*

ACTE III

SCÈNE PREMIÈRE

La même pièce qu'aux actes précédents.

Au lever du rideau, Sichel et Lumîr (costume de femme) sont assises chacune à une table, écrivant sous la dictée de Louis qui se promène de long en large. Au milieu, à une autre table, le notaire Mortdefroid, disparaissant derrière des liasses et des dossiers. Louis dicte et parle à la fois à tous les trois.

Deux jours ont passé depuis l'acte II.

LOUIS

Attention, Sichel ! Notre plus belle écriture de chancellerie, ma fille ! et ne gâtez pas cette feuille de papier à tranche dorée, s'il vous plaît, la dernière qui me reste. Nous y sommes ? — Je continue :
« ... Parmi les épreuves cruelles qui viennent de m'atteindre, je puise un grand réconfort... »
(A Lumîr :) Vous y êtes, Lumîr ?
« Keller, Boufarik. »
(A Sichel :) C'est mon copain là-bas, une espèce d'associé.
(A Lumîr :) « Mon vieux, ci-joint une traite de 2 000 francs sur Dumont, Zographos et Cie, sur laquelle tu paieras : »
A la ligne.

« Facture du 30 juin, ci... »
(A Sichel :) « ... un grand réconfort dans ce témoignage de l'estime et de la confiance que Sa Majesté n'a cessé de montrer... »
(A Lumîr :) « ... ci . . . .   1 000 fr.
100 journées d'ouvriers à 2 fr. 50, ci.   250 fr.
Note Laparra. . . . .   380 fr.
Frais divers. . . . .   Mémoire. »
(A Sichel :) « ... à mon père. »
(A Lumîr :) Faites le total.

LUMÎR

Vous avez tort de laisser tant d'argent à Keller. Il va tout boire.

LOUIS

Eh bien, qu'il boive à ma santé! On ne perd pas son père tous les jours! — Ça va, Monsieur Mortdefroid?

MORTDEFROID

Ce n'est pas facile de s'y retrouver.

LOUIS

Pardon de vous avoir fait venir de si bonne heure, mais je n'aime pas que les choses traînent. Et le corps est levé à dix heures et demie sans faute, on va sonner à l'église dans un moment.
A vos pièces, Sichel!
« Veuillez agréer personnellement, Monsieur le Secrétaire, l'expression de ma haute considération et vous faire l'interprète auprès de Sa Majesté... »
(A Lumîr :) « Et quant à ce petit Maltais qui nous embête... »
(A Sichel:) « ... Des sentiments de reconnaissance, de dévouement et de profond respect avec lesquels je suis... » A la ligne, une ligne de blanc.
(A Lumîr:) « ... Si tu ne parviens pas à m'en débarrasser avant mon retour... »
(A Sichel:) « ... De Sa Majesté... »

SICHEL

Cela fait deux fois Majesté.

LOUIS

Eh bien, ça lui fera plaisir!

Il envoie un baiser au portrait du Roi Louis-Philippe.

(A Sichel:) « ... De Sa Majesté... » Deux lignes de blanc, en lettres plus petites...

(A Lumîr:) « ... Tu es un porc. »

(A Sichel:) « ... Le très humble et très obéissant serviteur. »

(A Lumîr:) « ... Mon père est mort, j'ai l'argent pour l'échéance. Je serai là le 20. » Relisez.

Eh bien, Monsieur Mortdefroid?

MORTDEFROID

Ce que je vois n'est pas fameux, mais ce n'est vraiment pas facile de s'y reconnaître.

Le défunt Comte avait la manie des affaires et de la spéculation, auxquelles il ne s'entendait mie,

Défiant comme un vieillard, simple et plein de foi comme un petit enfant,

Tendant de toutes parts des fils où il s'empêtrait. Un vrai militaire!

Et cette crise qui se déclare à la Bourse!

LOUIS, *nasillard et bouffonnant.*

De sorte que si nous mettons d'un côté cette quittance et décharge générale de toutes les obligations, dettes, avals, participations, garanties et engagements quelconques,

Que mon père, le jour de sa mort, a reçue du père de Mademoiselle...

SICHEL

Plus cette somme de vingt mille francs en argent liquide que mon père lui avait versée.

LOUIS

... Que j'ai trouvée sur lui et dont je me suis permis de m'emparer, en ayant grand besoin.

MORTDEFROID

... Si, disons-nous, nous mettons d'un côté cette quittance... C'était une bonne pensée de sa part, pauvre comte! une espèce de pressentiment de sa fin. Le jour même de sa mort! Il voulait laisser une situation nette.

LOUIS

Si, d'autre part, nous faisons état de cette reconnaissance forfaitaire de trois cent mille francs à payer en deux termes de six mois, que mon dit père, le même jour, a signée en faveur du dit père de Mademoiselle...

MORTDEFROID

Je crois que les deux se balancent.
Trois cent mille francs, c'est toutes les forces de votre actif. C'est une situation nette.

LOUIS

Pour net, c'est net. Fort bien, je m'y attendais.
(*A Sichel:*) Je vous félicite, Mademoiselle. Donnez-moi tout cela que je signe.

Il signe les lettres de Sichel et celles de Lumîr.

MORTDEFROID

On peut tout plaider, naturellement. Il y a certaines choses suspectes : comptes fictifs, papiers antidatés, ce n'est pas difficile de donner du corps à un dossier. Les contre-lettres aussi. — Mais allez faire la preuve.

LOUIS

Pas de preuve, Monsieur Mortdefroid! Je vous charge de tout vendre et de tout liquider.
(*A Sichel:*) Nous ferons honneur à notre signature.
— C'est une bonne affaire pour votre étude.

MORTDEFROID

Puis-je encore vous être utile en quelque chose?

LOUIS

Nous recauserons après l'enterrement, si vous le voulez bien.

MORTDEFROID

Serviteur, Monsieur le Comte!

Il sort.

LOUIS, *à Sichel.*

C'est une belle dot, Mademoiselle, que mon père vous laisse.

SICHEL

Vous avez reçu votre part.

LOUIS

Ma part, rien de plus juste. Ces vingt mille francs providentiels et toute l'Afrique pour moi!

SICHEL

Et votre fiancée.

LOUIS

Et ma fiancée par-dessus le marché. C'est vrai, tonnerre! Je n'y pensais pas. Il y a de beaux jours pour nous.

Et maintenant, aux affaires sérieuses! Est-ce que votre père est réveillé?

SICHEL

Je ne sais. Je crois qu'il a passé une mauvaise nuit.

LOUIS

Pas réveillé?

Il faut qu'il se réveille. Tout le monde sur le pont!
J'ai besoin de lui dans une heure. Et portez-lui ces
lettres de faire-part. Dites-lui qu'il s'amuse à écrire les
adresses en attendant. Voici la liste. Compris?

Il lui donne les papiers. Elle sort.

SCÈNE II

LUMÎR, *posant sa plume.*

Il y a des choses que je ne comprends pas.

LOUIS

Il y a des choses que tu ne comprends pas ?
Qu'est-ce que tu ne comprends pas, mon petit ange ?

LUMÎR

Ton père avait peur de toi. Comment a-t-il accepté
ce tête-à-tête ?

LOUIS

Il n'a pu faire autrement. Il n'a pas pu résister.
C'était intéressant de s'expliquer à fond avec moi et
de me voir vaincu et suppliant.

En outre, il me méprisait.

C'était intéressant de me braver en face, avec cet
argent dans sa poche qui lui chauffait le cœur.

LUMÎR

Et comment a-t-il pu signer cette obligation de trois
cent mille francs ?

LOUIS

Bah ! Qu'avait-il à craindre d'Ali ? Tous deux se
tenaient par trop de liens et de communications. C'était

une assurance à rebours. Il tenait à ce que nous l'ai-
massions pour lui-même. Rien que ces bons petits
vingt mille francs dont il n'a pas eu le courage de se
séparer.

LUMÎR

C'est une trouvaille de Sichel.

LOUIS

Elle lui fait honneur.

LUMÎR

Il pensait que s'il lui laissait toute sa fortune...

LOUIS

D'une part cela m'ôterait tout intérêt à sa mort à
lui...

LUMÎR

Et d'autre part, quand il viendrait à mourir...

LOUIS

Cela m'encouragerait à l'épouser. Oui, c'est bien
son genre de plaisanteries.

LUMÎR

Mais tu ne l'aimes pas, Louis, dis-moi?

LOUIS

Si fait, *contessina*, elle seule.

Il l'embrasse.

Que votre joue est fraîche et vos mains sont glacées.

*Il feint de vouloir l'embrasser de nouveau. Léger
mouvement de répulsion.*

Je vous dégoûte, Lumîr?

LUMÎR

J'ai cru voir la figure cruelle et dévorante de votre père, le meunier naïf et méchant.

Non, vous êtes redevenu le même, — le même qu'avant.

LOUIS

Lumîr, je vous demande de ne plus me parler du vieux Monsieur.

C'est vrai, je l'ai tué, j'ai tué mon père, autant que la chose dépendait de moi. Le cœur y était.

Et pour ces souvenirs pénibles, cette action toutes les nuits lentement qui se prépare et qu'on recommence en rêve,

Je sais que c'est une question de fermeté, de patience et de temps.

LUMÎR

Quelles sont tes intentions?

LOUIS

Repartir pour l'Algérie, le plus tôt possible, une fois la liquidation mise en train par quoi tout est remis entre les mains du couple.

LUMÎR

Sans regret?

LOUIS

Des regrets? Qu'ils gardent tous ces biens! C'est un soulagement pour moi.

LUMÎR

Ainsi, rien ne s'est passé?

LOUIS

Rien ne s'est passé.

LUMÎR

Tu retournes en Algérie avec moi?

LOUIS

Avec toi, si tu le veux.

Elle rit, la tête baissée, et fait signe que non.

Non? Tu ne veux pas revenir avec moi?

LUMÎR

Non.

LOUIS

C'est en Pologne que tu veux aller?

LUMÎR, *à voix basse, comme se parlant à elle-même.*

Oui... en Pologne... partir...

LOUIS

N'est-ce pas, de toutes manières, tu n'as jamais eu l'intention de revenir avec moi?

Elle secoue la tête.

Qui t'appelle dans cette Pologne?

LUMÎR, *comme si elle avait l'esprit ailleurs.*

Un parent qui est malade m'appelle.

LOUIS

Pourquoi essayes-tu de mentir?

LUMÎR

Pourquoi me poses-tu des questions?

Silence.

LOUIS

Lumîr, qu'est-ce qu'il y a?

LUMÎR

Que ce lieu est horrible et cette pluie depuis huit jours qui n'en finit pas!

Cette grande maison ravagée, dépossédée de ses maîtres, morte...

Ce mur nu, ce Christ déposé, attendant que quelqu'un l'enlève, et tout cela pendant si longtemps qui fut toute la joie et toute l'espérance de l'humanité,

Maintenant descendu et déposé contre le mur. On l'a oublié là.

Et à la place de Jésus-Christ cette idole hideuse, ce vieillard colorié qui n'est que joues et toupet!

Que je suis seule ici! Grand Dieu, que je suis seule ici et que je m'y sens étrangère!

Tout, autour de moi, m'est hostile et je n'y ai aucune place. Les choses mêmes autour de moi, on dirait qu'elles ne me voient pas et que je n'y suis pas.

LOUIS

Viens avec moi. Rentre avec moi dans la vie et dans la réalité.

LUMÎR

La réalité est absente. La vraie vie est absente. Moi, du moins, je suis éveillée pour ce court moment.

LOUIS

La vraie vie est présente avec toutes ces choses que nous avons à y faire et qui attendent de nous l'existence.

Le passé est mort, la vie s'ouvre et le chemin devant nous est déblayé.

LUMÎR

Je n'ai point de goût à cette terre étrangère.

LOUIS

La chose qu'on a faite n'est pas une étrangère pour nous.

LUMÎR

Je n'ai rien fait autrement que par loyauté,
A mon frère, à mon père. Tous deux sont morts et
j'ai récupéré cet argent.

Maintenant, je suis libre et déliée et toute seule dans
ce vaste univers!

Unique et absolument seule.

LOUIS, *amer.*

Il y a la patrie là-bas.

LUMÎR

Sans père, sans patrie, sans Dieu, sans lien, sans bien,
sans avenir, sans amour!

Rien autour de moi que la pluie sempiternelle, ou ce
soleil blanc plus effrayant que la mort,

Qui ne me montre rien autour de moi que des figures
aussi vaines que le sable, un peuple d'ombres nulles.

Le torrent qui passe et personne absolument de qui je
sois connue,

Rien que la rumeur éternelle de ces bouches sans aucun
sens qui parlent en une langue étrangère.

LOUIS

Lumîr, je t'ai aimée autrefois et je sais que tu le
savais.

LUMÎR, *petit sourire.*

Autrefois?

LOUIS

Je t'aime encore.

LUMÎR

Non, tu ne m'aimes plus et je suis déjà partie.

Tu n'as pas trop de toute ton âme pour penser à ce
que tu fis avant-hier.

LOUIS

Pour cette Lumîr.

LUMÎR,

elle étend la main pour le toucher.

C'est vrai. Ah, pauvre ami, ah, frère, que j'ai de peine
pour toi!

LOUIS

Et c'est parce que tu m'aimais que tu m'as dressé
cette embûche?

LUMÎR

Tu parles de ce petit mensonge que j'ai fait et de ce
premier pistolet qui, effectivement, était chargé à balle?

LOUIS

Tu voulais la mort certaine pour mon père et pour moi
le crime et l'échafaud.

LUMÎR

Je suis plus jeune que toi et tout cela est ma propre
part bientôt.

LOUIS

Tu voulais me faire mourir?

LUMÎR

Fallait-il que je te laisse à cette femme?

LOUIS

Je ne veux pas épouser Sichel.

LUMÎR

C'est ce qu'elle veut et qui est la chose importante.
Et tu vois qu'elle a tout l'argent.

LOUIS

Que m'importe l'argent?

LUMÎR

Beaucoup. Nous avons vécu trop durement, toi et moi, pour ne pas savoir ce que vaut l'argent.

LOUIS

Je t'ai rendu le tien.

LUMÎR

Oui, tu es quitte avec moi. Nous sommes quittes tous les deux.

LOUIS

Tu m'as fait commettre ce crime et maintenant tu m'abandonnes.

LUMÎR

Non pas, tu n'as qu'à venir avec moi où je vais.

LOUIS

Tu sais bien que je ne puis pas, toutes ces choses que j'ai commencées m'attachent.

LUMÎR, *doucement*.

Est-ce que c'est triste que je parte?

LOUIS

Non, ce n'est pas triste.

LUMÎR

Bien vrai, ce n'est pas triste? Ah, n'essaye pas de feindre! Je vois ce regard enfantin dans tes yeux, qui me fait tant de plaisir, et ce trouble qui me rend confuse, et ce petit sourire malheureux!

LOUIS

De cela aussi, je viendrai à bout.

LUMÎR

Louis, est-ce que tu tiens tellement à vivre sans moi?

LOUIS

Ne me mets pas en colère! Ne me regarde pas ainsi,
de cet air de compassion et de mépris! J'aime mieux ton
indifférence.

LUMÎR

Non, je ne reviendrai pas avec toi.

LOUIS

N'est-ce pas un malheur de s'entendre parler ainsi par
un bout de femme qu'on tordrait entre ses deux mains?
Tu sais bien que je suis le plus fort. Alors, pourquoi
est-ce que tu ne veux pas faire ce que je veux? Ce n'est
pas juste.

LUMÎR

Non, je ne reviendrai pas avec toi.

LOUIS

Lumîr, il y a tant de choses devant nous!

LUMÎR

Non, il n'y a pas tant de choses devant nous.

LOUIS, *doucement*.

Reste, je ne puis me passer de toi.

LUMÎR, *passionnément*.

C'est vrai que tu ne peux te passer de moi?
Dis-le encore! C'est vrai que tu ne peux te passer de
moi? Pour de bon? Ah, ce n'était pas long à dire!

C'est une chose courte mais elle tient tout le bonheur
que je pouvais avoir. Un bonheur court.

LOUIS

Il sera long si tu veux.

LUMÎR

Je ne suis pas très belle. Si j'étais très belle, peut-être
cela vaudrait la peine de vivre.

Je ne sais pas m'habiller. Je n'ai aucun des arts de la
femme.

J'ai toujours vécu comme un garçon. Rien que des
hommes autour de moi.

Regarde comme tout tient sur moi. C'est foutu on ne
sait comment.

LOUIS

C'est bien ainsi.

LUMÎR

Cependant, je ne suis tout de même pas si mal.
J'aurais voulu une fois que tu me voies avec une belle
toilette. Une toilette toute rouge.

LOUIS

Je t'aime comme tu es, *moj Kotku !*

LUMÎR

Bon, il y a mille femmes comme moi, ce n'est pas la
peine de vivre.

LOUIS

Il n'y en a qu'une seule pour moi.

LUMÎR

C'est vrai qu'il n'y en a qu'une seule pour toi? Ah,
je sais que c'est vrai! Ah, dis ce que tu veux! Il y a tout

de même en toi quelque chose qui me comprend et qui
est mon frère!

Une rupture, une lassitude, un vide qui ne peut pas
être comblé.

Tu n'es plus le même qu'aucun autre. Tu es seul.

A jamais tu ne peux plus cesser d'avoir fait ce que tu
as fait, *(doucement)* parricide!

Nous sommes seuls tous les deux dans cet horrible
désert.

Deux âmes humaines dans le néant qui sont capables
de se donner l'une à l'autre,

Et en une seule seconde, pareille à la détonation de
tout le temps qui s'anéantit, de remplacer toutes choses
l'un par l'autre!

N'est-ce pas qu'il est bon d'être sans aucune perspec-
tive? Ah, si la vie était longue,

Cela vaudrait la peine d'être heureux. Mais elle est
courte et il y a moyen de la rendre plus courte encore.

Si courte que l'éternité y tienne!

LOUIS

Je n'ai que faire de l'éternité.

LUMÎR

Si courte que l'éternité y tienne! Si courte que ce
monde y tienne dont nous ne voulons pas et ce bonheur
dont les gens font tant d'affaires!

Si petite, si serrée, si stricte, si raccourcie, que rien
autre chose que nous deux y tienne!

Va, qu'est-ce que cette Mitidja et cette moisson qui
s'en va toute en poussière ne laissant qu'un peu d'or
entre les doigts et toutes ces choses à qui nous n'avons
pas de proportion?

Viens avec moi et tu seras ma force et ma solidité.

Et moi, je serai la Patrie entre tes bras, la Douceur
jadis quittée, la terre de Ur, l'antique Consolation!

Il n'y a que toi avec moi au monde, il n'y a que ce
moment seul enfin où nous nous serons aperçus face
à face!

Accessibles à la fin jusqu'à ce mystère que nous ren-
fermons.

Il y a moyen de se sortir l'âme du corps comme une
épée, loyal, plein d'honneur, il y a moyen de rompre
la paroi.

Il y a moyen de faire un serment et de se donner tout
entier à cet autre qui seul existe.

Malgré l'horrible nuit et la pluie, malgré cela qui est
autour de nous le néant,

Comme des braves !

De se donner soi-même et de croire à l'autre tout entier !

De se donner et de croire en un seul éclair !

— Chacun de nous à l'autre et à cela seul !

LOUIS

Que veux-tu de moi ?

LUMÎR

Je veux que tu m'accompagnes où je vais.

LOUIS

En Pologne ?

LUMÎR

En Pologne et plus loin que la Pologne. La patrie de
tristesse, Ur de Chaldée, la source des larmes dans le
cœur de celle que tu aimes. Dans ce pays avec moi qui
est plus près que la Pologne.

LOUIS

Non, Lumîr.

Silence.

LUMÎR

C'est bien. Épouse la maîtresse de ton père.

LOUIS

Tu y tiens ?

LUMÎR

Ne lui as-tu pas fait tort? Ne l'as-tu pas privée de ce Turelure auquel elle avait droit?

Toi aussi, tu es un Turelure.

Va, je te connais à fond. Tu es un Turelure. Tu es un vrai Français.

Est-ce qu'un Français peut se passer de femme?

LOUIS

Je puis me passer de toi.

LUMÎR

Elle t'aime. Tu serres les dents?

LOUIS

Ce n'est pas une chose agréable à entendre dire.

LUMÎR

Elle t'aime. J'ai vu comme elle te regarde, aussi tendue et vibrante sous ton œil qu'une corde à violon. Elle te collera au corps avec ses yeux noirs! Elle t'entrera dans le corps comme de la ficelle, le lierre dans du bois de chêne.

LOUIS

C'est bien. C'est tout de même moi qui suis le plus fort.

LUMÎR

Vis heureux.

LOUIS

Heureux ou non.

LUMÎR

Adieu donc, frère!

LOUIS

Ah, ne souris pas ainsi, avec ce sourire qui dégoûte d'être vivant!

LUMÎR

Vis. Je ne veux pas de toi.

LOUIS

Penses-tu sauver la Pologne?

LUMÎR

C'est la moquerie que vous me faites tous, Ali, Sichel,
ton père, tous les Juifs autour de nous.

LOUIS

Tu ne peux pas susciter ton pays à toi toute seule.

LUMÎR

Non.

Elle regarde le crucifix.

LOUIS

Si Dieu existait, il sauverait la Pologne.

LUMÎR

Ce n'est pas de la sauver qu'il s'agit.

LOUIS

De quoi s'agit-il donc?

LUMÎR

De quitter Turelure et les siens.

LOUIS

N'est-ce pas! Il faut donner tort à Dieu une fois de
plus? Il faut ajouter une injustice de plus au compte
de la Pologne!

Silence.

Il faut interrompre la prescription? Il faut donner
de l'occupation une fois de plus à ses bourreaux?

Silence.

Les bourreaux de la Pologne, tu ne dis rien ?

LUMÎR

Ce sont les Français qui emploient de pareils mots.

LOUIS

Pourquoi donc t'en vas-tu là-bas ?

LUMÎR

Je vais vers ma patrie terrestre puisqu'il n'y en a point d'autres. Là où je ne sois plus une étrangère.

Avec ceux-là qui sont d'une même race que moi, mes frères, dans une nuit profonde.

Avec ceux-là qui sont dépouillés de ce qui était inutile et de tout excepté de l'amour que l'on peut se donner l'un à l'autre, mon peuple dans les ténèbres !

Cet amour dont tu n'as pas voulu, cette chose essentielle que je n'ai pu donner, mon âme,

Voici que je la leur apporte, comme un prisonnier lié par tous les membres, qui cherche son frère dans la nuit avec la bouche, une figure humaine dans la nuit pour lui donner ce pain à manger qu'il tient entre les dents !

Si je vis, je ne puis être à tous.

Mais si je meurs, je suis toute à tous et tous sont un en moi.

LOUIS

Ceux qui t'appellent sont fous.

LUMÎR

C'est vrai, je les trouve fous aussi, pauvres frères, mais cela ne fait rien.

LOUIS

Et même si je t'avais épousée, tu pars et me préfères ces gens que tu ne connais pas ?

LUMÎR

Oui.

LOUIS

Je fais donc bien de te laisser aller.

LUMÎR

Non, frère. Même si ta vie est longue.
Tu ne trouveras plus une pareille occasion de la donner
pour celle qui se donnait à toi.

LOUIS

La consigne est de vivre.

LUMÎR

La mienne est de mourir.
Bassement, ignoblement, entre deux employés mécon-
tents de s'être levés de si bonne heure.
Une lanterne, une nuit de pluie comme il y en a là-bas
avant l'hiver, la pluie qui tombe à torrents, sans aucun
espoir.
C'est une jeune fille qu'on va pendre à une barre de fer
entre les deux murs d'une prison. Adieu !

LOUIS

Sans aucun espoir.

LUMÎR

Oui, adieu sans aucun espoir, dans le ciel et sur la
terre !

Elle sort.

SCÈNE III

Entre Sichel.

SICHEL

Voici les papiers que je vous rapporte. Mon père sera ici dans un moment.

LOUIS

Je vous rends grâces.

SICHEL

Louis!
Je suis sûre que vous m'en voulez. Vous pensez que j'ai capté votre héritage.

LOUIS

Gardez-le. Bon débarras. J'ai ce pays en horreur.

SICHEL

Louis, je vous jure que je ne vous ai pas fait tort, autant que vous le croyez.
Ces trois cent mille francs, c'est bien ce que votre père nous doit, exactement.
Y compris ces vingt mille francs que vous avez reçus vous-même.

Mettons trente ou quarante mille francs en plus ou en
moins, la valeur de ce bien de Coûfontaine.
C'est votre père qui a voulu mettre un chiffre rond.
Est-ce trop pour ces années d'esclavage?
Je ne dis que la vérité.

LOUIS

Je ne vous en veux point du tout.

SICHEL

Non, vous ne m'en voulez pas, c'est bien à vous.
Mon avenir est détruit, mon protecteur est mort et je
suis déshonorée.
De cela aussi vous ne me voulez pas du tout.

LOUIS

Ce n'est pas moi qui ai tué mon père.

Silence.

SICHEL

Ce n'est pas vous qui avez tué votre père. Non.
Il n'y avait pas besoin d'y mettre la main. Je suppose
que la peur a suffi.
Que regardez-vous dans la cour? Vous pourriez me
regarder quand je vous parle.

LOUIS

Je guette quelqu'un qui part.

SICHEL

Qui cela?

LOUIS

La Comtesse Lumîr.

SICHEL

Lumîr part?

LOUIS

Elle part, je pense et pour ne pas revenir.

Silence.

SICHEL

Louis, ça me fait de la peine.

LOUIS

Merci bien.

SICHEL

Moi, je serais restée.

LOUIS

C'est sûr.

SICHEL

Louis, ce qui se passe dans la cour est intéressant.
Mais il y a ce papier que j'ai dans la main, qui mérite qu'on me regarde.

LOUIS

Qu'est-ce que c'est ?

Elle lui donne le papier.

Je vois, la reconnaissance signée par mon père. Je l'ai déjà vue.

Il fait le geste de la lui rendre.

SICHEL, *évitant de la reprendre.*

Je vous jure qu'il n'y a pas d'autres exemplaires.

LOUIS

Reprenez-la.

SICHEL

J'ai eu bien de la peine à l'obtenir de mon père.

LOUIS

Reprenez-la.

Il l'envoie en l'air d'une chiquenaude.

SICHEL, *la rattrapant au vol.*

Tout le monde m'accusera de vous avoir dépouillé.

LOUIS

Dormant et Coûfontaine, il y a de quoi vous consoler.

SICHEL

Eh quoi! m'accusez-vous aussi?

LOUIS

Je vous enverrai des dattes au premier de l'an.

SICHEL

Je suis une Juive, n'est-ce pas? Je ne tiens qu'à l'argent? Eh bien, regardez ce que je fais de celui-ci.

Elle déchire le papier. — Silence. — Tous deux se regardent.

Voilà. Je vous ai tout rendu.
Votre argent et le nôtre. Telle est notre cupidité.

LOUIS

Sichel, ce que vous venez de faire n'est pas bête du tout.

SICHEL

N'est-ce pas? Je vole mon père, je le dépouille et me place à votre merci. Quelle astuce de ma part!

LOUIS

Quel dommage que le mien soit mort!

Bruit de roues dans la cour. Louis va à la fenêtre et reste longuement appuyé à la vitre.

SICHEL

Ce regret m'étonne.

LOUIS

Oui. Je n'ai plus personne pour faire auprès de votre famille les démarches d'usage.

SICHEL

Quelles démarches?

LOUIS

C'est une situation embarrassante pour des jeunes gens bien élevés.

SICHEL

Quelle situation?

LOUIS

Croyez-vous donc que j'accepte ainsi votre générosité?
Croyez-vous donc que j'accepte ainsi votre argent?
Il est à vous, vous l'avez bien gagné, c'est la volonté de mon père.
Et j'ai quelque responsabilité, je le crains;
Dans l'événement qui vous prive de votre protecteur.
Oui, j'ai eu des torts envers le défunt. Je dois prendre égard de ses volontés.
Me voici prêt à tout réparer en homme d'honneur.

SICHEL

Où voulez-vous en venir?

LOUIS

Mademoiselle Habenichts, j'ai l'honneur de vous demander votre main.

SICHEL

Louis, si vous vous moquez... Capitaine, veux-je dire...
Monsieur le Comte, Monsieur le Capitaine...

Elle balbutie.

LOUIS

Vous me ferez payer cette moquerie? n'est-ce pas?
C'est ce que vous voulez dire?

SICHEL

Non, je ne vous menace pas.

LOUIS

Et moi, je ne me moque pas.

SICHEL

Louis, si vous m'épousez, quel scandale!

LOUIS

Je n'ai pas peur. C'est cela même qui est drôle.

SICHEL

Votre père...

LOUIS

Je comble ses plus chers désirs. Quel lien entre nous
ajouté à celui du sang! L'héritage complet! Il n'y manque
quoi que ce soit. C'est le même homme qui continue.

SICHEL

Tout de bon, vous me demandez de m'épouser?

LOUIS

Oui, c'est une idée que j'ai comme ça.

SICHEL

Et si je refusais?

LOUIS

Vous ne refuserez pas. Il le faut. *Mekhtoub.* C'est
préparé d'avance. Nous sommes faits l'un pour l'autre.
C'est écrit comme sur du papier timbré.

SICHEL

Croyez-vous que c'est pour en venir là que j'ai
déchiré ce papier?

LOUIS

Oui, je le crois tout à fait.

SICHEL

Et quand cela serait encore?

LOUIS

Cela prouve que vous me connaissez.

SICHEL

Cela prouve que je vous aime.

LOUIS

Cela prouve que vous me désirez, moi, mon nom,
mon avenir et ma fortune.

SICHEL

Tout ensemble! Pourquoi haïrais-je rien de ce qui
est à vous? Oui, c'est tout cela ensemble que je veux!
C'est tout cela qui est pour moi et dont je sais l'usage.

Qu'en aurait-elle fait, cette Polonaise absurde? ce
petit morceau de glace ardente? Regarde comme elle
vient de te lâcher.

Je sais, je suis une Juive, j'ai tout machiné pour te
prendre. N'est-ce pas? Pauvre innocent, j'ai tout préparé de bien loin contre toi.

Et quand cela serait encore?

Ai-je tant d'amis? tant de ressources? tant d'armes
sur quoi compter? Ah, je n'ai que moi-même toute seule
et je suis Juive.

Et cette pierre écrasante sur nous à remonter, cette
malédiction sur nous comme une mâchoire à desserrer!

Voici tant de siècles que nous sommes séparés de
l'humanité! Tant de siècles chez nous que l'on est mis à

part comme de l'or dans la bourse d'un avare! La porte
s'ouvre, tant pis pour ceux qui nous ont lâchés! Tant pis
pour toi, mon beau capitaine! Je t'aime et tu verras que
je suis la fille de la Faim et de la Soif! Tu es beau!

Nous ne sommes pas blasés, nous autres!

La porte s'est ouverte enfin! Ah, je renie ma race et
mon sang! J'exècre le passé! Je marche dessus, je danse
dessus, je crache dessus!

Ton peuple sera mon peuple et ton dieu sera mon dieu.

Je serai à toi, mon beau capitaine, et tu verras si je ne
puis te servir à rien.

LOUIS

Juive, tiens-toi, et ne me lèche pas ainsi les mains
passionnément comme ces affreux petits chiens fiévreux
et affectueux.

Je t'épouse parce que je ne puis faire autrement et tu
ne me fais pas peur.

Tu tires sur moi avec une lettre de change de mon
père.

C'est bien, j'honore la signature, il le faut.

J'accepte l'héritage et je n'en repousse aucune part,
et c'est moi qui ris le dernier!

SICHEL

Tu m'insultes, c'est bon!

LOUIS

Il faut que tout soit clair entre nous.

SICHEL

Insulte, foule-moi sous tes pieds, je n'attends pas de
toi autre chose.

Il y a longtemps qu'Israël est humilié comme une
chose qu'on abhorre et dont on ne peut se passer!

Tu m'insultes! Mais il y a longtemps qu'Israël boit
l'humiliation comme de l'eau!

Ai-je dit comme de l'eau? Non, pas comme de l'eau,

comme du vin fort et qui coûte cher, qui chauffe et qui vous monte à la tête!

Tu m'insultes! mais tout de même je suis ta femme et j'aurai de toi un enfant qui sera de mon sang et de ma race.

LOUIS

Regarde-moi dans les yeux.

SICHEL

Voilà, je te regarde.

LOUIS

Tu ne me regardes pas, tu souris.

SICHEL

Maintenant je te regarde.

LOUIS

Tu ne me regardes pas, tu rougis, et tes yeux sont déjà ailleurs! Ah, c'est moi tout de même qui suis le maître!

SICHEL

Crois-tu que je n'aie pas vu ce qu'il y a dans les tiens?

Il est arrivé quelque chose depuis l'autre jour et tes yeux ne sont plus les mêmes.

LOUIS

Il n'est rien arrivé.

SICHEL, *bas et passant la langue sur ses lèvres.*

N'est-ce pas? tu as tué ton père?

LOUIS

Je n'ai pas tué mon père.

SICHEL

Je ne te demande rien. Je n'ai besoin de rien savoir. Mais ces yeux ne sont point ceux d'un homme qui a l'esprit en paix.

LOUIS

Il n'y a besoin ni d'esprit ni de paix.

SICHEL

Ah, si tu ne souffres pas la paix, tu n'en trouveras pas mieux que moi pour t'en guérir !

Non, il n'y a pas besoin de paix ! Ce serait trop commode pour ces cadavres qui nous entourent et qui ne nous empêcheront pas éternellement de vivre !

Si tu n'as pas su supporter ton père, nous ne supporterons pas davantage tous ces simulacres.

Si tu connais ton Afrique, je connais la société, comme la carte qu'on étudie d'un pays qui sera à nous, avec ses chemins et ses rivières, toutes les cotes chiffrées !

C'est nous qui sommes faits pour nous imposer et pour faire aux autres la loi.

Il y a quelque chose de rompu entre les hommes et nous, tant pis pour eux, c'est à nous d'en profiter.

LOUIS

Il me reste Sichel Habenichts.

SICHEL

Il te reste Sichel Habenichts et il me reste ce parricide.

Va, ton secret n'est pas si profond que je ne sois dedans et que tu m'y trouves avec toi.

Il y a le sang d'un père sur toi, et sur moi, il y a le sang, — le sang d'un autre.

Il y a assez de malheur et de péché en nous pour suffire à faire de l'amour ! Ah, je t'apprendrai à me connaître et tu ne me haïras pas !

Mon beau capitaine ! Ah, que tu es sain encore à côté

de moi! que tu es grand! que tu es fort et que je t'aime!
Attends que je t'apprenne Paris!

LOUIS

Je ne vais pas à Paris.

SICHEL

Tu ne penses pas rester en ce trou?

LOUIS

Si fait.

SICHEL

Que feras-tu de moi ici?

LOUIS

Ce que je pourrai, et il faudra marcher droit.

SICHEL

Eh bien, nous nous présenterons aux élections.

LOUIS

J'ai besoin de voir ton père.

SICHEL

Je t'ai dit qu'il venait.

LOUIS

Que dira-t-il de cette manière dont tu as servi ses
intérêts?

SICHEL

Nous savons mettre nos parents à la raison.

LOUIS

J'ai vu cette affaire de l'achat de Dormant dans
les papiers de mon père. Ce n'est encore qu'un projet?

SICHEL

Oui, quoiqu'il ait reçu une avance de vingt mille francs.

Cette somme que tu as trouvée sur lui.

LOUIS

Le prix me semble bien bas.

SICHEL

Il ne s'agit que d'une bicoque et de quelques terres maigres.

LOUIS

Fameusement bien placées.

SICHEL

Écoute. Vends-lui Dormant. Il y tient.

LOUIS

Il faut qu'il y mette le prix.

SICHEL

Je vais t'expliquer. C'est un bon tour de ton père. Ah, il avait des idées.

LOUIS

Il n'aura pas Dormant à moins de cent mille francs. C'est le bien de mes ancêtres.

SICHEL

Il les paiera. Mais je vais t'expliquer.

Ce n'est pas à Dormant que sera l'embranchement de Rheims avec les ateliers et les dépôts de locomotives. C'est à Châlons.

Ton père venait d'arracher cela au Ministre des Travaux Publics. C'est un grand secret encore.

LOUIS

Je vois.

SICHEL

Et il avait acheté lui-même quelques terrains là-bas
avec l'aide de mon oncle d'Épernay, le marchand de vins
de Champagne, frère de mon père. C'est moi qui ai les
papiers.

LOUIS

Habenichts? Il n'y a pas de Habenichts à Épernay.

SICHEL

Il ne s'appelle pas Habenichts. Il s'appelle Dumesloir.
Roger Dumesloir. C'est un beau nom.

Entre Ali Habenichts.

SCÈNE IV

ALI

Monsieur le Comte, j'ai bien l'honneur de vous saluer.

SICHEL

Ah, père, que je suis heureuse!

Elle l'embrasse.

ALI

Que s'est-il passé?

LOUIS

C'est de mon père que vous portez le deuil?

ALI

J'ai cru honnête de mettre ce que j'avais de plus noir.

LOUIS

Ne regrettez rien.

SICHEL

Père!

Elle l'embrasse.

ALI

Mon enfant.

LOUIS

Mademoiselle et moi, toutes choses examinées,
Avons arrangé les termes entre nous d'une liquidation, ou dirai-je d'une consolidation?
En d'autres termes, elle me fait l'abandon de votre
créance et je l'épouse.

ALI

Qu'entends-je?

SICHEL

Mon père!

Elle l'embrasse.

LOUIS

Monsieur Habenichts, j'ai l'honneur de vous demander
la main de votre fille, s'il vous plaît.

ALI

Monsieur le Comte, vous pensez sans doute que vous
me faites un grand honneur?

LOUIS

Le plaisir est pour moi.

ALI

Mon père était un rabbin célèbre. *Also!* S'il avait su
que sa petite-fille épouserait un gentil et que ce sang se
mélange au nôtre,
Croyez-vous qu'il aurait pris cela pour un honneur?
Qu'en dis-tu, Sichel?

SICHEL

Mon père, nos liens sont rompus.

ALI

Il est vrai, toutes les bornes sont ôtées!

SICHEL

Le monde commence.

LOUIS

Jetons-nous dans les bras les uns des autres.

ALI

Vous êtes mon fils. Votre père était mon ami.

L'alliance que j'avais avec votre famille, la voici resserrée par un lien plus doux. Nous ne faisons plus qu'un.

LOUIS

Bien dit, Monsieur mon père. Ah, que je suis pressé de donner le jour à un beau petit Habenichts!

Le sang des Coûfontaine qui s'est déjà appuyé un Turelure; voilà tout Israël qui débouche dedans. Le nom couvre tout.

SICHEL

Va, je n'en serai pas indigne. Tu verras, je suis intelligente. On peut tout faire de moi.

Et je prendrai la religion que tu voudras.

LOUIS

Catholique.

Tout le monde dit que je suis catholique.

SICHEL

Précisément, c'est la religion que je préfère, elle est si pittoresque!

ALI

Écoutez-la! Elle dit « religion » et « catholique » comme on dit une salle à manger Renaissance.

Ça lui est bien égal! *Ganz Wurst!* C'est tout saucisse pour elle!

LOUIS

Nous sommes d'accord?

ALI

Je ratifie tout ce que ma fille a consenti ce matin. C'est cher! Tant pis! Ce sera sa dot.

SICHEL

Père!

ALI

Oui, je sais ce que tu veux me dire, mon enfant.

SICHEL

J'ai parlé à Louis.

ALI

Allons! Après tout ce que j'ai fait pour vous, je suis sûr que vous ne voudrez pas me contrarier. Ce n'est pas que je tienne tellement à Dormant, mais j'ai des options sur d'autres terrains à côté, cela me ferait perdre la face.

Et votre père m'avait donné sa parole. Il n'y a plus que la signature qui manque. Vous ne voudrez pas lui faire cette injure.

LOUIS

Je n'ai pas consenti encore.

ALI

En cas de revente avec une majoration au-dessus de quarante pour cent, vos droits à une ristourne sont prévus.

LOUIS

Dormant est le berceau de ma famille.

ALI

Si l'on forme une société, vous avez vingt parts de fondateur.

SICHEL

Tu le sais bien, je t'ai fait tout lire. Fais cela pour mon père. Signe, mon chéri, pour me faire plaisir!

LOUIS

Allons, je consens, où est le papier?

ALI

Le voici.

Il fouille fébrilement dans sa serviette.

LOUIS

Prenez votre temps.
Quel âge avez-vous, père Ali?

ALI

Soixante-dix ans, Monsieur le Comte.

LOUIS

Et toujours autant de gaieté et d'alacrité aux affaires?

ALI

Toujours, Monsieur le Comte, toujours! Ah, je voudrais ne jamais mourir.
Que diable ai-je fait de ce papier?

Il tire différents objets de sa serviette.

Ça, c'est des minerais qu'on m'envoie de la Sarre; — ça, c'est le plan des nouvelles fortifications de Paris; — ça, c'est mon contrat avec Blum; — ça...

Il tire de la serviette une bouteille enveloppée dans un journal, qu'il essaie de dissimuler.

LOUIS

Qu'est-ce que c'est?

ALI

Excusez, Monsieur le Comte, c'est pour le médecin.

LOUIS

Vous souffrez des rognons?

ALI

Un peu d'albuminurie. Les médecins sont toujours à me taquiner de ce côté. Il y en a qui ne me donnent qu'un an à vivre. Farceurs! — Voilà le papier!

LOUIS, *lit le papier et signe, puis, lui frappant sur l'épaule :*

Vous pouvez dire que vous avez fait une bonne affaire. Ah, vous avez de la chance de m'avoir pour gendre.

> *Tous trois se donnent la main* [1].

Et maintenant, j'ai encore quelque chose à vous demander.

ALI

Tout ce que vous voudrez.

LOUIS, *montrant le crucifix.*

Vous êtes amateur de curiosités, débarrassez-moi de cette horreur.

ALI

Mais cela n'a aucune valeur! la pluie et le temps en ont fait une chose informe.

SICHEL

Mon père, il est du Quinzième.

1. Ici s'unit le drame à la scène.

ALI

Il est rompu en morceaux. On dit que c'est Madame
votre mère qui l'a retrouvé et collectionné.

LOUIS

Oui, elle était amateur de ce genre de choses.

ALI

Je n'en veux pas.

LOUIS

C'est du bronze massif comme une cloche.

> *Il frappe dessus du doigt. Ali frappe aussi, modes-
> tement.*

Allez-y donc, ne vous gênez pas!
Avez-vous quelque chose de dur?

ALI

> *Il sort une clef de sa poche.*

C'est une clef que j'ai trouvée dans les décombres à
Dormant.

LOUIS

> *Prenant la clef, il en décharge un grand coup sur la
> tête du Christ.*

Écoutez un peu comme cela sonne!

ALI

Oui, les fondeurs n'étaient pas rares à cette époque.

LOUIS

Qu'est-ce que vous m'en donnez?

ALI

Trois francs le kilo. C'est le prix courant. Vous n'en
trouverez pas plus autre part.

LOUIS

Mais c'est du bronze ancien! Regardez!

> *Il raye le bras du Crucifix avec la clef.*

Ils ne savaient pas raffiner les métaux. Dans ces vieux bronzes, on trouve de tout, même de l'or et de l'argent.

ALI

Je vous en donne trois francs.

LOUIS

Donnez-m'en cinq.

ALI

Allons, je vous en donne quatre, mais c'est trop cher. Ce n'est plus du commerce, c'est de la fantaisie. Quatre francs! Oui, c'est une mauvaise action que vous me faites faire.

LOUIS

Eh bien, j'accepte quatre francs, et si vous me débarrassez de cette horreur,
J'estime que je serai encore celui qui gagne et non pas celui qui perd.

FIN

Hambourg, octobre 1913.
Bordeaux, octobre 1914.

Le père humilié

PERSONNAGES :

LE PAPE PIE.

LE FRÈRE MINEUR.

LE COMTE DE COÛFONTAINE. (*olim* LOUIS TURELURE),
ambassadeur de France à Rome.

LE PRINCE WRONSKY.

ORIAN DE HOMODARMES.

ORSO DE HOMODARMES.

SICHEL.

PENSÉE DE COÛFONTAINE.

LADY U.

Scène : Rome 1869, 1870 et 1871.

ACTE PREMIER

SCÈNE PREMIÈRE

La scène est à Rome, le jour de la fête de saint Pie, le 5 mai 1869, qui est aussi l'anniversaire de la mort de Napoléon.

Fête travestie dans les jardins de la Villa Wronsky d'où l'on domine toute la ville. Une belle nuit où flotte encore la rougeur du crépuscule. Tous ces arbres à la verdure foncée.

Pensée de Coûfontaine (costume de la Nuit). Sichel (l'Automne), au bras du Prince Wronsky (le Fleuve Tibre).

PENSÉE

Avec une expression d'angoisse, au milieu de la scène, elle fait un pas en allongeant le bras comme si elle allait tomber.

Mère, où es-tu ?

SICHEL, *courant à elle.*

Pensée, me voici, mon enfant.

LE PRINCE, *s'approchant.*

Vous êtes souffrante, Mademoiselle ?

PENSÉE

Ce n'est rien.

SICHEL, *la soutenant.*

Quelque malaise de jeune fille. Pensée, mon enfant.
(Elle la fait asseoir sur un banc.) Excusez-nous, Prince,
je vous prie, ce n'est rien.

LE PRINCE

Je confie la Nuit aux soins de l'Automne.

Il sort.
Moment de silence.

PENSÉE, *relevant la tête, avec un faible sourire.*

Je crois bien que je me suis évanouie.

SICHEL

Pensée, c'est moi. Pourquoi me faire peur ainsi?

PENSÉE

Me voici de nouveau vivante. C'est doux de revoir
la lumière.

SICHEL

Ne me perce pas le cœur.

PENSÉE

Mais peut-être que si je voyais je n'entendrais pas
aussi bien.

SICHEL

Tu m'entends, mon enfant bien-aimée, et tu sais que
je t'aime.

PENSÉE

Oui, mère.

SICHEL

Ne me regarde pas ainsi avec ces yeux si beaux.

PENSÉE

Est-ce que mes yeux sont beaux?

SICHEL

Les autres reçoivent la lumière, mais les tiens la donnent.

PENSÉE

Et personne en les voyant ne penserait que je suis aveugle?

SICHEL

Ne dis pas ce mot.

PENSÉE

C'est vrai qu'on peut me voir rien qu'en me regardant?

SICHEL

Ce que peuvent voir nos yeux à nous.

PENSÉE

Il y a donc en ceux-ci une grande puissance.

SICHEL, *lui caressant la main.*

Ce sont de beaux yeux bleus, d'un bleu pur et presque noir.

PENSÉE

« Comme le raisin en sa saison. »

SICHEL

« Comme le raisin en sa saison. »
Comme cette grappe que tu m'as empruntée et qui mûrit, Madame la Nuit, à vos tempes.

Silence.

PENSÉE

Que c'est gentil de me faire comprendre les choses.
Que c'est gentil de ne pas me parler comme à une...
comme à une infortunée.

« Bleu. »

Crois-tu que cela ne réponde à rien pour moi?

SICHEL

Je sais que tu sais tout.

PENSÉE

« Bleu, rouge, de l'or, la belle couleur verte », crois-tu
que cela ne réponde à rien pour un aveugle?

Tout cela est en lui d'avance comme le monde avant
qu'il ne fût fait.

La pauvre âme en ce qui est d'elle fournit tout ce
qu'il faut pour voir.

Chaque couleur et la plus petite nuance.

Moi aussi, je puis en parler, et il ne faut pas me le
défendre.

SICHEL

Ce soir si beau...

PENSÉE

J'en jouis autant que toi, mère!

Tout à l'heure, oui, c'était vraiment de l'or, je le sais,
cette impression solennelle, cette température divine,
cet air sur ma face, cette caresse sur mon corps nu dont
je sens toutes les variations,

Par quoi s'annonce la Nuit,

Désirée de beaucoup, comme moi je désire le jour.

La vigne aussi, eh bien, où sont ses yeux? et auprès
d'elle qui est-ce qui connaît le soleil? c'est de lui que
sont faites ces grappes à mes tempes!

Les autres autour de moi, toutes ces personnes,

Qu'est-ce qu'ils savent des choses? n'en prenant bien

vite que ce qui leur est nécessaire, deux clins d'œil pour se guider au travers de leur petite comédie!

Mais moi, tout me parle, tout me touche jusqu'au fond du cœur.

— Cette voix par exemple que j'entends.

SICHEL

Je n'entends point de voix, ma fille.

PENSÉE

Tu ne l'entends pas, mère, mais moi, je l'ai entendue. Il a cessé de parler et je l'entends encore. Il parle et mon âme tressaille de l'entendre.

SICHEL

Pensée, qui est-ce?

PENSÉE

Qu'importe? Il n'a point de nom. Je l'ai entendu : seulement cette parole qui parlait.

SICHEL

Pensée, qui est-ce?

PENSÉE

Et que veux-tu savoir, quand lui-même ne sait rien encore? Heureuse que je suis! c'est lui qui m'a choisie ce soir entre toutes les autres jeunes filles, sans qu'il le sache.

SICHEL

Et c'est cela tout à l'heure qui t'a causé une émotion si vive?

PENSÉE

J'ai perdu mes repères quelque peu.

SICHEL

Je n'étais pas loin de toi,

PENSÉE

Je suis perdue désormais partout où je ne suis pas
avec lui.

SICHEL

Parole dure pour ta mère.

PENSÉE

Pardonne, je ne sais ce que j'ai dit.

Et quand il ne serait jamais à moi, rien ne peut
empêcher que je l'aie trouvé.

Je l'ai trouvé, et lui, me trouvera-t-il dans les ténèbres où je suis?

Cette joie inattendue, et ce malheur qu'elle m'a
révélé!

Tout cela d'un même coup comme une lame en plein
cœur.

SICHEL

Va, il ne t'aimera pas comme je t'aime.

PENSÉE

M'aimer, grand Dieu! Et qui parle de cela? Quel
mot dis-tu? Oui, je le veux! Il ne me connaîtra jamais.
Que parlais-je de ténèbres? Heureuses ténèbres, qui me
permettent d'y être si bien cachée!

Ah! je n'y suis plus seule désormais et la découverte
de ce seul moment est assez grande! Viens, fuyons!

Comment me laisserais-je enlever mon secret? Que
fera-t-il d'une aveugle? Que ferai-je s'il vient à me
deviner? C'est sûr, il me repoussera. Que ferai-je s'il me
méprise, ou si seulement il vient à s'apercevoir de ce
sentiment?

— Belle? Tu m'as dit quelquefois que j'étais belle,
maman?

SICHEL

Trop pour que tu me sois laissée.

PENSÉE

Aussi belle que la plus belle en ce monde que je ne connais pas?

SICHEL

Tu le sais et ton jeune cœur en toi suffit pour te l'apprendre.

PENSÉE

Dis, est-ce que tu m'as faite bien belle ce soir?

SICHEL

N'as-tu pas entendu ce que disait le Prince tout à l'heure?

PENSÉE

C'est vrai que tu as fait de moi ce soir, Maman l'Automne, une vigne?

Une vigne animée de tant de grappes qu'elle fait rompre tout et qu'elle ne réussit plus à tenir à ce mur où on l'avait crucifiée!

Cette grande vigne pleine de grappes qui croule dès que son maître y touche et dont il est comme submergé, ce grand pampre-ci que les bras ne suffisent plus à maintenir, ah, ce n'est pas avec les yeux seulement qu'il en connaîtra le fruit, voici l'ivresse pour les lui fermer!

SICHEL

C'est ainsi que parle la Fiancée de Salomon dans nos livres.

PENSÉE

Mon sang est le tien, mère.

SICHEL

Oui, tu es une Juive comme moi. Et cependant il y a en toi quelque chose qui ne vient pas de nous autres et qui m'étonne.

PENSÉE

Cela qui vient de mon père?

SICHEL

Oui, ou de plus loin. Tu sais qu'entre ton père et moi, tu peux appeler cela un mariage, oui, ce fut une espèce d'alliance réfléchie.
Un pacte politique.
Comme Israël en conclut avec les descendants d'Ammon à l'entrée de la Terre promise.

PENSÉE

L'important n'est pas de qui nous sommes nés, mais pour qui.

SICHEL

Tu le sais?

PENSÉE

Oui, mère, je le sais aujourd'hui.

SICHEL

Et comment voudrait-il d'une aveugle et d'une Juive?

PENSÉE

Tu as donc deviné qui est cette personne?

SICHEL, *ambiguë et tout bas.*

Orso de Homodarmes.

PENSÉE

Je ne sais qui est cet Orso.

SICHEL

Celui qui te parlait tout à l'heure.

PENSÉE

Je ne sais. Je ne l'écoutais pas.

SICHEL

Mais lui te regardait.

PENSÉE

Oui. Que m'importe?

SICHEL

Mais ce n'est pas Orso que je voulais dire! Où avais-je
la tête? C'est son frère, celui que nous sommes allées
voir l'autre jour. Comment l'appelle-t-on? un nom
étrange : Orian de Homodarmes.

PENSÉE, *lui mettant la main sur la bouche.*

Non, ce n'est pas lui!

SICHEL

Ah, mon enfant, tu ne peux rien me cacher.

PENSÉE

Non, ce n'est pas lui.

SICHEL

Je le savais avant toi. Ce jour où nous sommes allées
le voir dans sa maison, ce vieux petit palais que tu
aimes tant et que tu nous as forcés à acheter,
Ce jour-là même j'ai reçu un avertissement.

PENSÉE

Mais je ne l'aimais pas alors et l'avais à peine remar-
qué.

SICHEL

Ah! c'est moi qui t'ai faite et je sais tout d'avance.

PENSÉE

Pourquoi donc m'avoir amenée ici ce soir?

SICHEL

Déjà j'avais parlé à ton père.

PENSÉE

Mon père? Ils n'ont point de fortune.

SICHEL

Oui, mais ils sont neveux du Saint-Père, Orian est
son filleul.

PENSÉE

Toi-même, mère, que dis-tu?

SICHEL

Pensée, comment aimerait-il une aveugle et une
Juive?

PENSÉE

Oui, cela est impossible.

SICHEL

La fille de son ennemi? L'ennemi du Pape, — car il
sait l'œuvre que fait ton père
A Rome et à Paris.

PENSÉE

Non, il ne peut m'aimer.

SICHEL

Sa maison même, nous venons de la lui prendre.

PENSÉE

Pauvre garçon!

SICHEL

Quelqu'un dit qu'il veut embrasser la carrière ecclésiastique.

PENSÉE

Il reste Orso.

SICHEL

Pour moi, c'est celui que je préfère.

PENSÉE

Il ne me plaît pas.

SICHEL

Mais comment peux-tu les distinguer? Leurs voix sont si semblables.

Que je ne puis y voir différence, pour mon oreille qui est celle d'une musicienne.

PENSÉE

Non, ils ne sont pas semblables.

SICHEL

C'est Orso qui est le plus fort et le plus beau. On ferait quelque chose de lui.

PENSÉE

Oui. C'est peut-être lui que j'aimerais si je voyais clair.

SICHEL

Orian ne pense pas à toi.

PENSÉE

Mais s'il venait à y penser cependant...

SICHEL

Nous ne le verrons plus.

PENSÉE

Et quelle manière m'as-tu donnée de cesser de le voir?

SICHEL

Pardonne-moi!

PENSÉE

S'il venait à penser à moi, — et je sais qu'il n'y pense
aucunement, tu dis vrai! Le voici non loin de moi
comme un homme entièrement libre et dégagé,

Sans savoir que cela n'est pas et de quel lien je lui suis
déjà attachée,

Oui, qu'il le veuille ou non...

SICHEL

Ce lien peut se rompre encore.

PENSÉE

S'il venait à y penser cependant,

Que faire alors? où le fuir? quel moyen de me
retirer?

S'il venait à penser à moi,

Ce n'est pas parce que je suis aveugle qu'il cessera de
voir ma part de la lumière! Ce n'est pas parce que je n'ai
point d'yeux qu'il ne me voit pas! Ce n'est pas parce que
je ne connais point mon visage qu'il l'ignore!

Ce n'est point parce que je suis privée de tout que je
puis aussi me passer de lui!

SICHEL

Mais lui peut se passer de toi.

PENSÉE

Qui le sait?

SICHEL

Crains de lui faire pitié.

PENSÉE

C'est à lui de craindre.

SICHEL

Quel orgueil un homme tirera-t-il de cette femme qui l'aime sans le voir?

PENSÉE

C'est à lui de voir, c'est à moi d'être assez belle pour qu'il me voie et que je voie par lui.

SICHEL

Mais il ne t'aimera pas.

PENSÉE

Et moi, est-ce que je demandais de l'aimer?

SICHEL

C'est moi seule qui t'aime.

PENSÉE

Oui, mère.

SICHEL

Cet homme que tu ne connais pas et qui ne te connaît pas davantage! Et quand même j'aurais voulu que tu l'épouses, maintenant, je ne le veux plus! Ah, tu l'aimes, je le vois, et c'est cela qui m'épouvante! De tels sentiments la fin ne peut être heureuse.

PENSÉE

Mère, est-ce que j'ai été une fille mauvaise jusqu'ici? une personne déraisonnable et qui ne sait ce qu'elle veut?

SICHEL

Non, Pensée, tu es ma sage enfant, la joie et le remords de ta mère.

PENSÉE

Pourquoi le remords ? Appelez-vous cette nuit où je suis un malheur ?

SICHEL

Plût au ciel que je puisse la prendre pour moi !

PENSÉE

L'appelez-vous un malheur ? Non, je le sais et je viens de l'apprendre, elle est le bonheur de ma vie, plus grand que je ne l'avais mérité.

Si je voyais, je serais moins à lui. Si j'étais moins obscure, il y aurait moins de bonheur à m'avoir trouvée.

SICHEL

Cet homme qui nous est hostile, je le sens, je le sais. Peu de joie nous attend de sa part.

Bruit de voix au dehors.

PENSÉE, *lui saisissant la main.*

Mais non, si tu le veux, viens ! Nous ne le verrons plus. Allons-nous-en.

SICHEL

Partons. Et d'ailleurs je tremble de te laisser ainsi aller seule. Pourquoi ce caprice de n'avoir pas voulu que l'on sache encore que tu es aveugle ?

PENSÉE

Je viens à peine d'arriver en ce pays. Laisse les gens croire en moi pendant ces quelques jours.

Personne ne s'en est-il donc aperçu ce soir ?

SICHEL

Non. Tu te diriges partout dans ce jardin, non pas comme si tu voyais clair, c'est différent,

Mais parmi toutes ces choses nouvelles comme si tu

t'étais entendue d'avance avec elles, une espèce de connivence.

PENSÉE

Ne nous sommes-nous pas promenées ensemble hier soir dans ce jardin et ne m'as-tu pas tout expliqué?

SICHEL

Et cette seule visite t'a suffi?

PENSÉE

Viens!

> *Elles parlent en s'éloignant vers le fond, pendant que la scène se remplit peu à peu des personnages de la scène suivante.*

Comment te faire comprendre? je ne sais, c'est quelque chose comme le don des trouveurs de sources.

Le pied seul me fait connaître où je suis, mille bruits, mille touches, mille différences de sons que vous n'entendez pas, mille signes aussi instantanés que le regard,

L'attention toujours éveillée, la conscience de ses mouvements, le sentiment de la distance, un peu de finesse.

Et même sans tout cela, je suis avertie intérieurement de tout. Vous lisez, et moi je sais par cœur.

SCÈNE II

Entrent par divers côtés Coûfontaine (le Ver luisant), Orian de Homodarmes (le Jardinier), Orso de Homodarmes (l'Ingénieur Florentin), Sichel, le Prince Wronsky, Lady U (la Ville de Rome).

COÛFONTAINE

Mesdames, je vous l'amène, le traître voulait nous échapper. Oui, que complotiez-vous là-bas, s'il vous plaît, avec votre frère sous la statue de Jupiter Tonnant ?

SICHEL

Eh quoi, mon cher chevalier, déjà partir ?

ORIAN DE HOMODARMES

Mon service m'appelle demain au Vatican de fort bonne heure.

LADY U

Mille choses à votre parrain !

ORIAN

Quel est ce beau costume, Milady ?

LADY U

Je suis la Ville de Rome.

ORIAN

Le Saint-Père sait tout l'amour que Rome lui porte.

COÛFONTAINE

Mais il ne faut pas partir! Pensée, dites-lui de rester.
Vous connaissez ma fille, chevalier?

ORIAN

J'ai eu le plaisir de rencontrer Mademoiselle l'autre
jour.

SICHEL

Tu sais, Louis, quand nous sommes allés acheter le
palazzino.

PENSÉE

Restez!

LE PRINCE

Il faut se rendre.

ORSO

Reste, Orian, je te le demande.

ORIAN

Je reste.

LE PRINCE

Merci, Orso. Donne-moi ces dernières heures, mon
petit.

Demain, il n'y aura plus de Villa Wronsky et de
Prince Doublevé.

C'est demain que l'on me saisit et j'ai invité toute la
Ville à passer la nuit avec moi et à attendre le moment
où paraîtra avec le soleil le funeste mandataire de la Loi
escorté de ses satellites.

LADY U

C'est pourquoi la Ville de Rome est venue rendre
visite à son vieil amant pour prendre congé de lui,

Emmenant avec elle une certaine Lady U, qu'on ne
réussira jamais à séparer de son cher Doublevé!

Emmenant avec elle tout l'alphabet! tout cet alphabet
en désordre qui ne sait plus que parler Romain!

Tout ce qu'il y a à Rome de Français, d'Américains,
d'Anglais, de Scythes et de Sarmates parmi les authen-
tiques fils de la Louve,

Les gens du Vatican et ceux du Roi Galant-Homme,

Tout cela à l'abri des masques est chez le vieux Prince
cette nuit et de sa maison et de son jardin ne fait qu'un
seul feu de joie!

Tout est plein d'intrigues, d'amours, de conspirations,
de musique et d'éclats de rire!

De longs aveux que les belles rêveusement autour du
doigt se roulent comme des rubans de satin et de grands
secrets impromptus qui partent comme des coups de
pistolet.

Il y a un punch qui brûle tout seul dans une salle à
manger.

Il y a une fusée qui monte au ciel, il y a un luth qu'on
accorde quelque part.

Il y a un amant et sa maîtresse dans l'endroit où l'on
fait les couteaux, qui ont juré de se séparer éternellement et qui pleurent toutes les larmes de leur corps.

(Et tous les domestiques l'un après l'autre dix fois de
suite qui ouvrent la porte et la referment précipitam-
ment.)

Il y a un piano sous les arbres tout entouré de mouches
à feu et un monsieur à grosses moustaches, le cigare à la
bouche, qui fait *do* naturel dessus avec un doigt aussi
long qu'une canne.

Il y a au-dessous toute une bande de mules dansantes
et sonnaillantes, toutes garnies de manteaux, de paniers,
de lanternes et d'escopettes, pour les amis qui sont venus
nous voir de la campagne.

LE PRINCE

Et il y avait un vieux fou tout à l'heure du haut
du « bosco » qui regardait sa Rome pour la dernière
fois,
   La ville aux cent dômes dans l'obscurité avec une
seule place rougeoyante comme un feu de bivouac
   D'où sortait le bout d'une colonne antique surmon-
tée de la statue d'un Apôtre!

LADY U

Prince, toutes les maisons de Rome seront les
vôtres.

LE PRINCE

Merci, Capitole! Que je vous embrasse pour cette
bonne parole!

> *Il ôte sa barbe, et, l'ayant accrochée à une branche,
> fait le geste d'embrasser sa voisine.*

LADY U, *riant.*

Prince, je vous en prie! *Behave yourself, Sir!*

COÛFONTAINE

Que devient le Tibre sans sa barbe?

SICHEL

Il a profité de sa fausse barbe pour raser la vraie.
Prince, mais que vous êtes drôle ainsi!
   Quelle bouche bonne et sensuelle, fraîche comme celle
d'un enfant! Il a cette longue lèvre supérieure d'un
homme qui est fait pour jouer de la clarinette.

LADY U

Mais je vous reconnais, Prince! Oui, nous avons fait
une traversée ensemble, du temps où j'étais l'étoile de
la Compagnie Trombini, quand on mettait quarante
jours pour aller du Ténérife à Buenos-Ayres.

LE PRINCE

Eh quoi, cruelle, vous m'aviez oublié? Et tous ces beaux couchers de soleil donc, auxquels nous avons prêté assistance?

Et ces nuées de poissons-volants qui se levaient sous notre étrave en pétillant, comme les amours autour du char d'Amphitrite?

ORSO

Tout le monde a l'air de se retrouver ce soir. Vrai, pour se faire reconnaître, il n'est rien de tel que de se déguiser.

LE PRINCE

Eh quoi, vous m'aviez donc oublié?

LADY U

Non, Prince. Pourquoi ne m'avoir jamais rappelé ces belles nuits de l'Équateur?

LE PRINCE

Bah! Tout a changé tellement. Vous n'êtes plus cette Beltramelli dont je baisais le poignet,

— Avec un fragment de la Croix du Sud dans chacun de ses yeux noirs.

Mais je ne sais quelle Lady U.

LADY U

Si fait! C'est toujours la « Lionne italienne », comme on m'appelait sur les affiches de Pernambouc, l'héroïne du Trente Avril, l'amie de Mazzini et de Garibaldi!

COÛFONTAINE, *montrant Orian.*

Chut!

ORSO

Bah, ne sommes-nous pas tous en vacances ce soir?

COÛFONTAINE

Il est vrai. C'est comme une de ces dernières classes que l'on fait au mois de juillet, quand on ne prend plus au sérieux le professeur.

On sent tellement qu'il y a quelque chose qui va finir!

LADY U, *regardant Orso.*

Dès que Messieurs les Français seront partis.

ORSO

Jamais. Ils me l'ont dit. Qui pourrait s'arracher de l'Italie?

LE PRINCE, *agitant la main.*

Adieu, chère Rome!

SICHEL

Prince, quel est ce camée que je vois à votre bras?

LE PRINCE, *le lui montrant.*

Il vous plaît? Quelle jolie tête, n'est-ce pas?

SICHEL

C'est étrange. Elle me rappelle quelqu'un.

LE PRINCE

Moi aussi. C'est pour cela que je le porte toujours. Elle s'appelait Lumîr.

La Comtesse Lumîr. Pauvre fille, elle est morte tristement! C'est à ce moment que j'ai quitté la Pologne.

SICHEL

N'était-elle point la sœur d'un nommé Posadowsky?

LE PRINCE

C'est possible. L'avez-vous connu?

SICHEL

Le Comte l'a connu autrefois.
En Algérie. — Louis, tu te souviens?

COÛFONTAINE

Vaguement. C'était un grand ivrogne.

LE PRINCE

Che fare? On boit! Il faut bien remplacer ces deux
grandes ailes dans le dos qui autrefois faisaient l'accou-
trement de nos houzards.

LADY U, *à Orian.*

Mais vous aussi, chevalier, quel bijou magnifique
vous portez à votre doigt!

ORIAN

C'est un joyau de famille. On l'appelle « la pierre
qui voit clair ». On n'a qu'à fermer les yeux et la main
voit. Elle est là qui vous conduit au travers de l'obscurité.

ORSO, *lui prenant la main et l'amenant à Pensée.*

Voyez, Mademoiselle, je vous prie. Regardez, vous
qui aimez les belles pierres.

PENSÉE, *comme si elle regardait,*
touchant légèrement la pierre.

C'est un saphir, je crois?

SICHEL

Un très beau saphir.

PENSÉE

Tout entouré de brillants. De ces vieux brillants
carrés qui ne bougent plus et dont le temps a fixé
l'éclat.

SICHEL

Une belle bague de fiançailles.

ORIAN

C'est elle qui me conduit ce soir.

PENSÉE

Croyez-vous qu'il n'y a que les pierres qui aient des yeux pour voir au travers de l'obscurité?

ORIAN

Les miens n'y suffisent pas.

PENSÉE

Prince, ai-je beaucoup fréquenté votre jardin?

LE PRINCE

Une fois, une fois seulement et je n'étais pas là.
Une fois seulement vous m'avez fait l'honneur de visiter ma pauvre maison.

PENSÉE

Chevalier, gageons-nous que, les yeux fermés, je vous fais faire le tour du jardin et vous ramène ici?

SICHEL

Pensée, mon enfant!

PENSÉE

Laisse, mère.
Je ferme les yeux. — Ainsi! — Votre main. — Je me confie à cette pierre qui voit clair. — Venez, Monsieur le Jardinier!

Ils sortent.

COÛFONTAINE

Pourvu qu'ils ne parlent pas politique.

LADY U

Ce n'est pas un mauvais moyen de faire couler à l'oreille de qui de droit les choses que soi-même on ne peut dire.

COÛFONTAINE

Vous me percez de part en part.

SICHEL

Je crains que Pensée ne perde sa gageure.

COÛFONTAINE

Bah! Ils se retrouveront toujours. On va loin dès que l'on se laisse conduire par quelqu'un qui ne voit pas clair. *(A Orso :)* Qu'en dites-vous, Florentin? qu'en dites-vous, noir Ingénieur?

ORSO

Je m'en vais. Il y a trop de secrets ici ce soir et trop de trahisons.

Je vais régler mon instrument. Il y a dans ce concert d'eaux jasantes que j'ai distribuées de toutes parts dans la nuit quelque chose de trop rapide et plein de perfidie. Il est temps que je leur donne un petit tour de clef.

A peine avons-nous commencé à penser ou dire quelque chose que leur pente s'en empare, et c'est nous qui parlons déjà, persuadés que c'est leur murmure encore.

Il sort.

LE PRINCE

L'eau qui tombe sur de l'eau, et la grande masse grave

Des cloches quand elles s'éveillent toutes ensemble,
le matin et le soir au moment de l'*Ave Maria,* comme des
Anges confus, et à midi,
Voilà ce que je n'entendrai plus demain.

COÛFONTAINE

Et voilà le bruit que vous voudriez faire taire, Milady?

LADY U

A Dieu ne plaise! Je suis bonne catholique.

COÛFONTAINE

Et cependant vous voulez prendre au Pape sa maison.

LADY U

Comment faire? Je vous le demande à vous-même.
Comment séparer l'air de l'air, la terre de la terre,
la chair de la chair, le cœur du corps, et Rome de
l'Italie?
Vous, étrangers, dès que vous êtes à Rome, vous vous
y pressez comme l'enfant au sein.
Et nous, Italiens, nous nous passerions de notre
mère?

COÛFONTAINE

Le Pape est votre Père.

LADY U

C'est entendu.
— Vous êtes pour lui un ennemi plus dangereux que
je ne le suis, Monsieur l'Ambassadeur.

COÛFONTAINE

Quelle injustice! Le Saint-Père n'a pas de fils plus
dévoué. Oui, je suis un fils pour lui.

Plût au ciel qu'il daignât parfois me prêter une audience plus favorable!

LADY U

Laissez-nous faire.

COÛFONTAINE

Non. J'ai l'horreur des voies violentes. Je suis un homme de paix. C'est ce qui m'a fait quitter l'armée autrefois.

Pourquoi cette intransigeance qui n'est pas de notre temps? ces prétentions sans mesure qui attristent tous les sincères amis de la Papauté, et, je puis le dire, tous les vrais chrétiens? que veulent dire ces défis? cette infaillibilité qu'on est en train de se faire décerner?

LADY U

Oui, je l'ai souvent pensé. Tout cela fait bien du tort à la religion.

COÛFONTAINE

En un temps où elle est si nécessaire!
Où toutes les bases sont
Sapées. Oui, sapées! C'est le mot, je ne crains pas de le dire.
Mais je m'échauffe, pardonnez! Je sens ces choses trop vivement.
Mon nom est paix, accord, conciliation, transaction, entente, bonne volonté réciproque.

LADY U

C'est vrai. Pas un de ces passages délicats en France d'un régime à un autre
Auquel votre nom ne soit associé.

COÛFONTAINE

Vous parlez de mon père, Toussaint Turelure? C'était un bon serviteur de la France.

Oui, un homme mal jugé. Moi seul l'ai bien connu.

Sortent Coûfontaine et Sichel.

LADY U

Éloignons-nous aussi. J'imagine que M. de Homo-darmes et sa Psyché vont avoir fini leur petit tour de jardin.

Quelle scène étrange!

LE PRINCE

Et quelle étrange fille!

LADY U

On ne se présente pas ainsi! C'est le manque de ver-gogne juif. Et les parents ne voient rien à dire.

LE PRINCE

Homodarmes cependant n'est pas riche.

LADY U

Il est le filleul et un peu le neveu du pape. Épouser le pape! Quel triomphe pour notre Sichel!

LE PRINCE

Elle a de bien beaux yeux.

LADY U

Je vous défends absolument d'en regarder d'autres que les miens.

LE PRINCE

Pourquoi me les avoir dérobés si longtemps?

LADY U

Il n'y a pas si longtemps que Rome et moi ne faisons plus qu'un.

LE PRINCE

Non, il n'y a pas longtemps.

Vous n'êtes pas Rome, pas plus que ce n'est Rome, ces blanches bouffées de grêle sur des places de temps en temps qui s'épuisent en trois coups de tonnerre, et le passage par siècle une fois ou deux des Barbares entre une porte et l'autre.

LADY U

C'est sans doute de vos mercenaires que vous parlez ? Car nous ne sommes pas des barbares, Monsieur le Prince...

Pardon, je n'ai jamais pu prononcer votre nom, — ni celui de mon mari d'ailleurs.

De Rome à l'Italie, il y a tout de même quelque chose de commun.

LE PRINCE

Rome est ce qui dure et je vous vois trop jeune parmi vos cheveux trop noirs, cette forêt de serpents nerveux, vivante de trop de vie à la fois, trop d'espoirs

Pour la Ville qui n'a jamais cessé de tout posséder.

— Toute pleine d'une confiance naïve et enivrée en cette heure, qui sera demain

Une heure parmi les autres.

Ce n'est pas Rome, ce rude souffle de la Campagne qui nous emplit de temps en temps,

Ou l'invasion des troupeaux quand ils marchent vers les Abruzzes à l'époque de la transhumance et la conque rauque du pasteur sous l'arc de Septime Sévère !

Ce n'est pas son visage que je reconnais dans celui que je vois devant moi et que j'ai tant aimé (mais les femmes ne deviennent intéressantes qu'à cinquante ans), plein de désirs et de résolution,

La Sibylle colorée par le reflet de l'eau verdâtre, la sorcière Marse, la vivandière de Garibaldi, le cri perçant à midi qui appelle les moissonneurs sous le chêne Samnite !

LADY U

Qu'est-ce donc que Rome, s'il vous plaît?

LE PRINCE

Eh, vous le savez mieux que moi.

Lorsque j'étais enfant nous avions une terre qui n'était pas éloignée des rapides de Borysthène,

Et tout le jour sans interruption, toute la nuit,

On entendait l'immense affaire de ce fleuve qui se précipite (jamais je n'ai eu la curiosité d'aller le voir),

Avec un grand bruit de bronze.

Et depuis j'ai mené ma vie d'exilé, poussière, quoi! danse d'atome,

(Que tout cela d'où je suis me paraît confus, et sombre, et embrouillé, oui, ce fut ma vie!)

Avec parfois un de ces heureux moments de plénitude,

L'amour, le succès, ou quelque chose tout à coup, sans cause et inopinément comme la grâce,

Où l'on est roi, maître de tout, où l'on fournit de l'inconnu, où l'on fait son petit paraphe de phosphore.

Mais toujours, quand je prête l'oreille là-bas, j'ai le sentiment de ce fleuve qui tonne, le bruit de ces éternelles cataractes!

Voilà ce qu'est Rome pour moi, quelque chose de solennel et de sous-entendu, la majesté en silence de quelque chose où nous sommes, qui n'est pas de nous et qui ne dépend pas de nous.

Et l'on sait que si l'on rouvre les yeux, ce ne sera pas pour se voir emporté les pieds en l'air par le tintamarre d'une rue comme une eau de moulin, une furibonde et vaine bousculade de morceaux coloriés qui sont les voitures et les passants fracassés contre les glaces des boutiques,

Mais ce qui s'offre au regard, c'est une colonne de porphyre entourée d'une guirlande d'or qui s'élève parmi la fumée des sacrifices!

LADY U

Prince, tout de même Rome est faite pour autre chose
que pour vous tenir lieu de cataracte dans vos vieux
jours !

LE PRINCE

Demain, aujourd'hui même je la quitte.

LADY U

Le présent sera peut-être moins beau que le passé.
Le présent a toujours tort.

Ça ne fait rien. On vivra tout de même. On s'arran-
gera n'importe comment. Je vous jure que ce peuple a
trouvé un autre moyen d'être éternel que d'être mort !
Je vous jure qu'il a sa part à faire dans la vie. Je vous
jure qu'il est très décidé à vivre, que cela vous plaise ou
pas !

C'est beau aussi d'un bout à l'autre d'un pays un
peuple qui se réveille tout à coup avec un grand frisson
comme un corps d'homme, et qui s'aperçoit qu'on parle
la même langue,

Et que d'un bout à l'autre on n'est qu'une seule pièce,
un seul corps dans une seule âme !

LE PRINCE

Mon pays était sur terre la Pologne pour laquelle
il n'y a plus d'espérance.

LADY U

Il y a toujours de l'espérance ! C'est vous qui me dites
qu'il n'y a pas d'espérance et vous avez déjà plus de
soixante ans ! Comment donc avez-vous fait pour vivre
jusqu'ici ? Combien de choses que nous n'aurions jamais
cru faire et que nous avons faites tout de même !
Combien de coups qui ne nous ont fait aucun mal !
Combien d'ennemis par terre ! Combien d'obstacles
dépassés !

LE PRINCE

Il y a la maladie devant moi.

LADY U

La maladie, comme c'est intéressant! La guerre est
toujours une chose intéressante. S'apercevoir que l'on
a un foie, ou un cœur, quelle découverte!

LE PRINCE

Il y a la mort.

LADY U

Nous en viendrons à bout comme du reste avec l'aide
de Dieu! Merci à Dieu, je le dis du fond du cœur, qui
à cinquante ans me permet enfin d'atteindre la jeunesse
et de voir le jour d'aujourd'hui!
Libre de cœur, libre d'esprit, franche de tous les attachements stupides et de tous ces désirs odieux autour de
moi jadis!
Inspiratrice, conspiratrice! tout entourée d'amis dont
je suis l'âme,
Comme au temps où toute une salle venait boire
à mesure à mes lèvres la parole, et je la voyais dans
ces milliers d'yeux en vie étinceler comme de l'argent!
Et non plus dans cette belle lumière d'Italie comme
une pierre sous la cascade qui n'en retient pas une
goutte,
Mais ça ne fait qu'un cœur pleinement dilaté comme
une vasque profonde et généreuse,
D'où s'échappent de temps en temps de grandes
nappes irrégulières, le trop-plein qu'elle n'est pas capable
de retenir!

LE PRINCE

Telle celle que je vous montrais tout à l'heure, un
homme pourrait y nager.

LADY U

Et ce petit nuage avec la lune, qui s'y reflétait près du bord comme un mouchoir de soie brillante!

LE PRINCE

Je vois nos amoureux qui se rapprochent. Venez!

Ils sortent.

SCÈNE III

Entre Pensée tenant toujours Orian par le poignet et de l'autre main l'anneau qu'elle tient élevé.

ORIAN

Nous y sommes. Vous m'avez merveilleusement conduit
Avec cette prunelle fée que vous tenez élevée entre vos doigts. Vous pouvez rouvrir les yeux,
Pensée. C'est ainsi qu'on vous appelle, je crois ?

PENSÉE, *lentement.*

Oui. — Je vois que ma mère n'est pas là.

ORIAN

Tout le monde est parti.

PENSÉE

Tout le monde est au feu d'artifice, de l'autre côté du jardin. J'ai entendu les premières fusées qui montent au ciel parmi les cris atténués de la foule.

ORIAN

Evviva il Papa Re !

PENSÉE

Avant longtemps vous n'entendrez plus ce cri à Rome.

ORIAN

C'est vous qui allez le faire taire ?

PENSÉE

Nous sommes au mois de Mai, prenez garde au mois de Septembre ! Et voyez ces trois étoiles fatales qui me traversent de l'épaule jusqu'à la hanche, c'est Orion qui est le danger pour Orian.

Le voici qui se lève au-dessus du Palatin.

ORIAN

Voulez-vous, ne parlons pas politique. Et si c'est vrai que vous nous amenez l'Automne, Pensée,

Expliquez-moi plutôt ce que vous allez faire de ce jardin que j'ai préparé, et mon ami l'Ingénieur par son art,

— Orso qui vous parlait tout à l'heure — y a introduit de bien loin

Ces eaux, les entendez-vous ? qui jamais ne font silence.

Tant de fleurs, voyez, tant de choses dont j'ai eu l'idée et qui toutes, cette nuit, sont devenues des roses,

Pour vous, Pensée.

Tout ce qui tient dans la corbeille de Mai. Tout ce sommeil et cette continence de la terre qui peu à peu, sans aucun viol, s'est enrichie jusqu'à une plénitude merveilleuse.

Comment ferez-vous pour venir à bout de tout cela, ce printemps si beau, quoi, ne voulez-vous rien épargner ?

PENSÉE

Il ne reste que ces feuilles d'inaltérable à ma tête et cette petite grappe de raisin près de mon oreille.

ORIAN

Pourquoi donc avoir choisi d'armer l'Automne, quand à vous voir je vous croirais plutôt venir à moi telle que le Printemps avec un grand œillet comme un javelot entre les doigts ?

PENSÉE

L'automne me plaît davantage et l'hiver plus encore,
L'intègre hiver qui de toutes choses ne laisse que
l'âme
Toute nue et sans visage dans la foi.

ORIAN

Rome n'a point d'hiver, une heure de suspens seule,
le retour et non point l'arrêt, un sourire plus obscur
entre des nuits plus longues!
Ici la main de l'Automne est désarmée et votre pouvoir
échoue.

PENSÉE

Qui fera donc mûrir vos raisins, Monsieur le Jardinier?
Qui fera descendre jusqu'à la main peu à peu la branche
dont le fruit s'accroît?

ORIAN

Nous saurons vous rendre captive, ô saison qui piquez
toute chose avec votre flèche ardente! Nous saurons
faire miel de votre or fugitif! Ici le temps n'est plus.
Ici j'ai détruit cet ennemi qui de tous lieux chassait
notre cœur insatisfait et qu'on appelle le hasard. Ici les
sens ont trouvé leur repos en ce lieu que l'intelligence a
conjuré.
Voyez! Ces murailles de verdure presque noire sur qui
vous n'avez aucune prise
Ne sont là que pour nous séparer du monde.
Tout ce que peut déverser un ciel d'été,
Il faut ces pins qui sont au-dessus de nous l'ombrage
et la bénédiction, il faut pour amener notre œil jusqu'à
cet imperceptible petit point de lumière là-haut, cette
étoile vertigineuse, l'éboulement de ces sombres ava-
lanches!
Ce palmier derrière vous (l'entendez-vous frémir?),
est-ce qu'il ne s'y connaît pas en fait de royauté, le jardinier qui a fait place ici à ces cataractes végétales?

Le voici comme une éruption superbe et humble, qui de toutes parts retombe en une gerbe mélodieuse.

Et il y a aussi le cyprès mince et droit, pour nous parler de la mort.

— L'immobilité autour de nous de ces créatures qui ne peuvent pas être plus belles.

PENSÉE

Oui, je vois toutes ces choses avec vous à mesure que vous me les montrez.

ORIAN

Jadis j'avais à moi un jardin.

PENSÉE

Nous vous l'avons pris, chevalier.

ORIAN

Oui, vous l'avez acheté, il est à vous maintenant. Je viendrai le voir quelquefois.

Il était bien petit, mais je l'aimais quand même. Trop beau sans doute encore pour un homme si dénué.

PENSÉE

J'ai honte. Pardonnez-moi.

ORIAN

Mais non, c'est un service que vous m'avez rendu, me voici bien débarrassé. Qu'est-ce que ces vieux murs ? C'est en avant qu'il faut regarder, pas en arrière.

PENSÉE

Parole qui m'étonne de vous. Je vous croyais le chevalier du Passé.

ORIAN

Le Pape est ce qui ne passe pas.

PENSÉE

Pourtant, dont il faudra se passer.

ORIAN

Mais votre père est là pour nous aider à lui garder
son trône.

PENSÉE

Trônes bien menacés que ceux-là qui ont l'appui des
gens de notre famille!

ORIAN

Je sais de quel côté vont les vœux intimes de votre
père.

PENSÉE

Qu'attendre? c'est la Révolution qui coule dans nos
veines.

ORIAN

La France à travers toute Révolution veut le Pape
intact à Rome.

PENSÉE

Eh quoi, pour sauver le père, comme vous l'appelez,
Il est besoin autour de lui d'une police étrangère?

ORIAN

Il est le père pour moi, tant que je suis son fils.

PENSÉE

Je sais qu'il est un peu à vous, votre parrain à tous
deux, votre tuteur aussi, qui n'aviez plus ni père ni
mère.
C'est lui qui vous a élevés dans son palais, Orso et
vous, quand il n'était encore qu'évêque. Oui, j'ai appris
tout cela ce soir.

ORIAN

Vous êtes bien renseignée. Ma famille est de Savoie, mais ma mère était Milanaise.

PENSÉE

La mienne est Juive, vous le savez.

ORIAN

Non, je ne le savais pas.

PENSÉE

Je veux que vous le sachiez. Une Juive convertie, naturellement. Mon père lui aussi est un bon catholique.

C'est à cela qu'il doit sa fortune. Quoi, votre frère Orso ne vous a pas appris tout cela?

ORIAN

Il ne sait rien de plus que je ne sais.

PENSÉE

A quoi lui sert-il donc de me suivre comme il le fait depuis le jour où je l'ai rencontré avec vous?

L'autre jour pendant que nous roulions à travers la campagne, j'entendais le galop de son cheval derrière nous,

Et pendant que nous laissions l'attelage souffler, il était là sous un tombeau, qui nous regardait, enveloppé dans sa grande cape romaine. Ma mère l'a vu.

C'est quelque chose de bien près de vous qui s'intéresse à moi.

ORIAN

Orso est un bon enfant qui fait tout ce que je lui dis.

PENSÉE

Sans doute il vous aime plus que moi.

ORIAN

Il a été avec les chemises-rouges quelque temps. C'est moi qui l'ai tiré de là et qui l'ai engagé dans les troupes papales.

PENSÉE

Et moi, je puis faire qu'il perde le goût d'être où je ne suis pas.

ORIAN

C'est vous qui pouvez venir où il est.

PENSÉE

J'y viendrai s'il est le plus fort.

ORIAN

Et comment fait-on pour être le plus fort avec vous ?

PENSÉE

Il sera le plus fort, si je l'aime.

ORIAN

Comment n'aimerait-on pas Orso ?

PENSÉE

Si vous l'aimez, dites-moi de ne pas écouter ce qu'il vous a chargé de me dire.

ORIAN

C'est vrai, il a voulu absolument que je vous parle.

PENSÉE

Il fallait refuser, Orian.

ORIAN

C'est ce que j'ai tâché de faire.

PENSÉE

Est-ce qu'on épouse une Juive?

ORIAN

Vous n'êtes pas Juive.

PENSÉE

Si vous l'aimez, dites-lui de ne pas épouser une Juive.

ORIAN

Vous êtes baptisée.

PENSÉE

Il faut beaucoup d'eau pour baptiser un Juif!
On ne perd pas si facilement l'habitude de tant de
siècles! Tous les siècles depuis la création du monde, il
me semble que je les porte avec moi.
L'habitude du malheur, l'intimité mauvaise avec sa
propre déchéance.
Tant d'attente,
Que nous n'avons pu arriver à changer d'attitude, tant
de foi dans la promesse qui n'était pas réalisée,
Que nous n'avons pu y croire du moment où on nous
a dit qu'elle l'était.
Vous savez bien que nous n'appartenons pas à la
même race. La même, et cependant à part. Il n'y a pas
d'union possible entre nous. Oui, vous auriez beau me
tendre la main.

ORIAN

Nous sommes les enfants du même père.

PENSÉE

Un père? Je n'en ai pas. Qui sont mon père et ma
mère? Donnez-moi des yeux pour que je les voie. Je suis
seule.
Cet homme qui parlait tout à l'heure, c'est lui que vous
appelez mon père?

Croyez-vous que je l'aime? Croyez-vous que j'aime ma
mère? Si, pauvre femme, je l'aime, elle m'aime tellement.
Je tiens à elle, je ne puis me passer d'elle.

Mais ils ne me connaissent pas, et je sens tellement que
je ne puis leur parler et qu'ils n'ont rien à me dire! Ah, de
quel poids ils me sont tous les deux!

ORIAN

Pensée qui êtes à côté de moi...

PENSÉE

Orian?

ORIAN

J'ai eu tort d'accepter de vous parler de mon frère.

PENSÉE

Non. Je suis heureuse que vous soyez venu.

ORIAN

Je ne puis supporter de vous entendre vous plaindre
Ainsi, comme si vous en appeliez à moi.

PENSÉE

Que vous importe?

ORIAN

D'autres souffrent. — J'ai eu tort d'être venu. J'ai
tort, à ce moment même, d'être à côté de vous.

PENSÉE

Il faut avoir tort quelquefois.

ORIAN

D'autres souffrent. Mais rien que de voir la lumière
est beau!

PENSÉE

Parole que j'ai entendue souvent.

ORIAN

Belle comme vous l'êtes...

(*Elle lui met légèrement la main sur le bras.*)
Eh bien?

PENSÉE

J'écoute ce que vous dites.

ORIAN

Et quand vous seriez misérable encore et autant que
vous le croyez,
Nous sommes jeunes! et la vie est grande ouverte
devant nous, celle-ci, et l'autre par derrière qui n'a
aucune fin.
Ah, rien que de vivre et de voir et d'avoir les
yeux ouverts et d'être vivant et de voir le soleil est
beau!

PENSÉE

Oui, rien que de voir la lumière est doux.

ORIAN

Ou la nuit même sans laquelle il n'y aurait pas toutes
ces étoiles.

PENSÉE

Je ne les vois pas, j'écoute seulement. Je ne veux pas
voir, j'écoute. (Et tenez, ce bruit si triste, entendez-vous?
comme un plumage froissé,
C'est le troisième palmier à notre droite.)
Mais peut-être que si vous me disiez : Ouvrez les yeux,
Pensée!
Peut-être qu'alors j'ouvrirais les yeux et je verrais.

ORIAN

Est-ce pour fermer les yeux que vous êtes venue à Rome?

PENSÉE

Montrez-moi la Justice et cela vaudra la peine de les ouvrir. Qu'est-ce que cette Beauté qui ne nous empêche pas d'être aveugles?

Moi aussi, on m'a conduite au milieu de vos dieux grecs, moi aussi, j'ai posé la main sur ce marbre qui brûle!

C'est ce que nous, les gens de l'ancienne Foi, nous appelions les idoles.

Qui a connu la nuit pour de bon, il faut un autre soleil que celui-ci pour en venir à bout!

ORIAN

Quelle est donc cette nuit dont vous me parlez toujours?

PENSÉE

Ténèbres furent-elles jamais plus grandes que celles-ci qu'aucun ami jusqu'à moi ne peut traverser?

Je suis une Juive comme ma mère, et elle pensait que la Révolution était venue, et que tout allait se mêler et s'égaliser, et que vous l'accepteriez parmi vous, elle a tant de bonne volonté!

Mais je suis mieux instruite;

Tout vaut mieux que le faux amour, le désir qu'on prend pour la passion, la passion qu'on prend pour une acceptation, et puis

La position qu'on reprend peu à peu de l'un et l'autre, et ce cœur peu à peu qui vous redevient étranger, — cet Orso que vous voudriez que j'épouse!

Moi je suis comme la Synagogue jadis, telle qu'on la représentait à la porte des Cathédrales,

On a bandé mes yeux et tout ce que je veux prendre est brisé.

(*Bas et avec ardeur.*) Mais vous autres qui voyez, qu'est-ce que vous faites donc de la lumière?

Vous qui voyez du moins, vous qui savez du moins, vous qui vivez du moins,

Vous qui dites que vous vivez, qu'est-ce que vous faites de la vie?

ORIAN

Cette eau qui nous fait vivre, vous aussi, elle a touché votre front.

PENSÉE

Elle n'a point touché mon cœur!

Une âme comme la mienne, ce n'est pas avec l'eau qu'on la baptise, c'est avec le sang!

ORIAN

A cette eau le sang d'un Dieu était joint.

PENSÉE

Cette eau, est-ce moi qui l'ai appelée?

ORIAN

Mais ce sang, c'est vous qui l'avez répandu.

PENSÉE

Ce Dieu, c'est nous qui vous l'avons donné.

Ah, je le sais, s'il y a un Dieu, pour l'humanité, c'est de notre cœur seul qu'il était capable un jour de sortir!

ORIAN

N'en est-il point sorti?

PENSÉE

Qu'en avez-vous fait? Est-ce pour cela que nous vous l'avons donné,

Pour que les pauvres soient plus pauvres, pour que les riches soient plus riches?

Pour que les propriétaires touchent leurs loyers ? Pour
que les rentiers mangent et boivent ? Pour que des rois
à demi fous règnent sur des peuples abrutis ?

Et que là où les vieux rois tombent, surgissent pour
les remplacer d'affreux avocats à pantalon noir,

Des fripons, des convulsionnaires, des professeurs, des
hypocrites à mâchoires de loups, mêlés à de vieilles
femmes,

Des hommes comme mon père ?

Et qu'il soit défendu de rien changer à tout cela ? Parce
que tout pouvoir vient de Dieu ?

ORIAN

Par quoi les remplaceriez-vous ?

PENSÉE

Grand Dieu, ce sera beaucoup déjà d'être défait de
ceux-ci et de ce voile dégoûtant tout de suite qui nous
aveugle et nous asphyxie !

Et qui sait si la lumière n'existe pas, et si pour la voir il
ne suffirait pas de rompre tous ces corps morts autour de
nous comme une affreuse forêt ?

Il n'y a pas de résignation au mal, il n'y a pas de résignation au mensonge, il n'y a qu'une seule chose à faire
à l'égard de ce qui est mauvais, et c'est de le détruire !

Et c'est pourquoi je déteste tant cette chose que vous
savez et qui me sépare de vous,

Parce qu'elle est la grande étouffeuse, parce qu'elle est
la grande endormeuse,

Parce qu'elle voudrait rendre intangibles toutes ces
idoles humaines et lier éternellement les vivants avec les
morts,

Comme si ce que la force et la ruse ont fait, la force
avec la ruse ne pouvait pas le défaire, comme si c'était
sacré et oint de Dieu, toutes ces larves autrichiennes !

Ce n'est pas assez d'avoir vu un seul jour toutes ces
longues faces blafardes, vous voudriez les rendre éternelles !

Et c'est pourquoi tout mon cœur est avec cette Italie qui se réveille et qui aspire à la forme qui lui est naturelle!

Et qui estime qu'elle est assez grande pour avoir soin de ses propres affaires sans tous ces étrangers, et qui ne supporte plus sur sa chair vivante

Ces choses mortes qui n'ont raison, ni ordre, ni nécessité!

— Et c'est vous que je vois devant moi comme l'avenir et comme la jeunesse, qui vous rangez avec les morts contre les vivants!

ORIAN

Je ne suis pas un Autrichien.

Mon père est mort en se battant contre eux. Et quant à tous ces princes dont vous me parlez,

Qu'ils se débrouillent avec leur Révolution, avec tous ces gens dont vous êtes tellement sûre qu'ils vivent et toute cette semence de députés.

Les morts sans moi sont assez bons pour ensevelir les morts.

PENSÉE

Et ce n'est pas un mort que vous défendez, cette idole que vous appelez le Pape?

ORIAN

Christ aussi dont le Pape est l'image est un mort.

PENSÉE

Quelle part donc réclame-t-il parmi nous?

ORIAN

Pas plus large que la croix.

PENSÉE

Le Christ n'a pas eu de terre à lui.

ORIAN

Assez pour que la croix y fût plantée.

PENSÉE

La croix est la souffrance.

ORIAN

Elle est la rédemption.

PENSÉE

Nous ne voulons pas de la souffrance!

ORIAN

Qui tuera donc en vous ce qui est capable de mourir?

PENSÉE

Nous ne voulons pas de la souffrance!

ORIAN

Vous ne voulez donc point de la joie.

PENSÉE

Nous ne voulons pas de la joie? C'est à moi que vous dites que je ne veux pas de la joie? La joie, Orian, quel mot, ah, avez-vous prononcé?

ORIAN

Demain vous épouserez mon frère.

Silence.

PENSÉE

Dois-je croire que vous le désirez? dois-je croire que vous désirez qu'il y ait ce lien entre nous?

ORIAN

Non pas de lien, mais quelque chose d'irréparable entre vous et moi, il le faut.

PENSÉE

Et c'est pourquoi vous avez eu tellement hâte de me parler pour lui?

ORIAN

Demain je serai seul ici et j'entendrai dans la nuit cette même palme derrière moi frémir!

PENSÉE

Et est-ce qu'elle ne parle pas de souffrance?

ORIAN

Elle parle de triomphe.

PENSÉE

Et sera-ce un triomphe bien cher à votre cœur, Orian,
Que celui qu'il vous est offert de remporter
Au détriment du mien?

ORIAN

Paroles amères à écouter! Je les entends donc de vous à la fin! Oui, je les aurai une fois entendues.
Vous êtes faite pour l'amour, Pensée, et l'amour n'est pas fait pour moi.

PENSÉE

Et pourquoi voudrais-je de cet amour dont vous ne voulez pas?

ORIAN

Le bien que je ne puis pas vous faire, un autre, — ce que je ne puis pas vous dire,
Un autre vous le dira à ma place.

PENSÉE

C'est Orso, votre frère, dont vous voulez parler?

ORIAN

Que vous donnerais-je, Pensée, qui me soit plus cher ?
et que lui donnerais-je...

PENSÉE

Oui, que lui donneriez-vous, à cet heureux frère,
De meilleur que ceci dont vous ne voulez pas ?

ORIAN

Si vous m'étiez indifférente, Pensée,
Je n'aurais pas accepté si aisément de vous parler de
lui.

PENSÉE

Dites-lui de ne pas épouser une Juive.
Est-ce lui qui viendra à bout de ces ténèbres avec moi ?
Imprudent, ce que vous avez rallumé en lui, qui sait si je
ne suis pas là pour l'éteindre ?
Et moi, pauvre Pensée,
Ce qui a été refusé une fois, comment faire désormais
pour le donner ?
Ces ténèbres dont on n'a pas voulu, cette âme rebutée,
cette âme, l'unique chose qui fût à moi, si pauvre, mais
cependant unique — ces ténèbres que j'offrais, n'ayant
pas autre chose à donner —
Il faudra une bien grande lumière désormais pour en
venir à bout !

ORIAN

Que puis-je faire, Pensée ?

PENSÉE

Il est juste que vous préfériez votre âme à la mienne.

ORIAN

Juste ou non, oui, malgré ce lâche cœur qui me trahit,
oui, malgré cet affreux appétit de bonheur,
Pendant que j'ai encore assez de raison pour en juger !

Ce dont j'ai besoin, je sais qu'il n'est pas en votre pouvoir de me le donner.

PENSÉE

Est-ce que la joie existe, Orian?

ORIAN

Ah, est-ce qu'il ne faut pas qu'elle existe pour que je
la préfère à vous?
Elle existe, et mon seul devoir est de l'atteindre.

PENSÉE

Que ferons-nous des autres?

ORIAN

En seront-ils plus vivants si je péris?

PENSÉE

Qu'ils périssent donc.

ORIAN

Mon devoir n'est pas avec eux.

PENSÉE

Il est contre eux. Ce peuple qui est de votre sang, à cette
heure qu'il demande à vivre, et que tous ses membres
cherchent comme un corps qui ressuscite à se rejoindre,
A cette heure où du Sud au Nord il ne veut plus être
qu'un seul corps en une seule âme,
C'est vous qui vous rangez contre lui.

ORIAN

Je ne puis être contre mon père.

PENSÉE

Ainsi entre la vie et vous, entre vous et moi,
Toujours cet absurde vieillard pour qui le temps ne
marche pas!

ORIAN

Ce qui est raisonnable pour lui l'est bien assez pour
moi.

PENSÉE

Il y a tout un peuple avec moi, qui a besoin de vous.

ORIAN

Et moi, je n'ai besoin d'autre chose que de la joie.

PENSÉE

Où est la joie autre part que dans la vie?

ORIAN

Au-dessus de la vie, et qui d'autre que lui la
donne?
L'origine et le Père qui n'a jamais tort.
Où est la paix autre part que dans le Père qui n'est hors
d'aucune chose et qui n'a de haine pour aucune?
Est-ce que le peuple a raison? Tous ces aveugles qui
crient? C'est ça de qui vient la vie? Ah, reculez! je sais
que mon cœur est faible et ce qui crie en eux ne parle que
trop en moi.
Ce n'est pas par aucune violence que nous entrerons
en possession de notre héritage.

PENSÉE

C'est la joie qui est cet héritage?

ORIAN

Héritage vraiment ce qui ne peut être acquis ni conquis
ni mérité,
Et qui est notre droit par le fait d'un autre.

PENSÉE

Qu'est-ce que la joie?

ORIAN

Ce que je puis dire est qu'elle ne commence pas et qu'elle n'a aucune fin.

PENSÉE

Et pourquoi penser que je suis votre ennemie et que je vous veux aucun mal?

ORIAN

Vous n'êtes pas mon ennemie, Pensée.

PENSÉE

C'est vrai que vous n'êtes pas mon ennemi?
Ah, que j'entende seulement un mot de vous avec douceur et vous n'aurez plus besoin d'obstacle pour le placer entre nous!
Je sais que là où vous êtes, il n'y a aucune place pour moi.

ORIAN

Pourquoi n'y en aurait-il aucune?

PENSÉE

Qui me conduira où vous êtes? qui me donnera ce que vous me refusez?

ORIAN

Et que nous soyons heureux l'un par l'autre ici-bas, Pensée, est-ce là le plus grand des biens?

PENSÉE

Il n'y a pas de bien pour moi que celui que je tiens de vous.

ORIAN

Et n'est-ce pas de moi déjà que vous tenez cette souffrance?

PENSÉE

Vous-même, n'en tenez-vous de moi aucune? Ah, dis ce que tu veux, je sais qu'il y a entre nous une chose qui m'appartient et qui est mon droit!

Une chose qui est à moi seule, une chose qui est pour moi seule,

Une parole qui est à moi seule et que nulle autre ne peut entendre!

ORIAN

Qu'attendez-vous donc de moi, Pensée?

PENSÉE

Une seule chose que vous ne pouvez pas faire, un seul mot que vous ne pouvez pas dire.

ORIAN

Qu'est-ce donc que je ne puis pas faire, petite fille?

PENSÉE

Que je voie mon âme tout entière dans la vôtre.

ORIAN

Ouvrez donc les yeux, Pensée, et voyez.

PENSÉE

Je ne les ouvrirai pas que je ne sache que vous m'avez pardonné.

ORIAN

Eh quoi, pardonné seulement?

Elle avance la main et des doigts lui touche légèrement la bouche.

PENSÉE

Ah, tais-toi, mon bien-aimé! et ce mot que tu vas dire, ah, réserve-le-moi pour un autre moment, quand le corps et l'âme se séparent!

Tais-toi, et ce mot qui n'est pas fait pour la terre, ce mot sans aucun son que tu me dis, voici que je l'ai lu sur tes lèvres!

ORIAN

Venez que je voie mieux votre visage.

Il l'attire aux rayons d'une lampe.

Pourquoi tenir les yeux baissés, ma colombe?

Elle les lève vers lui.

PENSÉE

Est-ce qu'ils sont beaux?

ORIAN

Assez pour que je les reconnaisse au-delà de la mort.

PENSÉE

Si beaux?

Elle les baisse lentement de nouveau.

ORIAN

Ah, pourquoi me les cacher si tôt? Ah, lève-les de nouveau sur moi, ma bien-aimée!

PENSÉE

Je suis aveugle.

ACTE II

SCÈNE PREMIÈRE

Un cloître de marbre blanc avec des colonnes antiques dans un couvent franciscain des environs de Rome. Au milieu, un puits de marbre muni de deux colonnes. Le jardin est tout planté d'orangers, déjà chargés de leurs fruits à moitié jaunes.

Le Pape Pie est assis à côté du puits, sur la margelle duquel il tient le bras allongé, comme un homme accablé de douleur. De l'autre côté, d'abord assis, puis debout, le Frère Mineur ; il a l'air tout jeune.

LE FRÈRE MINEUR, *à demi-voix, la main levée sur le Pape, comme un prêtre qui achève de donner l'absolution :*

...Ainsi soit-il.

Silence.

Mon fils, allez en paix.

Pause.

Saint-Père, puisque je vous ai absous, il ne faut pas être triste.

LE PAPE PIE

Petit Frère, quoi, veux-tu déjà me congédier ?

Supporte-moi avec patience un moment, il fait bon près de ton puits.

Laisse-moi te montrer ma faiblesse, mon enfant,

comme je t'ai montré ma misère. Je ne suis qu'un vieillard.

LE FRÈRE MINEUR

Restez, Saint-Père. Ici, vous êtes bien à l'abri avec nous et personne ne vous veut du mal en ce lieu.

— C'est cette grande chaleur qu'il a fait aujourd'hui qui vous a éprouvé.

LE PAPE PIE

Le soir tombe.

LE FRÈRE MINEUR

Laissez-moi aller vous chercher une cruche d'eau. Un peu de miel aussi, il est très bon, c'est moi qui m'occupe des abeilles,
Le Prieur des ruches, comme on m'appelle.

LE PAPE PIE

Reste avec moi.

LE FRÈRE MINEUR

Si je vous vois ainsi désolé, moi aussi, je vais être triste.

LE PAPE PIE

Et comment ferais-tu, frère Pecorello, pour être triste ?

LE FRÈRE MINEUR

Qui pourrait s'empêcher de pleurer en voyant votre grande humilité,
Et cet aveu que vous m'avez fait de vos péchés, simple comme un petit enfant ?

LE PAPE PIE

Tu m'as sagement parlé, petit Frère, et je t'écoutais en prenant de bonnes résolutions.

N'étais-tu pas berger autrefois? C'est en soignant les moutons que tu as si bien appris à consoler les hommes?

LE FRÈRE MINEUR

Souvent j'ai rapporté sur mon dos quelque sotte brebis.

LE PAPE PIE

C'est Nous qui sommes la sotte brebis?

LE FRÈRE MINEUR

Pardonnez à ma grande bêtise.

LE PAPE PIE

Et toi qui es le sage Pasteur?

LE FRÈRE MINEUR

Il n'y a pas deux manières de souffrir, Saint-Père, et il n'y en a pas deux d'avoir de la peine pour un autre.

LE PAPE PIE

Ces paroles sont meilleures pour moi que de l'eau.

LE FRÈRE MINEUR

Père, je n'ai pas autre chose que mon cœur à vous donner.

LE PAPE PIE

Je sais que celui-là n'est pas né qui m'enlèvera l'amour de mon petit Frère.

LE FRÈRE MINEUR

Saint-Père, comment tout le monde ne vous aime-t-il pas?

LE PAPE PIE

Beaucoup seraient contents de Nous voir mort. Beaucoup se réjouiraient et donneraient des festins et enver-

raient des présents à leurs amis, disant : Il n'y a plus de
Pape enfin. Il est mort, le vieillard obstiné.

LE FRÈRE MINEUR

Du moins il n'y a personne qui pense ainsi dans notre
ville de Rome.

LE PAPE PIE

Non, petit Frère.

LE FRÈRE MINEUR

S'il y a vraiment des gens qui vous haïssent, ce sont
les Turcs, ou les Allemands là-bas, ou les Russes, ou
quelqu'un de ces mauvais Français révolutionnaires,

Ou les Chinois dont on m'a dit qu'ils ont une queue
dans le dos, cela nous a fait bien rire.

Mais nous autres, nous vous connaissons bien, qui
vivons à côté de vous et sur les marches de votre maison,

A part quelques pauvres Frères peut-être mélanco-
liques et vexés par le démon, — Dieu ait pitié de leur
âme tourmentée.

LE PAPE PIE

Petit Frère, il faut faire une instante prière pour Nous,
ce soir même, à saint François et à la Madone.

LE FRÈRE MINEUR

Oui, je la ferai.

LE PAPE PIE

Non recuso laborem. Mais avant que ce que Nous atten-
dons arrive, avant que Nous recevions de Nos propres
enfants ce coup,

Plaise gracieusement à Dieu que Nous soyons adjoint
à Nos prédécesseurs.

Nous avons vu les années de Pierre. Nous avons fait
Notre tâche, oui, plus longue que celle d'aucun Pape
depuis les jours du fils de Cephas.

LE FRÈRE MINEUR

Saint-Père, celui qui est mort en Dieu, peu lui importe qu'il soit vivant ou non en cette chair.

LE PAPE PIE

Nous savons que Notre infirmité est grande et Notre vertu petite.

LE FRÈRE MINEUR

Il y a bien des anges qui prient pour vous en ce moment au ciel et sur la terre.

LE PAPE PIE

N'est-il pas écrit que le Pasteur oublie toutes les autres brebis à cause d'une seule qui bronche?

Que ferai-je quand je paraîtrai devant Dieu à la tête de ce troupeau décimé?

Et que je n'aurai d'autre excuse que de dire : Ce n'est pas ma faute.

LE FRÈRE MINEUR

Non, ce n'est pas votre faute.

LE PAPE PIE

Plût au ciel qu'elle fût tout entière sur Nous et non pas sur eux!

LE FRÈRE MINEUR

Pauvres amis, leur ignorance est grande.

LE PAPE PIE

Ah, je suis désarmé devant eux et il est trop facile de m'atteindre!

LE FRÈRE MINEUR

Ce n'est pas vous qu'on hait, mais une image vaine qu'ils se font.

LE PAPE PIE

Quelle arme ai-je contre mes enfants? Il est trop facile de percer le cœur d'un père.

Il est dur pour un père d'être haï de ses enfants.

LE FRÈRE MINEUR

Ainsi pleurait David sur son fils Absalon.

LE PAPE PIE

Petit Frère, qui es tout près de Dieu, pourquoi le monde Nous hait-il?

LE FRÈRE MINEUR

Il haïssait Jésus-Christ.

LE PAPE PIE

Nous voici accoudé près de ce puits comme jadis le fut Notre-Seigneur près de celui de Jacob, et on dirait qu'il n'y a rien de changé depuis dix-huit cents ans.

Le soleil est à la même place. C'est toujours la même Samarie et le Vicaire de Jésus-Christ n'est pas moins abandonné que le Fils de l'Homme.

Celui qui est venu, c'est comme s'Il n'était pas venu. Tout ce qui a été dit, c'est comme si cela n'avait pas été dit; tout ce qui a été fait, c'est comme si cela n'avait pas été fait; tout ce qui a été entendu, c'est comme si cela n'avait pas été entendu.

LE FRÈRE MINEUR

Il y a la Samaritaine qui est en marche déjà.

LE PAPE PIE

Dieu bénisse cette porteuse de vase!

LE FRÈRE MINEUR

Quand tous les puits seront à sec, celui-ci aura de l'eau encore.

LE PAPE PIE

Ils disent qu'ils n'ont pas soif; ils disent que ce n'est pas une source; ils disent que ce n'est pas de l'eau; ils disent que ce n'est pas l'idée qu'eux-mêmes se font d'une source et de l'eau; ils disent que l'eau n'existe pas.

Quant à Nous, Nous ne savons autre chose, sinon qu'elle donne la vie et que nul ne peut vivre sans elle.

Si cela est, cela n'est pas Notre faute, pourquoi Nous en font-ils un reproche?

Et pourquoi disent-ils qu'on ne peut y arriver? alors que cet abreuvoir des Patriarches est parfaitement visible, bien que ses murs soient de la couleur de la terre,

Et que de loin on le prenne pour un tombeau.

Pourquoi choisissent-ils de mourir? et pourquoi, Vieillard inutile, ne suis-je placé en un lieu si étroit que la vision de ce désert où meurent mes enfants me soit retirée?

LE FRÈRE MINEUR

Mais vous aussi, Saint-Père, vous aussi vous avez un Père pour y cacher votre visage.

LE PAPE PIE

Parce qu'ils n'ont plus de Père, en seront-ils plus heureux? Si je ne suis plus avec eux, en qui seront-ils frères? Y aura-t-il plus de concorde entre eux et plus d'amour?

LE FRÈRE MINEUR

Il ne dépend pas d'eux de cesser d'être vos fils.

LE PAPE PIE

Que Nous reprochent-ils? Ce n'est pas Nous qui avons fait le Ciel et la Terre.

Ce n'est pas Nous davantage qui avons fait le péché.

Est-ce Notre faute? Il est dur de voir la haine dans leurs yeux. Il est dur de les entendre tout le long du jour blasphémer et dire des choses mauvaises contre Dieu.

Pourquoi s'en prennent-ils de leur malheur à Nous qui ne savons donner autre chose que la Vie?

S'ils Nous écoutaient, s'ils avaient confiance en Nous, il n'y a pas de chose que Nous ne saurions leur expliquer.

Est-ce qu'on est jamais assez grand pour se passer de père? Est-ce que Nous serons jamais assez vieux pour Nous passer de fils?

Ah, qu'un seul d'entre eux périsse, c'est un malheur assez grand pour que l'amour de tous les autres ne suffise pas à Nous en consoler.

Et qui, sinon ces ingrats, me donnera ma postérité, la race qui en Notre Successeur sera la future Église?

LE FRÈRE MINEUR

Priez.

LE PAPE PIE

Si encore Nous comprenions ce qui les éloigne de Nous?

Hélas, si ce qu'ils proposent à la place de ce que Nous savons avait quelque beauté ou quelque vraisemblance.

Mais jamais le vieux Déprédateur ne s'est mis moins en peine de cacher son hameçon.

Ce n'est plus avec le plaisir qu'on les pêche, ou le fruit qui fait devenir comme Dieu.

Mais avec la mort toute nue, et le désespoir, c'est cela qu'on leur promet, et le Néant, c'est cela qu'on leur dit qui existe.

Pour Nous il n'est pas en Notre pouvoir que ce qui est vrai soit faux.

LE FRÈRE MINEUR

Saint-Père, si vous étiez auprès de chacun d'eux comme vous êtes en ce moment près de moi, sans doute qu'ils vous entendraient.

LE PAPE PIE

Où sommes-Nous donc, petit Frère?

LE FRÈRE MINEUR

Ils ne vous voient que sur votre trône au milieu des épées flamboyantes, le front ceint de la triple couronne et fulminant l'excommunication.

LE PAPE PIE

Il y a un autre lieu cependant où Nous ne cessons pas d'être.

LE FRÈRE MINEUR

Où donc, Saint-Père?

LE PAPE PIE

Ils Nous trouveraient, s'ils Nous cherchaient où Nous sommes.

LE FRÈRE MINEUR

Où donc êtes-vous?

LE PAPE PIE

A leurs pieds, avec Notre-Seigneur.

LE FRÈRE MINEUR

C'est du Pape en effet qu'il est écrit qu'il est le Serviteur des serviteurs.

LE PAPE PIE

Telle est la place qui est par excellence la Nôtre, la plus basse entre tous les hommes.

C'est là que Nous sommes assis continuellement, les suppliant pour le salut de leur âme et pour la libération de la Nôtre.

LE FRÈRE MINEUR

Ah, je remercie Dieu de n'être qu'un pauvre petit Frère qu'on n'a même pas jugé digne de rester le cuisinier!

LE PAPE PIE

Et maintenant voici qu'ils ne se contentent point de
ce qui est à Nous et qu'ils réclament de Nous Notre
héritage, comme si Nous étions mort.

LE FRÈRE MINEUR

Ah, donnez-le-leur donc, Saint-Père, il est si agréable
de donner, il est si bon de n'avoir rien à soi!

Qui demande la robe, qu'on lui donne aussi le manteau.

Qui veut nous forcer à aller jusqu'à Sainte-Agnès avec
lui, nous irons de bon cœur jusqu'à Viterbe.

LE PAPE PIE

Petit Frère, ici tu ne me conseilles pas comme un
homme sage.

LE FRÈRE MINEUR

N'est-ce pas l'Évangile qui parle ainsi?

LE PAPE PIE

Quand tu étais berger de moutons, est-ce que les
moutons étaient à toi, et est-ce que tu avais le droit de
les donner?

LE FRÈRE MINEUR

Non pas, c'est vrai.

LE PAPE PIE

Et si un Anglais te demandait cette belle chaudière
dont tu es si fier, où l'on fait cuire le repas de la communauté, et qui porte les armes d'un cardinal,

Est-ce que tu aurais le droit de la vendre?

LE FRÈRE MINEUR

Ce serait un grand péché.

LE PAPE PIE

Ainsi je n'ai pas le droit davantage de donner ce qui n'est pas à moi,

Ce qui n'est pas à Nous, mais à tous Nos prédécesseurs avec Nous, et à tous Nos successeurs avec Nous, ce qui est à toute l'Église, ce qui est à tout l'Univers avec Nous.

LE FRÈRE MINEUR

Eh bien, ce que vous ne pouvez leur donner, qu'ils le prennent!

LE PAPE PIE

C'est une chose défendue que de prendre ce qui n'est pas à soi.

LE FRÈRE MINEUR

Cela sera à eux une fois qu'ils l'auront pris. Hélas, cela fera partie de toutes ces choses qui sont tellement à eux et qui les rendent si contents.

Pour vous, n'avez-vous pas fait ce que vous pouviez? Réjouissez-vous parce que votre fardeau est allégé. Et priez pour ces pauvres enfants, que Dieu trouve moyen d'arranger ses comptes avec eux.

Saint-Père, le monde devenait trop exigeant, une machine trop compliquée. Qui veut s'en occuper, il faut qu'il en soit trop l'esclave.

Jamais le fardeau ne fut plus lourd, réjouissez-vous parce qu'il a plu à Dieu de vous en soulager.

Vous voilà comme un pauvre curé réduit à son presbytère. Vous voici un vrai Franciscain comme nous. Voici le Séraphin d'Assise qui a obtenu la Pauvreté pour le Pape de Rome.

LE PAPE PIE

L'amère pauvreté est celle de l'amour de mes enfants.

LE FRÈRE MINEUR

Ce qui vous manque de leur part, Dieu lui-même se chargera de vous le régler.

Quoi, Saint-Père, sont-ce là vos bonnes résolutions ? Est-ce là ce que vous venez de promettre à votre confesseur ?

Vous avez un père aussi, croyez-vous qu'il soit content de vous voir si triste,

A cause de ce présent qu'il vous a fait d'un dénuement qui est comparable au sien ?

Ces minutes qui vous semblent si amères, cependant elles font partie de l'An de Grâce et du temps de la Bonne Nouvelle.

A cause des choses bonnes que nous ne pouvons donner, oublierons-nous celles que nous-mêmes avons reçues ?

Saint-Père, qu'est-ce qu'il fait, celui qui n'a plus de péchés ? Il chante !

Ainsi Christine l'Admirable sur son lit de souffrances et de ses lèvres immobiles, de ce cœur pareil au soleil levant sous cette forme à demi détruite, de même que l'on reconnaît un oiseau parmi les autres oiseaux,

Une mélodie de jubilation, sans aucune reprise de l'haleine s'élevait comme le chant d'un séraphin en extase !

Ainsi notre frère Pacifique qui de deux morceaux de bois mort ramassés au fond du jardin se faisait un violon dont il savait jouer mieux qu'un tireur d'archet,

Et la musique qu'il en faisait sortir, il n'y avait que Dieu et lui pour l'écouter.

LE PAPE PIE

C'est vrai, petit Frère, ce que tu dis.

LE FRÈRE MINEUR

Article Premier de la théologie, celle que je fais à mes abeilles. Il est temps que j'aille m'occuper d'elles.

Votre Bénédiction, Saint-Père.

— Je vois vos deux neveux qui s'approchent pour vous parler.

Il sort.

SCÈNE II

*Entrent Orian et Orso. Ils s'agenouillent tour à
tour devant le Pape et lui baisent la main.*

LE PAPE PIE

Je suis content de vous voir, mes enfants.

ORSO

Père, je vous amène un homme obstiné afin que vous
lui fassiez entendre raison.

ORIAN

C'est lui qui a perdu le sens et il faut que vous lui
imposiez votre volonté.

ORSO

Il a fini par se rendre quand je lui ai proposé de
soumettre la chose à votre jugement.

LE PAPE PIE

Je suis prêt à vous écouter.

ORIAN

Par où commencer, Orso? Mais je sais ce que notre
Père décidera. C'est absurde de nous avoir amenés
ici.

ORSO

Père, il a vingt-huit ans et je n'ai qu'un an de moins que lui.

Mais il est plus sage que moi; les chevaux et les armes sont plus mon affaire que les livres.

ORIAN

Vraiment ce qu'il dit est si bête qu'il vaut mieux ne pas y répondre.

ORSO

C'est lui qui m'a ramené à vous, Père, quand je m'égarais tristement.

ORIAN

Non pas moi, Orso, mais la grâce de Dieu, et les prières de notre mère, et le bon sang qui coule dans tes veines.

ORSO

Père, il est mon aîné, regardez-le. Il est grand. Je l'aime. Je l'admire.

C'est à lui de décider tout, et moi, je le suis où il va.

Dieu m'a tout disposé pour être son frère, le second avec lui, ce qui était en plus quand on l'a fait. Pour l'aider, pour l'aimer, pour faire ce qu'il me dit : et non pas pour prendre ce qui est à lui et pour lui causer aucune peine.

LE PAPE PIE

Je sais que tu es un bon enfant, mon Orso.

ORSO

Alors est-ce que je vais lui prendre la femme qu'il aime?

ORIAN

Père, n'écoutez pas ce qu'il dit.

ORSO

Ah, j'ai eu bien du mal à lui arracher cet aveu! Je le
voyais si sombre et si fermé. Et je sais qu'elle l'aime
aussi.

ORIAN

C'est triste d'entendre de telles sottises.

LE PAPE PIE

Est-ce vrai, Orian? Eh quoi, mes enfants, êtes-vous si
grands déjà, il me semble que je vous vois tout petits
encore. Voilà que vous voulez prendre femme et le
vieux Père ne vous suffit plus?

ORSO

Si fait, Saint-Père, nous du moins nous serons toujours
avec vous.

ORIAN

Père, voici ce qu'il en est et je vais tout vous expliquer.
Cet Orso que vous voyez s'est follement épris d'une
certaine personne.
Et parce qu'il n'osait pas lui parler, c'est moi qu'il a
chargé de lui faire part de ses sentiments.
A quoi j'ai, par faiblesse et plus follement encore,
consenti.

ORSO

Je me le reproche, Orian. C'est un tort que je t'ai fait
d'avance.
J'aurais dû savoir qu'où va mon cœur, là le tien doit
être aussi.

ORIAN

C'est à cette fête que donnait le prince Wronsky.
J'ai donc... J'ai parlé à cette jeune fille.

Ah, j'étais trop orgueilleux aussi, trop dur, trop sûr
de moi-même! Tout cela qu'il y avait en moi et que je ne
connaissais pas, à mesure qu'elle parlait, tout cela qui
fournissait en moi comme de la musique!

Il ne fallait pas que la vie fût si facile pour moi, il y a
quelqu'un qui s'est chargé d'y mettre bon ordre.

Ce n'est pas drôle qu'à la vue de ce beau visage, sans
que je sache comment, il y ait quelque chose en moi
qui se soit mis à chanter? quelque chose en moi qui se
soit mis à chanter, de si triste, de si enivrant, de si
amer?

Toute une partie de moi-même dont je croyais qu'elle
n'existait pas, parce que j'étais occupé ailleurs et que je
n'y pensais pas. Ah Dieu, elle existe, elle vit terrible-
ment! Oui, je n'ai pas une année de plus que mon
âge.

Et ce qu'elle m'a dit (cette personne dont je parle),
je ne peux plus l'ôter de ma pensée.

J'y arriverai cependant.

LE PAPE PIE

Oui, il faut y arriver.

ORIAN

L'entretien que nous avons eu, je voulais le garder
pour moi. Je voulais me taire, fuir.

C'est lui qui ne m'a point laissé de repos et qui m'a
forcé de tout lui dire. Du moins, je ne serai pas un traître
avec lui.

ORSO

Et moi je n'en serai pas un avec toi.

Père, délivrez-le de ses scrupules bêtes.

Est-ce qu'il croit vraiment qu'il va me forcer à épouser
cette personne qui l'aime et ne m'aime pas?

ORIAN

Elle t'aimera, Orso.

ORSO

Est-ce que je te prendrai ce qui est à toi ? Ferai-je le bonheur de ma vie de ce qui serait le malheur de la tienne ?

Ce n'est pas là ce que nous nous sommes juré, mon grand ! Ce ne serait pas la peine d'être frères si nous n'étions en même temps de si bons amis.

ORIAN

Tout ce que tu dis, Orso, je pourrais le dire aussi bien.

ORSO

Mais ce n'est pas moi qu'elle aime, bon Dieu ! c'est toi, elle a raison. Ce n'est pas un sacrifice que je te fais.

Quant à moi, je suis un soldat, est-ce que je vais fonder une famille, c'est ridicule !

Pour quatre jours complètement que j'ai la compagnie de tous mes membres. Car un temps a l'air de s'approcher qui ne promet pas l'âge de Mathusalem à l'espèce d'homme que je suis.

LE PAPE PIE

Cette jeune fille n'a-t-elle pas d'yeux pour faire son choix elle-même entre vous deux ?

ORIAN

Précisément, elle n'en a pas.

LE PAPE PIE

Aveugle ? c'est la fille du comte de Coûtontaine.

ORIAN

L'ambassadeur de France, oui.

LE PAPE PIE

Il y a une tradition que jadis une demoiselle de Coûfontaine a sauvé Notre prédécesseur.

ORIAN

Je le sais.

LE PAPE PIE

Vous savez que son père est Notre ennemi, en secrète
union avec tous Nos persécuteurs?

ORIAN

Je ne veux rien savoir de cet homme.

LE PAPE PIE

Et que la mère est née Juive, et que l'enfant sans doute
a été élevée dans la haine du Christ?

ORIAN

Saint-Père, elle est aveugle.

LE PAPE PIE

Et vous qui voyez, c'est une aveugle que vous voulez
prendre pour épouse?

ORSO

Comment essayer de m'expliquer? Il ne faudrait pas
avoir d'honneur. Cette faiblesse qui me donne un droit
sur elle, un devoir sur elle. Il y a quelque chose en moi
dont je sentais qu'elle ne pouvait se passer. Ces yeux
ou il n'y a pas besoin qu'il se forme une image pour qu'ils
me voient.

ORIAN

Vous entendez ce qu'il dit?

LE PAPE PIE

Et que dis-tu toi-même?

ORIAN

Père, que faire? ce n'est pas ma faute. Tant qu'on

n'aura pas trouvé autre chose que les femmes pour en être les enfants, jusque-là sur un cœur d'homme elles conserveront leur droit et leur empire.

Qui serait resté insensible en la voyant ainsi chancelante et aveugle et perdue au milieu de ténèbres irrémédiables, et appelant, et me tendant les bras?

La première personne en cette vie qui m'appelle et qui s'adresse à moi, comme quelqu'un de plus faible et cependant de plus fort,

Ce visage à la fois absent et nécessaire avec une délicieuse autorité.

Ainsi l'homme après un long exil qui retrouve le pays natal, et qui, le cœur battant, sous le profond voile de la nuit, reconnaît que c'est la patrie qui est là.

LE PAPE PIE

Nous n'avons pas de vraie patrie ici-bas.

ORIAN

Père, nous ne faisons rien sans vous. Tous les deux en même temps nous avons trouvé cette chose que nous ne cherchions pas.

Père, nous vous l'amenons, dites-le-nous.

Que faut-il que nous fassions de notre petite sœur?

LE PAPE PIE

Est-ce un conseil que vous me demandez, enfants? car je ne puis sonder vos cœurs,

Et vous savez que le mariage est un sacrement, dont l'époux et l'épouse sont les seuls ministres.

ORIAN

Conseillez-nous.

LE PAPE PIE

Dans tout ce que vous dites je ne vois que la passion et les sens et aucun esprit de prudence et de crainte de Dieu.

Cette jeune fille vous a plu et vous ne voyez rien
d'autre,
Mais le mariage n'est point le plaisir, c'est le sacrifice
du plaisir, c'est l'étude de deux âmes qui pour toujours
désormais et pour une fin hors d'elles-mêmes
Auront à se contenter l'une de l'autre.
C'est une grande affaire et qui mérite réflexion et le
conseil de plus anciens, comme la fondation d'une
ville,
Cette maison fermée au milieu de qui jadis on conser-
vait le feu et l'eau.

ORSO

Père, si l'on réfléchissait, il n'y aurait pas beaucoup
de mariages au monde.et beaucoup de villes.

LE PAPE PIE

Voilà le militaire qui mène tout tambour battant.

ORSO

Père, ce ne sont pas des vieillards qui se marient, ce
sont des jeunes gens.

LE PAPE PIE

Ainsi, s'il n'y avait point cette crainte de faire de la
peine à ton frère,
Ce ne seraient point Nos conseils qui t'arrêteraient?

ORSO

Il me faudrait un ordre positif. Autrement ce n'est
pas vous qui vous mariez, c'est moi, pauvre petit
bonhomme,
Et qui endure les conséquences.

LE PAPE PIE

Et que cette jeune fille ne t'aime pas, ce n'est pas ce
qui t'arrêterait? Allons, n'hésite pas, sois franc.

ORSO

Père, vous le voulez, eh bien, pour dire la vérité, non, ce n'est point cela qui m'arrêterait.

Puisque je l'aime, pourquoi ne m'aimerait-elle pas?

Puisque je suis capable de la prendre en mains, pourquoi ne la prendrais-je pas?

Cela arrêterait Orian parce qu'il n'est pas assez patient et assez simple.

Il n'y a rien à quoi on n'arrive avec de la patience et de la douceur et de la sympathie, et un peu d'autorité, et un certain savoir-faire.

LE PAPE PIE

Cette mère qui ne verra pas ses enfants.

ORSO

Eux-mêmes la verront.

LE PAPE PIE

Et cette famille que tu connais, ce père et cette mère qui sont les siens, ce n'est pas cela non plus à quoi tu fais attention?

ORSO

J'aimerais mieux que la fille ne fût pas aveugle et que la famille ne fût pas borgne, mais qu'y puis-je?

Quand on livre bataille on ne choisit pas toujours le lieu et l'heure. Quand on construit une ville, on n'est pas sûr que le chemin de fer y passera.

Ce ne sont pas les difficultés qui arrêtent un homme de cœur.

Celui-là est incapable de quoi que ce soit qui n'a pas en lui un certain sentiment de la nécessité.

LE PAPE PIE

La jeune fille est riche et tu es pauvre.

ORSO

Tant mieux pour la ville que nous allons construire !
Sa fortune ne sera jamais aussi grande que l'usage que
je saurai en faire.

LE PAPE PIE

Mais tu ne construiras rien du tout, puisque c'est ton
frère qui va épouser celle que tu aimes.

ORSO

Voilà ce qu'il faut lui enjoindre positivement.

LE PAPE PIE

Et tu ne mourras point de douleur ?

ORSO

Je ne mourrai que si on me casse la tête et il y faudra
un bon coup !
Ce n'est pas une petite fille qui privera d'un officier les
armées de la Sainte Église.

LE PAPE PIE

Orian, que pouvons-nous contre cet homme résolu ?
il n'y a qu'à lui laisser le chemin libre.

ORIAN

Je n'attendais pas de votre sagesse un autre avis.

LE PAPE PIE

Pauvre enfant, tu l'aimes trop. Toi qui étais si fier
de ta force, quand la main de Dieu se retire, vois ce
qu'une simple créature peut sur nous.

ORSO

Et c'est parce qu'il l'aime trop que vous lui dites de
ne pas l'épouser ?

LE PAPE PIE

Ce n'est pas parce qu'il l'aime trop, mais parce qu'il ne l'aime pas assez.

ORSO

Je ne vous entends pas.

LE PAPE PIE

Ce n'est pas aimer quelqu'un que de ne pas lui donner ce qu'on a en soi de meilleur.

ORSO

Et qu'y a-t-il de meilleur que l'amour également rendu ?

LE PAPE PIE

Ce qu'elle aime, ce n'est pas cet Orian qui est mon fils et que je connais seul.

ORIAN

Point celui-là, mon Père, mais un autre qui est bien fort.

LE PAPE PIE

Je le sais, pauvre enfant.

ORSO

Ainsi, pour tout le bien que je lui dois, la peine que l'on puisse lui faire la plus grande,
Vous voulez que ce soit moi qui la lui fasse ? La chose qui est la plus précieuse,
Que ce soit moi qui la lui prenne ?

ORIAN

C'est moi seul, Orso, qui te le demande.

ORSO

Je ne t'écouterai pas.

ORIAN

A qui d'autre confierai-je ce qui m'est le plus cher au monde?

ORSO

Manque à celle-là qui t'appelle et qui n'a que toi au monde!

ORIAN

Où tu es je ne suis pas absent.

ORSO

A décevoir son cœur ses ténèbres ne sont pas assez grandes.

ORIAN

Cesse, Orso, tu me fais mal.

ORSO

Mais il faut que tu l'épouses!

ORIAN

Notre Père me donne un autre conseil.

ORSO

Te laisses-tu dépouiller de ce qui est à toi?

ORIAN

Orso, si je l'épousais, il n'y a point de mesure possible entre nous;
Ce qu'elle demande, je ne peux le lui donner.
C'est mon âme qu'elle demande, et je ne peux absolument pas la lui donner,
Moi-même ne la possédant pas.

ORSO

Et moi, Père, quel conseil me donnez-vous?

LE PAPE PIE

Ne viens-tu pas de Nous dire que tu n'en avais besoin
d'aucun?

ORSO, *à Orian.*

Je ne puis te faire ce tort.

ORIAN

Aucun tort. Sois à cette âme obscure le guide que je
ne puis pas être.
De moi ce n'est pas la lumière qu'elle demande, c'est
sa nuit qu'elle voudrait me partager.
Ce n'est pas un tort que tu me fais,
A moi de m'interdire ces ténèbres, à toi de lui
donner la lumière, si tu le peux, — la cruelle
lumière!

LE PAPE PIE

La lumière n'est pas cruelle.

ORSO

Adieu, Père! *(Il lui baise la main.)*
Adieu, Orian.

Il sort.
Silence.

LE PAPE PIE

Mon fils, il ne faut pas m'en vouloir. Il y a assez de
gens qui me haïssent sans toi.

ORIAN

Père, je ne vous en veux pas.

LE PAPE PIE

Dis-moi, c'est donc si fort, ces attachements de la
terre?

ORIAN

Je vois une face qui se tourne vers la mienne, un beau visage, Père, un pauvre visage qui ne voit pas.

LE PAPE PIE

Il te verra plus tard.

ORIAN

J'entends une voix qui dit : Orian, ne me reconnais-tu pas ?

LE PAPE PIE

Il faut lui fermer tes oreilles.

ORIAN

Je revois de nouveau cette expression qu'elle avait, la joie qui peu à peu devient plus forte que le doute, ce mélange si touchant de désir et de confusion et de dignité virginale.

LE PAPE PIE

Sois fort.

ORIAN

Je vois cette tête qui fléchit, j'entends cette voix qui dit tout bas : Orian, et de nouveau, — de nouveau — si bas qu'on peut à peine l'entendre...

Silence.

LE PAPE PIE

Pleure, mon enfant, cela te fera du bien.

ORIAN

Je ne pleure pas.

LE PAPE PIE

Pardonne-moi si je t'ai parlé, non en mon nom,

mais au nom de ce qu'il y a de plus profond en toi.

Bientôt le Vieillard importun n'est plus.

Reste avec moi du moins, toi, mon fils préféré, à cette heure de la tribulation et du dépouillement qui approche.

Reste avec moi à cette heure où tous vont me répudier.

ORIAN

Je reste avec vous. J'ai foi en vous. Je crois que ce que vous me conseillez est bien.

LE PAPE PIE

Est-ce moi seul qui te conseille?

ORIAN

Ah, votre voix n'aurait pas tant d'empire, elle ne m'obligerait pas à de tels sacrifices, si elle ne répondait à ce qu'il y a de plus fort dans un homme,

A cette chose que j'ai à faire et pour laquelle je sais que j'ai été mis au monde, à cette chose qui l'a obligé à naître, à cette chose la plus forte dans un homme qui demande l'action et non pas le bonheur!

Il ne me reste qu'à la connaître.

LE PAPE PIE

Est-ce que Dieu n'est pas une réalité pour toi?

ORIAN

Dois-je marcher vers Lui directement?

LE PAPE PIE

Tu n'iras pas avec Dieu avant d'être débarrassé de ce que tu dois aux hommes.

C'est pourquoi je mets cet Orso entre le bonheur et toi.

ORIAN

Ce cher Orso! ce gentil Orso! ce généreux Orso! comme il est convaincu qu'il fera mon bonheur en me mettant dans les bras de cette Juive,

Qu'il aime et que j'aime aussi, pour ma perte!
Et il ne se rend pas compte qu'elle est pour moi le danger, la nuit, la fatalité!

LE PAPE PIE

Maintenant Nous t'avons libéré.

ORIAN

Jadis il y eut une certaine Sygne de Coûfontaine, qui sauva le Pape au prix de sa vie et plus que sa vie!

Et maintenant, Saint-Père, voici sa descendance qui revient vers vous et vers moi avec un grief et une créance.

LE PAPE PIE

As-tu peur de cette pauvre fille?
Vaine superstition! lève les yeux! hausse le cœur! sois fort! entends ce cri de la trompette majeure qui t'appelle!

Et je te répète qu'il n'y aura point de paix pour toi que tu n'aies réglé ton compte avec les hommes, tout ce que tu dois aux hommes.

Il se met péniblement debout.

Orian, mon fils, ce que je n'ai pu faire, fais-le, toi qui n'as pas ce trône où je suis attaché pour mieux entendre le cri désespéré de toute la terre! ce supplice d'être attaché pendant que toute la terre souffre et qu'on sait qu'on a en soi le salut, toi qui n'as pas ce vêtement devant lequel, par la malice du diable, tous les cœurs reculent et se resserrent!

Parle-leur, toi qui sais leur langage, qui n'es un étranger à aucun repli de leur nature.

Fais-leur comprendre qu'ils n'ont d'autre devoir au monde que de la joie!

La joie que Nous connaissons, la joie que Nous avons été chargé de leur donner, fais-leur comprendre que ce n'est pas un mot vague, un insipide lieu commun de sacristie,

Mais une horrible, une superbe, une absurde, une

éblouissante, une poignante réalité! et que tout le reste n'est rien auprès.

Quelque chose d'humble et de matériel et de poignant, comme le pain que l'on désire, comme le vin qu'ils trouvent si bon, comme l'eau qui fait mourir, si on ne vous en donne, comme le feu qui brûle, comme la voix qui ressuscite les morts!

Mon âme est avec la tienne, mon fils. Fais-leur comprendre cela, Orian.

LE FRÈRE MINEUR, *qui est là depuis un moment.*

Il y a à la porte du couvent toute une compagnie de dames et de cavaliers, la femme et la fille de l'ambassadeur de France, je crois.

A Orian :

Et il y a avec eux le signor Orso qui dit que vous veniez.

ORIAN

Je ne puis.

LE FRÈRE MINEUR

Il m'a bien recommandé d'insister et désire ardemment que vous veniez.

Silence.

ORIAN

Non, je ne puis pas. Dites-leur que je ne puis pas.

ACTE III

SCÈNE PREMIÈRE

Les ruines du Palatin. Un soir de la fin de septembre 1870.

ORSO

Frère, ne sois pas si triste. Cela n'est pas déjà si amusant d'être parmi les vaincus, non, je n'aurais jamais cru que cela fût aussi désagréable.

Cet officier, qui recueillait nos armes et qui riait en me regardant. Il m'a reconnu et je le reconnaissais aussi bien. C'est un ancien camarade de loge. Bon Dieu, ne fais pas cette tête.

ORIAN

La Révolution est entrée à Rome, — à Rome aussi. — Les cloches ne sonnent plus de même pour moi.

ORSO

Il y a tant de choses déjà que Rome a vues entrer et sortir.

— Entre autres mon futur beau-père.

Une révolution à Paris, une autre à Rome, c'est trop dur pour ce descendant de jacobins, et cette chose monstrueuse est arrivée que subito, instantanément,

Il s'est trouvé sans place.

Sans place, comprends-tu? Pas plus de place sur la terre qu'un pur esprit.

Toutefois le vieux sang républicain n'a pas été long à parler, son collègue de Londres vient de mourir, cette nouvelle lui a donné des ailes.

Je l'ai accompagné à la gare ce matin. Il dit qu'il m'aime comme son fils. Il a ôté son cigare de sa bouche pour me dire cela.

ORIAN

J'espère qu'il arrivera à Paris avant les Prussiens.

ORSO

Les Prussiens? Qu'est-ce que les Prussiens?

Ce qui est important, c'est le collègue de Londres qui vient de crever, c'est cela qui lui pétille dans les veines. La France n'est pas concevable sans un Turelure pour la servir.

ORIAN

Pauvre France! Eh bien, nous allons aider le beau-père dans cette tâche.

ORSO

Ma foi, c'est une bonne idée que tu as eue de nous engager. Cette petite volée de plomb de la Porta Pia m'a chauffé le sang.

J'ai hâte de me sentir un chassepot dans les mains.

ORIAN

Et que deviendra le mariage?

ORSO

Orian, grand âne, le mariage deviendra ce qu'il pourra. Depuis un an que je fais ma cour, ce que j'ai obtenu est vraiment peu,

Pendant que tu te promenais sur la côte d'Afrique.

Pourtant, je dois le dire, hier elle m'a dit tout à coup qu'elle voulait bien m'épouser.

ORIAN

Hier?

ORSO

Hier même. Ne fais pas cette figure.
Elle m'a mis ça dans la main. Tu penses si j'étais
étonné.
C'est peut-être la nouvelle de ce départ qui a parlé à
la petite imagination de Mademoiselle.
Oui, quand j'ai eu l'avantage de lui annoncer que je
partais en campagne, à ce coup, j'ai cru que j'allais
l'intéresser.

ORIAN

Qu'a-t-elle dit?

ORSO

Elle a demandé si tu partais aussi.

ORIAN

Ce n'est pas moi qui t'ai demandé de partir avec
moi.

ORSO

Malin! N'est-ce pas, j'allais te laisser seul. Un troupier
comme toi.
— N'as-tu absolument rien à lui dire?

ORIAN

Dis-lui adieu.

ORSO

Court, mais substantiel.

ORIAN

Sois éloquent à ma place.

ORSO, *lui mettant la main sur le bras.*

Orian, elle est ici et veut te parler.

ORIAN

Quel est ce guet-apens?

ORSO

Elle m'a demandé de la conduire ici.

ORIAN

Vous avez combiné cela ensemble?

ORSO

Et quand cela serait encore?

ORIAN

J'ai promis de ne plus la revoir.

ORSO

Dans huit jours nous serons tous les deux sur le champ de bataille.

Silence.

ORIAN

Tu le veux, c'est bien.

Tout m'est indifférent. Je ne suis pas capable de dire non à rien.

Tu as bien choisi le lieu et le moment, ces ruines, ce jour couvert de septembre qui vous montre bien que tout est fini et que d'ailleurs tout était inutile.

Oui, je la reverrai, je le veux.

Qu'elle vienne. Je manque à ma promesse. Pourquoi serais-je la seule chose au monde qui n'est pas capable d'être vaincue?

ORSO

Mon vieux, dans huit jours nous serons sur le champ

de bataille, c'est sûr, et dans dix nous serons tous morts, c'est possible, et alors nous serons bien tranquilles.

Il faut que tu lui parles avant que tu ne disparaisses d'une manière ou de l'autre.

Toutes les choses qui doivent être dites entre elle et toi, il est nécessaire qu'elles soient dites.

Il sort.

SCÈNE II

Entre Pensée.

PENSÉE

Si vous devez me parler durement,

Si je dois entendre de vous ces paroles auxquelles je
ne suis prête que trop,

Si la raison de ce silence est telle qu'il ne m'est que
trop facile de le supposer,

Si ce cœur qui pour un moment me fut ouvert m'est
clos,

Si cette voix que j'ai entendue du fond de la nuit où je
suis étroitement enveloppée depuis ma naissance comme
dans un voile,

Si cet époux qui me parlait mystérieusement, ce soir
de mai, jadis,

Un seul mot, mais qui m'a suffi, un seul mot : « Ma
bien-aimée », mais qui m'a suffi,

Pauvre âme, pour que je sois à lui pour toujours,

S'il n'est là de nouveau après ce long silence que pour
que je l'entende qui me juge et qui me repousse,

Vous pouvez m'épargner, Orian, un seul signe, un
seul mouvement me suffit.

Et si, ah!... du moins que le ton ne soit pas trop sévère,
et ce mot qui doit m'éloigner de vous pour toujours :
« Va-t'en »,

Dites-le bas,

Aussi bas que cet autre aveu qu'une femme aime.
« Va-t'en », et cela suffit.

ORIAN

« Va-t'en » seulement, et rien d'autre que ce mot,
Pensée?

PENSÉE

« Va-t'en de moi, Pensée; va-t'en, femme. — Va-
t'en de moi, ma bien-aimée. »

ORIAN

Pensée, non, il n'est pas en mon pouvoir de vous
dire : « Va-t'en. »

PENSÉE

Pourquoi m'avez-vous abandonnée? pourquoi cette
longue absence?

ORIAN

J'ai voyagé. C'est la semaine dernière seulement que
je suis revenu à Rome : deux jours avant que les Piémon-
tais y entrent, ces amis de votre famille.

PENSÉE

Je vous ai déjà pris votre maison. Maintenant c'est
votre ville que je vous enlève. Et celui que vous appeliez
votre Père est mis par nous en un lieu d'où il ne peut
sortir.

ORIAN

Vous ne me prendrez pas moi-même.

PENSÉE

Vous voulez que je vous prenne votre frère?

ORIAN

C'est la guerre qui nous prend tous les deux.

PENSÉE

Il est donc vrai? Vous partez?

ORIAN

Serais-je ici, si je ne devais partir?

PENSÉE

Oui. Comment seriez-vous avec moi autrement que
dans un rêve?

ORIAN

Mon frère vous reviendra.

PENSÉE

Et je l'épouserai alors?

ORIAN

Alors je serai sans doute en un lieu où les choses ne
font plus souffrir.

PENSÉE

Mais c'est vous qui lui avez commandé qu'il m'épouse.

ORIAN

Bientôt, sans celle-ci, il y aura entre vous et moi une
séparation suffisante.

PENSÉE

Quand je serai morte, Orian?

ORIAN, *violemment.*

Et que vous soyez à un autre, ne comprenez-vous pas
que cela pour moi est plus que la mort?

PENSÉE

C'est vous qui l'avez voulu.

ORIAN

Oui.

PENSÉE

Je n'ai plus d'orgueil. Qui suis-je pour dire non? Mon corps est-il de tant de prix?

Pour une chose que celui-ci *(elle montre faiblement Orian)* me demandait, comment la lui aurais-je refusée?

ORIAN

Vous l'aimerez dès que vous serez à lui.

Pause.

PENSÉE

Orian, comprenez-vous ce que c'est qu'une aveugle? Ma main, si je la lève, je ne la vois pas. Elle n'existe pour moi que si quelqu'un la saisit et m'en donne le sentiment.

Tant que je suis seule, je suis comme quelqu'un qui n'a point de corps, pas de position, nul visage.

Seulement, si quelqu'un vient,

Me prend et me serre entre ses bras,

C'est alors seulement que j'existe dans un corps. C'est par lui seulement que je le connais.

Je ne le connais que si je le lui ai donné. Je ne commence à exister que dans ses bras.

ORIAN

C'est ainsi que vous vous donnerez à lui?

PENSÉE

Il le faut donc, Orian? dites-moi.

Silence.

ORIAN

Non, Pensée, il ne le faut pas. Il ne faut pas que ma chère Pensée soit à un autre qu'à moi seul.

Silence.

Vous ne dites pas un mot?

PENSÉE

Ce sont des paroles longues à pénétrer.

ORIAN

Votre cœur y est-il sourd?

PENSÉE

Qui s'est habitué au malheur, la joie ne le trouve pas si prompt.

ORIAN

Bientôt nous serons séparés,
Bien séparés cette fois, et si c'est de la douleur que vous attendez de moi,
Tout à l'heure celle qui nous attend l'un et l'autre a de quoi suffire.

PENSÉE

Il est nécessaire que nous soyons séparés, Orian?

ORIAN

Il est nécessaire que je ne sois pas un heureux! Il est nécessaire que je ne sois pas un satisfait!
Il est nécessaire que l'on ne me bouche pas la bouche et les yeux avec cette espèce de bonheur qui nous ôte le désir!
Vous dites que vous m'aimez, et moi je sais que c'est moi-même qui suis mon pire ennemi.
Vous dites que je dois voir pour vous, et je sais que ce sont ces yeux mêmes qui m'empêchent de voir et que je voudrais m'arracher!
Il est nécessaire que je ne me laisse pas mettre la main dessus. Pensée, vous êtes le danger pour moi.
La grande aventure vers la lumière, le diamant quelque part, il est nécessaire que j'en sois seul.

Mon père, il y a un an, me disait d'aller vers les autres. Les autres ? quels autres ?

Que m'importent les autres ? Quel bien est-ce que je puis leur faire ? Qu'est-ce que je suis capable de leur dire ? Quand on manque de tout soi-même, qu'est-ce que je suis capable de leur donner ?

Je n'ai qu'un devoir envers eux qui est que le mien propre soit rempli.

PENSÉE

Quel ?

ORIAN

Ah, n'est-ce pas mourir quand on est aveugle que de savoir que le soleil existe et qu'entre tant de rayons autour de cet objet éternel comme des épées il n'y en aura donc pas un seul pour nous, pour venir à bout de cette affreuse mort inguérissable, — à se jeter dessus enfin à plein cœur avec un grand sanglot pour exterminer ce qu'il y a en nous de mortel et qui est deux fois mort déjà ?

Vous ne comprenez pas ?

PENSÉE

Je ne serais pas aveugle si je ne vous comprenais pas.

ORIAN

Vrai ?

PENSÉE

Est-ce qu'il n'y a pas un chemin avec patience vers. cette lumière que vous dites ? quelque passage ?

ORIAN

Pensée, je suis capable d'obstination, mais non pas de patience, et de mille coups de tous côtés, mais non pas de méthode, et de désir, mais non pas d'intelligence, de désir, mais non pas de résignation.

Ainsi l'absurde papillon, cette chose palpitante et
dégoûtante, le papillon qui n'est qu'un sale ver avec des
ailes énormes, aussi inconsistant que de l'haleine,

Et qui ne sait rien que de se jeter, de se rejeter, et se
rejeter stupidement, et se jeter encore de toutes ses forces
misérables

Contre le globe de la lampe, et qui, quand il s'interrompt, est comme mort, quelque chose de rampant,

Quelque chose d'immonde et de rampant que l'on
ne saurait toucher.

PENSÉE

Ainsi, quand mon père me parlait — et vous ne
savez à quel point il est capable d'enthousiasme à ses
heures —

De ce temps où nous vivons, de ces grandes et admi-
rables inventions qui rendent une chose si belle de vivre
dans le temps où nous sommes, de ces merveilles inouïes,
disait-il, le chemin de fer, les câbles sous-marins,

De l'empire que l'homme établit sur toute la nature,
du progrès qui balaye les vieilles superstitions, et de
ces années devant nous qui assurent le triomphe de la
raison et de la connaissance et du bien-être général...

Oui, ce sont les expressions dont il se sert...

ORIAN

Ouvrez les yeux, Pensée, et voyez toutes ces choses.

PENSÉE

Je suis aveugle.

ORIAN

Une seconde seulement, je vous en prie!

Quel dommage que vous ne puissiez pas ouvrir les
yeux une seconde et voir ce que c'est qu'une fabrique
de phosphore, par exemple, ou un buffet de gare.

Un monde tout entier consacré à la production de
l'utile. Un jour l'heureuse Rome aussi se réjouira de ses

docks et de ses usines. Oui, c'est un glorieux temps que
celui-ci.

PENSÉE

Où je suis il n'y a point de temps.

ORIAN

Bientôt le temps existera pour vous quand vous
m'attendrez et que je ne reviendrai pas.

PENSÉE

Maintenant vous êtes là et c'est tout ce que je sais.

ORIAN

Vous êtes là vous-même, laissez-moi prendre toute la
mesure de votre présence. Ah, vous n'êtes que trop
réelle!

Cher compagnon, c'est bon de vous entendre parler
et de penser que vous êtes là et votre voix est pour moi
comme de la musique.

Je suis tellement jaloux. Vous savez que c'est par moi
que vous êtes aveugle et c'est moi qui monte la garde à
la porte de chacun de vos sens,

Et s'il y a une manière d'être à moi que je ne veux pas
vous demander, c'est parce que je ne veux pas renoncer
à toutes les autres.

Si je n'étais là pour vous le dire, si mystérieusement,
vous ne sauriez pas que vous êtes belle.

Et si vous n'étiez là, ma chérie, je ne saurais ce que
c'est que ce grand ennui, qui est de s'ennuyer de soi-
même.

Quand je vous ai quittée, Pensée, c'est alors que vous
vous êtes emparée de moi. Chaque jour. Chaque nuit
le même rêve après les premières heures de sommeil.
La même Pensée.

On me remontrait une expression de votre visage,

Une inflexion de votre voix, un mouvement de votre
corps, ce corps féminin, si amer, si intelligible pour moi.

Il y avait un cri dans la nuit, votre voix que je reconnais entre toutes les autres.

Il y avait une forme chancelante quelque part qui me tendait les bras, il y avait quelqu'un d'aveugle qui me parlait, quelqu'un de taciturne et qui ne me répondait pas.

PENSÉE

Si je chancelle, Orian, c'est parce que vous n'êtes pas là pour me tenir. Et je ne suis aveugle que parce que je ne puis pas vous voir.

ORIAN

Puis

Tout cela a été mis de côté et de vous à moi s'est établi quelque chose de plus direct. Il y avait quelque chose en moi qui tenait à se séparer de moi-même.

Alors j'ai connu un autre désir.

Sans image ni aucune action de l'intelligence, mais tout l'être qui purement et simplement

Tire et demande vers un autre, et l'ennui de soi-même, toute l'âme horriblement qui s'arrache, et non pas ce brûlement continu seul, mais une série de grands efforts l'un après l'autre, comparables aux nausées de la mort, qui épuisent toute l'âme à chaque coup et me laissent aux portes du Néant!

J'ai tenu bon cependant, et quand j'aurais voulu revenir, le bateau était là qui m'emportait.

Demi-pause.

Et quand je serais revenu encore, et quand vous auriez été là comme vous l'êtes en ce moment,

Je savais trop que ce que je vous demandais, vous étiez bien incapable de me le donner, et que ce qu'on appelle l'amour,

C'est toujours le même calembour banal, la même coupe tout de suite vidée, l'affaire de quelques nuits d'hôtel, et de nouveau

La foule, la bagarre ahurissante, cette affreuse fête

foraine qu'est la vie, dont cette fois il n'y a plus aucun moyen de s'échapper.

— Et je sais les grands et incomparables liens que le mariage apporte.

Mais je sais aussi que c'était tout autre chose, incompatible avec tout, que demandait un désir comme le mien,

En moi sans doute allumé pour le juste châtiment de mon orgueil et contre ma volonté.

PENSÉE

Ami, comment avez-vous pu vous tromper ainsi, et croire que vous pourriez être quelque part où je ne sois pas ?

On dit qu'il n'y a pas d'âme qui ait été faite ailleurs que dans une vue et dans un rapport mystérieusement avec d'autres.

Mais nous deux, c'est plus que cela encore, toi à mesure que tu parles, j'existe, une même chose répondante entre ces deux personnes.

Quand on vous préparait, Orian, je pense qu'il restait un peu de substance qui avait été disposée en vous, et c'est de cela que vous manquez et que je fus faite.

Et pour qu'elle fût capable de retrouver la vôtre, pour qu'aucun prestige ne l'égarât, pauvre âme, pour que son chemin fût sûr,

Pour que ce qui était à vous seul vous fût entièrement conservé,

C'est pour cela sans doute que mes yeux furent clos.

Et maintenant que je vous ai retrouvé, eh quoi, tu me veux donc écarter ?

— Pourquoi m'avoir répudiée ? Qu'ai-je fait ? Pourquoi m'avoir donnée ainsi cruellement à un autre ?

ORIAN

Paroles que j'ai entendues en rêve, souvent.

PENSÉE

Elles ne sont que trop vraies.

ORIAN

Qu'importe le passé? Je vois votre visage, je prends votre main dans la mienne, et si je vous demandais de vous embrasser, sans doute que vous me laisseriez faire.

Que demander de plus? Se voir, se toucher, parler, entendre l'autre qui parle,

(Le peu de temps nécessaire pour comprendre qu'on n'a plus rien à se dire),

Il paraît que cela suffit pour être présent l'un à l'autre.

PENSÉE

Je le sais cependant, oui, en dépit de tous vos raisonnements, vous ne me ferez pas croire le contraire.

Il y a quelque chose en vous qui se réjouit que je sois avec vous en ce moment, — de la manière que je puis.

ORIAN

Dans un instant je vous aurai quittée.

PENSÉE

Est-ce qu'il est si facile de s'en aller quand je suis là?

ORIAN

Non, je ne le sens que trop, Pensée.

PENSÉE

Tu ne me quitteras pas avant de m'avoir entendue.

Toutes ces paroles que j'ai préparées et mises ensemble,

Ces longs jours de solitude, ces nuits où l'on ne dort pas et où l'on pleure beaucoup.

ORIAN

Je les connais.

PENSÉE

Tu les connais comme moi, mon cœur? — Ces paroles
que j'ai mises ensemble;
— Ensuite va-t'en et tâche de les oublier.

Il y eut une femme jadis qui a sauvé le Pape, — un
homme ne peut donner que sa vie, mais une femme peut
donner plus encore, — la mère de mon père, Sygne
de Coûfontaine.

Et c'est sa fille maintenant sans yeux qui tend les
mains vers celui que le Pape auprès de lui appelle son
fils.

Et voici que dans mes veines le plus grand sacrifice
en moi s'est réuni à la plus grande infortune, et le plus
grand orgueil,

Le plus grand orgueil à la plus grande déchéance et
à la privation de tout honneur, le Franc dans une seule
personne avec·le Juif.

Tu es chrétien, et moi, ce qui coule dans mes veines,
c'est le sang même de Jésus-Christ, ce sang dont un Dieu
fut fait, maintenant dédaigné.

Pour que tu voies, c'est pour cela sans doute qu'il
fallait que je fusse aveugle.

Pour que tu aies la joie, il me fallait sans doute cette
nuit éternelle sans aucune parole que ma part est de
dévorer!

ORIAN

Viens avec moi où je suis.

PENSÉE

Où tu es, est-ce qu'il y a de la place aussi pour le
malheur? où il y a tant de lumière, est-ce qu'il y a de
la place aussi pour ces yeux qui ne veulent pas s'ouvrir?

Cette humiliation que j'ai apprise depuis le jour où
je suis née, Juive, aveugle,

Ces larmes, les oublierai-je?

Est-ce que ce sera pour rien? Ah, il ne faut pas

m'aimer! Jures-tu qu'il y a un endroit quelque part pour
que ces deux choses y subsistent,

Ce besoin que j'ai de l'amour et cette certitude qu'il
n'y a rien en moi pour le mériter?

ORIAN

C'est vrai qu'il ne faut pas vous aimer?

PENSÉE

Non, cher époux, non il ne faut pas m'aimer! Quel
chemin y a-t-il de vous à moi?

Je vous aime trop. Je vous ai tellement attendu.

Pour me faire croire que vous m'aimez, Orian, c'est
difficile. Qui ne voit pas, il lui faut autre chose que ces
paroles à tous.

Quelque chose qui soit à lui, quelque chose qui lui
soit personnellement adressé. Une preuve qu'il n'y ait
pas moyen de récuser. Et puisqu'il ne voit pas,

Ce que ses mains peuvent tenir.

ORIAN

Et si je meurs pour vous, Pensée, est-ce que ce sera
suffisant?

PENSÉE

Geste vers lui.

Si vous mourez, ce ne sera pas pour moi, mais pour la
France que vous me préférez.

ORIAN

O Pensée! noire, noire Pensée, en accord contre moi
avec le Destin! Si je meurs, Pensée, c'est que sans doute
il n'y avait aucun autre moyen pour moi de pénétrer
jusqu'à vous!

PENSÉE

Et qui d'autre alors me ferait entendre ce mot que
mon cœur attend dans la nuit?

ORIAN

Si je ne meurs, je ne puis arriver jusqu'à vous.

PENSÉE

Et qui donc alors me fera entendre ce mot que mon
cœur attend? Pour me faire croire que vous m'aimez,
Orian, c'est difficile,

A moins que vous ne me le disiez.

Mais dites seulement : Je vous aime, et cela me suffit.
Dites seulement : Je vous aime, et je le croirai aussitôt.

ORIAN

A peine vous l'aurais-je dit que cela cesserait d'être
vrai.

PENSÉE

Je ne comprends pas. Comment est-ce que vous me
demandez de vous comprendre? Comment est-ce qu'il
peut être bon pour moi que vous soyez mort? Bon,
quand on aime quelqu'un, qu'il cesse d'être là.

Ceux qui voient, est-ce qu'ils se lassent du soleil? Et
moi qui n'ai pas de soleil, est-ce que je me passerai de
cette voix, comme la révélation de tout, qui m'a dit une
fois : Ma bien-aimée?

Quand je vivrais cent ans, et quand chacune des
secondes de ces cent vies serait faite de cent années,

En cela je ne vieillirai jamais que je suis sûre que j'aurai
quelque chose à vous dire,

Quelque nom pour vous appeler, quelque invention
nouvelle de mon cœur, quelque récit de moi-même qui
ne pourra jamais tarir.

Est-ce ma faute si c'est vous qui êtes la force? si c'est
vous qui êtes chargé de savoir pour moi? si tout ce dont
j'ai besoin au monde n'est pas en moi, mais hors moi-
même, ceci? Si c'est vous auquel m'attache une chose
plus forte que le droit, la nécessité sans aucune espèce de
droit?

Ah, quand je vivrais cent ans, vous serez toujours le

même pour moi, et il me semble que j'aurai toujours
quelque chose à vous dire, quelque mot bien tendre,
quelque partie de votre cœur dont vous auriez pensé
qu'elle était close,

Cette pauvre âme aveugle entre vos bras, qui ne cesse
de vous appeler par votre nom et de vous dire qu'elle
vous aime!

ORIAN

Alors, est-ce que vous me conseillez de déserter?
Est-ce que vous m'enfermerez à clef dans votre maison
et je n'aurai pas d'autre affaire au monde que de vous
caresser?

Est-ce que je n'aurai pas d'autre but que vous?

Qu'est-ce que vous aimez, en moi, sinon ce but pour
lequel j'ai été fait? sinon ce terme que j'ai été fait pour
atteindre et qui m'explique et sans lequel je ne suis qu'une
réunion de membres au hasard?

Quand je posséderai mon âme, c'est alors que je
pourrai vous la donner.

Jusque-là, c'est le devoir qui passe d'abord, quel qu'il
soit, urgent, aussitôt, dès qu'il se présente!

Quand je vivrai enfin, quand je ne serai plus cet Orian
aveugle et à demi dormant, mais quelqu'un dans un
rapport éternel enfin avec une cause raisonnable...

PENSÉE

Cet Orian que vous dites était assez pour moi.

ORIAN

C'est alors que je pourrai revenir vers vous, ma chérie,
et vous dire : Ouvre les yeux, Pensée!

PENSÉE

Il n'y a rien à voir dans mes yeux.

ORIAN

Il y a la mort qui m'attend sans œuvres et sans postérité.

PENSÉE

C'est cela que tu vois quand tu me regardes?

ORIAN

C'est cela que tu m'annonçais et que j'ai aimé en toi.

PENSÉE

La mort pour moi, est-ce que tu la préfères à la
vie?

ORIAN

Oui, Pensée.

PENSÉE

Que puis-je demander davantage?

ORIAN

Ce que je dis, ne le savais-tu pas?

PENSÉE

Tout ce que tu dis, je le savais d'avance.

ORIAN

Te souviens-tu de ce que je t'ai promis, il y a si longtemps qu'on ne saurait dire le moment,
Cette chose entre nous qui était avant notre naissance?

PENSÉE

Je m'en souviens.

ORIAN

Que je t'aimais et que je n'en aimerais aucune autre?

PENSÉE

Je le crois, Orian.

ORIAN

L'anneau d'or de notre mariage, que je te le mettrais au doigt?

PENSÉE

Dis, pourquoi avoir voulu me laisser à un autre?

ORIAN

Ce fut du temps, ma Pensée, où je vivais encore.

PENSÉE

Est-ce bien vrai du moins que maintenant au moins je suis à vous?

ORIAN

Quand j'aurai libéré mon âme, alors je pourrai vous la donner.

PENSÉE

N'y a-t-il pas d'autre moyen de la libérer, sinon qu'elle soit ainsi cruellement séparée de ce corps et du mien?

ORIAN

Heureux de qui le devoir est court; heureux à qui le devoir est clairement montré. Défendre sa mère, défendre sa patrie, quoi de plus court, quoi de plus simple? Les circonstances se sont chargées de tout régler pour moi. Le même humble, le même facile devoir que pour tous, quel bonheur! Et le prix qui est avec moi, cette Pensée.

J'étais trop impatient pour la vie, brusque, trop capricieux, trop prompt. L'insecte mâle qui n'est réglé que pour une heure.

PENSÉE

J'étais patiente pour toi.

ORIAN

Ce que je te demandais, ce que je voulais te donner, cela n'est pas compatible avec le temps, mais avec l'éternité.

PENSÉE

Moi, si je te disais que je t'aime, est-ce que ce serait facile de me quitter?

ORIAN

Je le sais sans que tu le dises.

PENSÉE

Elle se met entre ses bras.

Toutefois, c'est une chose douce à entendre alors qu'on sait que c'est vrai.

ORIAN

Ne me tente pas, ma rose dans la nuit. Ne te place pas entre mes bras. C'est dangereux d'être une rose quand on n'est défendue que par des chèvrefeuilles.

PENSÉE

Comment saurais-je que je suis la plus belle, si tu ne me le dis pas?

ORIAN

Il n'en est aucune autre pour moi.

PENSÉE

Où est-elle, la plus belle de toutes les femmes?

ORIAN

Si près que je ne puis plus la voir.

PENSÉE

Où est-elle cette place contre ton cœur?

ORIAN

Mon ennemie l'occupe.

PENSÉE

Si je la trouve, on ne me la fera pas quitter si aisément.

ORIAN

Ah, je ne le sais que trop que tu es la plus forte.

PENSÉE

Si je veux vraiment que tu restes, est-ce que tu pourras partir?

ORIAN

Je ne sais plus rien que toi seule.

Silence.

PENSÉE

Elle se sépare de lui.

Adieu donc.

ORIAN

Pensée, ah, est-ce toi maintenant qui me dis adieu?

PENSÉE

C'est fini. Ne viens pas plus près.

ORIAN

Pensée, ah, je resterai avec toi si tu le veux.

PENSÉE

Ne dis pas des choses indignes.

ORIAN

Ah, je suis fou! Ah, qu'importe tout le reste au prix de ce seul moment que tu peux me donner?

PENSÉE

Il me faut plus qu'un seul moment.

ORIAN

Tu es en mon pouvoir.

PENSÉE

C'est vrai. Comment fuirais-je?

ORIAN

Il est impossible de nous séparer.

PENSÉE

Non, ce n'est pas impossible.

ORIAN

Je ne le veux plus, Pensée! Je ne le peux plus, Pensée!

PENSÉE

Ce que font tant de Français, ne peux-tu le faire? Ce que tant de femmes supportent, ne puis-je le supporter?

ORIAN

Il ne fallait pas venir si près de moi.

PENSÉE

Il ne fallait pas, Orian?

ORIAN

Il ne fallait pas que je te prenne entre mes bras.

PENSÉE

Et si mon cœur n'avait battu si près de toi, comment l'aurais-tu connu?

ORIAN

Connais-tu le mien aussi?

PENSÉE

Je le connais, homme impérieux.

ORIAN

Quand tu t'es mise entre mes bras, la nuit est venue sur mes yeux.

PENSÉE

J'ai donc pu t'enseigner cela du moins?

ORIAN

Je sais ce que c'est que la nuit.

PENSÉE

Dis, est-ce que c'est une chose si cruelle? est-ce qu'il y a besoin de se voir quand on s'aime?

ORIAN

Il n'y a besoin de rien autre.

PENSÉE

Non.

ORIAN

Mais comprends-tu maintenant ce que je te disais quand je te parlais d'une autre peine?

PENSÉE

Ah, je suis faible et ce qui suffit à d'autres femmes m'eût suffi.

ORIAN

Pourquoi donc me dis-tu de partir?

PENSÉE

Je suis forte aussi.

Silence.

ORIAN

Je t'aime, Pensée.

Demi-pause.

PENSÉE

Je comprends que c'est adieu que cela veut dire.

ORIAN

Adieu.

PENSÉE

Laisse-moi une dernière fois tendre les mains vers toi,
Comme les mourants quand un ange place la harpe
éternelle déjà entre ces doigts qui la cherchent.

Elle lui touche la figure avec les mains.

Laisse-moi une dernière fois connaître ton visage,
laisse-moi en prendre l'empreinte avec cette cire vivante,
Ces deux mains qui ne sont autre chose avec leurs
doigts que mon âme dès que je t'ai touché.
Adieu, chère tête!

Elle lui touche le cœur
Sort Orian.

Adieu, cher cœur!

SCÈNE III

Entre Orso.

PENSÉE

Orso, il nous faut de ce pas annoncer à ma mère que nos fiançailles sont rompues.

ORSO

Nous y sommes donc enfin, vous voyez que mon conseil était bon.
Vous l'ai-je amené au bon moment ?

PENSÉE

C'est vous qui êtes bon, Orso, et je vous aime bien.

ORSO

C'est tout ce qu'il me faut. Vous aurez toujours la première place dans ce cœur de gendarme.

PENSÉE

Vous n'avez pas trop de peine ?

ORSO

Juste ce qu'il faut. Juste assez pour cette ombre de mélancolie qui sied à une mâle figure.

PENSÉE

Ne plaisantez pas.

ORSO

Me voilà bien débarrassé. Grand Dieu, qu'aurais-je
fait de cette Madame Cognepartout?

PENSÉE

Si aveugle que je sois, je ne suis pas mal arrivée où
je voulais,
Et, pour avoir des yeux, celui-ci n'a pas su fuir si
loin qu'il ait réussi à m'échapper.

ORSO

Comptez sur moi pour le maintenir dans le
devoir.

PENSÉE

Est-ce vrai qu'il y a tant de danger pour lui?

ORSO

Il ne faut pas qu'on vous le détériore, pas vrai?

PENSÉE

Il est persuadé de ne pas revenir.

ORSO

Et moi, je vous dis que je vous le ramènerai.

PENSÉE

C'est la mort qui me l'a rendu accessible.

ORSO

Pourquoi parler de sa mort, vous aussi? C'est vexant.
Je n'aime pas que vous parliez ainsi.

PENSÉE

Et quand ce serait la mort, et quand il n'y aurait eu que ce seul moment,

Ce moment tout de même je l'aime, et c'est assez pour moi, et rien ne peut empêcher qu'il existe.

Ainsi, malgré ce voile indéchiffrable qui m'entoure, ainsi l'amour a pénétré jusqu'à moi, et rien n'a su m'en défendre! Il m'aime, je crois en Dieu! Il n'y a plus de mort pour moi, il n'y a plus de nuit! Ah, le bonheur est une chose si grande qu'il n'était pas en mon pouvoir de lui échapper!

Il y a beaucoup de femmes plus belles que moi, et cependant c'est moi qu'il a choisie! Il y a beaucoup de femmes qui sont capables de voir, et moi j'ai les yeux fermés à toute autre chose que son amour!

Loué soit Dieu, parce que je lui ai paru désirable! Loué soit Dieu parce qu'entre toutes il a désiré ces choses seules que j'étais en état de lui donner!

J'étais donc dans ma nuit sans le savoir, maîtresse de ces grands trésors.

Ah, puisqu'il m'a aimée aveugle, c'est d'être plus aveugle encore que je désire.

Et non seulement, que je ne le voie pas, mais qu'il ne me voie pas non plus, et non plus ce visage périssable, mais cette chose seulement que je lui ai donnée et qui est à lui, et que ni la vie ni la mort ne seront capables de lui arracher!

Et puisqu'il m'a aimée dessaisie, c'est d'être plus pauvre encore que je désire, gratuite entre ses bras, inexplicable à tous.

Et au regard de cet honneur que le monde accorde, plus dépourvue qu'aucune de celles-là sur qui un nom Juif est écrit.

Dans la nuit où j'étais il a bien su me trouver et s'il faut maintenant que lui aussi disparaisse aux yeux de ceux qui voient,

Ce n'est pas cette nuit-là à mon tour qui me fera peur et qui sera suffisante à me séparer de lui.

ORSO

Et moi, Pensée, est-ce que je serai toujours votre ami ?

PENSÉE, *lui tendant la main.*

Mon grand ami.

ORSO

Quand la paix sera revenue, il faudra que vous me preniez un jour et que vous m'expliquiez pourquoi j'ai eu de l'amour pour vous, jadis.

PENSÉE

Est-ce que vous n'en avez plus ?

ORSO

Qu'est-ce qu'il faut que je vous réponde ?

PENSÉE

Cela me fâcherait que vous me répondiez non.

ORSO

Je ne vous aime pas comme mon frère. Vous me suffisiez telle quelle. J'aurais été patient avec vous.

Il y a bien des hommes qui ne sont pas autrement sensibles, et qui pleurent parce qu'une joue d'enfant ne s'est jamais posée contre la leur.

Il y a quelqu'un qui se serait alourdi entre leurs bras. Cette décoloration solennelle de la femme en proie à un autre être, qui se fait d'elle.

Et moi d'abord, je vous avais admirée, vous me sembliez si forte et si fière. Oui, vous fouliez le sol avec tant de grâce et de dignité.

Puis quand j'ai su que vous étiez aveugle,

Avec cet air de reine, avec ce visage de jeune dieu,

C'est cela qui vraiment m'a touché. De vous sentir si faible avec moi, sans aucun chemin si je n'étais pas avec vous,

Cela m'aurait expliqué toute la vie.

D'avoir votre petite main dans la mienne, c'est cela qui m'aurait donné de la force.

Cette main, où cela aurait-il été meilleur pour elle que dans la mienne?

PENSÉE

Ne pensez pas que vous m'ayez caché cela jusqu'ici.

ORSO

Ça ne fait rien, Pensée. N'en dites pas plus long. Un homme aussi peut avoir de la pudeur.

J'ai gagné cela du moins sur mon frère, c'est que je suis libre, léger comme une plume au vent. Lui est lourd, retardé, il vous aime trop. Il ne va pas à la guerre comme j'y vais.

C'est bon d'être entièrement léger, c'est bon d'être libéré de toutes les tâches de la vie. Gais, chantants, le col arraché de la chemise. Oui, même parmi les âmes, je crois qu'on reconnaîtra à leur air ceux-là qui sont morts à pleine poitrine, en pleine jeunesse!

Une âme de vingt ans, c'est cela qui flambe dans le soleil de Dieu!

C'est une chose si facile que de mourir et on ne vous aura pas demandé autre chose. Mourir en hommes au lieu de vivre bassement en esclaves, en spécialisés.

Voici toutes les aubes à la fois, le premier rayon de grand soleil qui vous flambe la fenêtre d'un seul coup avec le cœur!

C'est pour cela qu'on voit des morts avec des visages si beaux, ils sont comme des enfants qui regardent.

Ils ne regrettent rien. Mourir pour la patrie est une chose si belle qu'ils en gardent un sourire ébloui.

— Venez, Madame la Taupe. Venez, Madame la Chauve-Souris. Donnez-moi le bras. Je m'en vais vous ramener à votre Maman.

Ils sortent.

ACTE IV

SCÈNE PREMIÈRE

*Fin janvier 1871. Une chambre dans un Palais de Rome —
celui qui appartenait aux deux frères précédemment.*

*Une grande corbeille de tubéreuses est placée sur une table,
au fond de la pièce.*

*Pensée est à genoux devant elle et y tient son visage
enfoncé.*

PENSÉE, *poussant un faible cri.*

Ha!

SICHEL, *se précipitant vers elle.*

Qu'y a-t-il, mon enfant?

PENSÉE

Mère, Mère!

SICHEL, *la relevant et lui faisant faire quelques pas.*

Ne reste point là! Ces fleurs te font mal! Je vais dire
qu'on les enlève!

PENSÉE

Mère, Mère! mon enfant vit! Mon enfant vit en moi!
Il vit! Il a bougé!

SICHEL

Pensée, mon enfant!

PENSÉE

Il vit! Ha! ces fleurs sont si fortes que j'ai cru mourir!
Cette profonde respiration! Ha, c'est comme si à mon
propre cœur on arrachait le cœur de mon enfant! Il
vit! Il vit!

SICHEL

Cette odeur est toujours là.

PENSÉE

J'ai écrasé quelques fleurs dans ma main, *(plus bas)*
quelques-unes de ces terribles fleurs pour qu'elles me
fassent encore mal.

SICHEL

Veux-tu que j'ouvre un peu la fenêtre?

PENSÉE

Oui. Laisse entrer ce dernier rayon si doux jusqu'à
moi,
La couleur rouge du soir.
Laisse entrer Rome jusqu'à moi.

> *Sichel entr'ouvre la fenêtre. Rumeur de cloches au
> dehors.*

C'est l'heure de l'*Ave Maria*.

SICHEL

Ces fatales cloches me serrent le cœur. Qu'est-ce
qu'elles disent ainsi à coups pressés?

PENSÉE

Moi je les aime, je les connais toutes, les petites et
les graves, toutes proches et celles qui sont le plus loin,

Tant que toute la Ville Sainte autour de moi se dispose,
édifiée par le son. Pures cloches, au lieu de tant de
paroles ce serait bon de résonner comme elles
Soi-même et de n'être éternellement que *la* et
mi.
Ah, je voudrais comme elles voir Dieu, ne serait-ce
que le temps de compter jusqu'à cinq.

SICHEL

Et moi, si je puis voir Dieu, mon enfant,
Ce ne sera jamais que dans tes yeux, quand ils se
seront ouverts.

PENSÉE

Faites-moi un peu de musique, maman.

SICHEL, *se dressant.*

Que veux-tu que je te joue?

PENSÉE

Non. Reste avec moi. La musique m'empêcherait
d'entendre.

SICHEL

C'est ainsi que je te vois toujours attentive et atten-
dante
Comme si tu n'avais d'oreilles que pour ce qui au
dehors va arriver.

PENSÉE

Il n'arrivera personne.

Silence.

Et comment ferais-tu, mère, si tu n'avais que l'ouïe
et le toucher
Pour construire une ville comme celle-ci?
Rien qu'avec des voix qui viennent de divers côtés, le

roulement des voitures, une femme qui chante, une
querelle, un marteau qui tape, un cri d'oiseau,

Avec la différence du chaud et du froid, toutes les
nuances qu'il y a dans l'ombre, tous ces souffles
divers,

Et ce sens de la vision, qui est absente, réparti sur
tout mon corps?

C'est à moi d'arranger une ville de tous ces sons qu'elle
modifie comme les murailles font de la lumière,

Cette Rome merveilleuse avec ces escaliers qui montent vers de grands jardins, ces rues disposées pour les
pas de la procession,

Et au sortir de beaucoup d'ombres ce que tu m'as dit :
tout à coup ces palais couleur de jour. Ah, ce doit être
beau!

Je suis comme un enfant le premier jour qu'il se
réveille, dans une chambre fermée, dans un pays inconnu.

Ce monde qui vous semble si naturel, il est invisible
pour moi. J'y suis comme si je n'y étais pas. Le séjour,
d'ailleurs, ne sera pas long. Il me faut faire ma provision
pendant que j'y suis.

Je ne le connais que par ce que tu me racontes. On m'a
fait des yeux sans doute qui ne lui étaient pas adaptés.

Et lorsque je le verrai peut-être, ce sera bien loin en
arrière lorsque déjà il fuit.

Comme le passager qui s'est réveillé trop tard et qui
ne voit plus le rivage et la ville qu'on lui montre avec
ses monuments

Autrement qu'une longue ligne là-bas dans la grande
lumière du matin,

Presque pareille à l'écume.

SICHEL

Il y a quelqu'un qui t'aime sur la jetée qui te fait
signe avec son mouchoir.

> *Pensée se pose la main sur le flanc comme si elle
> ressentait une douleur subite.*

Qu'y a-t-il?

PENSÉE

J'ai senti encore un mouvement en moi.

SICHEL, *à demi-voix.*

L'enfant?

PENSÉE, *de même.*

C'est lui.

SICHEL, *comme pour elle-même.*

Oui. Quatre mois se sont écoulés.

PENSÉE

Mon enfant a bougé en moi!

SICHEL

Pourquoi n'écris-tu pas à Orian?

PENSÉE

Lui-même ne m'a pas écrit une seule ligne.

SICHEL

Mais moi, je lui ai écrit pour toi, il y a quinze jours.

Silence.

Oui, je m'y suis décidée,
Bien que tu me l'aies défendu.

Silence.

Tu ne me grondes pas?

PENSÉE

Non. Cela ne fait rien.

SICHEL

Mais pourquoi Orso, lui aussi, nous laisse-t-il sans nouvelles,

Alors que nous recevions une lettre de lui chaque semaine?

— On m'a dit qu'il devait venir ici, chargé d'une mission.

Aucun mot de lui depuis cette nouvelle année.

PENSÉE

Il y a eu des mouvements de troupes.

SICHEL

J'ai peur que quelque chose ne soit arrivé.

PENSÉE, *montrant la corbeille.*

Il n'est arrivé que ces belles fleurs.

SICHEL

Je voudrais bien savoir qui nous les a envoyées.

— Je suis inquiète pour ton père aussi. Il est là-bas tout seul dans ce pays froid. Je suis sûre qu'il ne se soigne pas comme il faut. Il est si imprudent. Lui aussi, pourvu qu'il ne lui soit rien arrivé!

PENSÉE

Tout cela n'est pas important.

SICHEL

Qu'est-ce qui est important?

PENSÉE

Ce qui est important c'est que mon enfant vit!

SICHEL

Il faudra que nous ayons quitté Rome bientôt.

PENSÉE

Pourquoi?

SICHEL

Nous irons à Paris en grand secret. Là tout peut se cacher.

PENSÉE

Il n'y a rien à cacher.

SICHEL

Je n'ai rien osé dire à ton père. Il est terrible pour ce genre de choses et tout ce qui est de notre considération. Grand Dieu, je le vois d'ici!

Mais laisse-moi faire, mon enfant. Ta mère est fine et sait plus d'une adresse. Nous saurons dérober à tous cet enfant de l'amour.

PENSÉE

Crois-tu que je vais abandonner mon enfant?

SICHEL

Laisse-moi croire ce que je veux. A chaque jour sa peine. Qui te dit cela?

Ne m'ôte pas l'esprit et le courage que je puis avoir, j'en ai besoin.

PENSÉE

Mère, as-tu honte de moi, toi aussi?

SICHEL

Honte de toi, Pensée?

PENSÉE

Il n'est personne au monde plus fière que je ne le suis.

SICHEL, *lui posant la main sur le genou.*

Va, mon enfant, je sais ce que tu souffres!

PENSÉE, *à voix basse.*

C'est vrai, mère, c'est dur pour moi! J'étais faite pour
être irréprochable.

Je souffre de tous ces yeux qui me regardent. Une
aveugle, comment peut-elle se défendre?

— Et que pensera-t-on de moi?

SICHEL

Moi, je suis avec toi, que nous fait le mépris de tous?
J'y fus habituée jadis et la honte est pour moi comme
une patrie retrouvée. Pauvres femmes! Dieu est avec
nous dans notre petitesse.

PENSÉE

Qu'est-ce qu'on peut me faire après tout?

Maintenant, il y a mon enfant avec moi pour partager mes ténèbres!

SICHEL

Maintenant, tu sais ce que c'est que d'être mère.

Paraît sans aucun bruit Orso.

PENSÉE

Que c'est singulier de penser qu'en ce moment il se
fait de moi des yeux qui seront capables de voir et que
je porte ces étoiles vivantes dans mon sein!

SICHEL

Qu'est-ce qui serait à soi sinon ce petit que l'on fait
de soi-même?

PENSÉE

Il me verra et je ne le verrai pas. Les autres mères
guident leur enfant, c'est lui qui guidera la sienne,

Chancelante à jamais au travers de ces choses
inconnues qu'il trouvera si sûres.

SCÈNE II

Sichel aperçoit Orso. Elle a fait un mouvement de surprise. Il lui fait signe impérieusement de se taire et de rester immobile.

PENSÉE

Qui est entré?

> *Silence.*

Je demande qui est là?

> *Silence.*

ORSO, *très lentement.*

Pensée de Homodarmes... ma chère femme... c'est moi.

> *Silence.*

PENSÉE, *faiblement.*

Est-ce vous, Orian?

ORSO

Ne me reconnaissez-vous pas?

PENSÉE

Je ne sais. C'est la voix d'Orian et ce n'est pas la sienne.

ORSO

La voix et le cœur, Pensée, et tout ce qu'une seule heure permet de présence avec vous
A quelqu'un qui bientôt sera obligé de repartir.

PENSÉE

Si vous êtes Orian, pourquoi ne venez-vous pas plus près?
Et pourquoi déjà ne suis-je point, trop heureuse femme, entre vos bras?

ORSO

Si je me laissais prendre, on ne me laisserait plus partir.

PENSÉE

Toujours partir! Ah, je ne sais que trop que je ne puis pas vous retenir.

ORSO

Quatre mois, c'est à peine s'ils se sont écoulés,
Et déjà vous ne reconnaissez plus ma voix.

PENSÉE

Il faut que mes sens se soient émoussés,
Comme une plante qui se ternit à cause du fruit qu'elle porte.

ORSO

Cet enfant, Pensée?

PENSÉE

Aujourd'hui même, je l'ai senti qui s'éveillait dans mon sein.
Oui, j'ai failli m'évanouir pendant que je respirais ces fleurs.

ORSO

C'est moi qui vous les ai envoyées.

PENSÉE

Pourquoi m'avoir laissée ainsi sans nouvelles?

ORSO

Qu'est-ce qu'une lettre pouvait dire que vous n'eussiez su déjà?

PENSÉE

Coment va votre frère?

ORSO

Orso est bien. Est-ce que vous pensez encore à lui?

PENSÉE

Je l'aime comme vous l'aimez.

ORSO

Il ne faut aimer que votre époux.
Aucune parcelle de votre cœur aujourd'hui,
Cet avare Orian ne veut plus la laisser à un autre.

PENSÉE

Vos paroles sont douces, Orian, plus tendres
Qu'aucune de celles que vous m'ayez dites autrefois,
en ce temps qui fut court.
Pourquoi est-ce que je les écoute avec un cœur
pesant?

ORSO

Parce que je vais repartir, vous le savez; mon congé
qui n'est que de peu d'heures expire.

PENSÉE

N'est-ce pas pour ne plus nous revoir?

ORSO

Est-ce que vous me voyiez tellement?

PENSÉE

Au delà de tout ce que les yeux peuvent voir, nous nous sommes touchés.

ORSO

Pensée, je suis venu vous dire de prendre soin de cet enfant que sans doute je ne connaîtrai pas

Et qui est à son père comme il est à vous, ce qui demeure de lui

Pour vous dire de ne pas l'oublier.

PENSÉE

Je ne vis que pour lui et pour vous.

ORSO

Et je suis venu vous dire autre chose aussi, Pensée.

PENSÉE

J'écoute.

ORSO

C'est qu'il ne faut pas douter de celui qui vous aimait.

Malgré ce long silence. Mais qu'est-il besoin de parler à ceux qui ont foi l'un dans l'autre? Quel mérite y aurait-il à me croire si j'étais là toujours?

Nul ne vous aurait aimée comme il vous aimait. Il faut le croire.

PENSÉE

Je le sais, je le crois.

ORSO

L'absence fut longue.

PENSÉE

Vous voici.

ORSO

Et si elle devait être plus longue encore, ne le supporteriez-vous pas avec courage?

PENSÉE

Tout le courage que vous me demanderez.

ORSO

Pauvre enfant, il n'y a chose si dure que mon exigence n'aille plus loin.

PENSÉE

Pas aussi loin que mon amour.

ORSO

Après une aussi longue séparation, si vous êtes avec moi, Pensée, ah, qui sera capable de nous dissoudre? Je ne veux plus qu'une réunion telle
Que ce ne soit plus le temps qui la fasse cesser, mais elle qui soit capable au contraire de faire cesser le temps.

PENSÉE

Vous m'aimerez toujours?

ORSO

Il y avait un homme qui ne pensait qu'à lui-même.
L'appel auquel son oreille était tendue, il croyait qu'il ne s'adressait qu'à lui seul.
Tout était simple : lorsque vous êtes venue, Pensée.
Et la blessure que vous lui avez faite est telle que rien, et même la mort, ne sera capable de le guérir.

PENSÉE

Pourquoi parler de la mort alors que vous êtes vivant?

ORSO

Maintenant si son absence est longue, s'il ne répond pas lorsque vous l'appellerez,

Il ne faut pas croire que ce soit sa faute, et que celui qui vous a tant aimée trahisse.

Je jure qu'il vous aimait.

Silence.

PENSÉE

Ce n'est pas Orian qui parle.

ORSO

Qui serait-ce donc?

PENSÉE

Orso, qu'avez-vous fait de votre frère Orian? Où est-il?

ORSO

Pensée, c'est maintenant qu'il faut montrer ce courage que vous m'avez promis.

Tout ce que j'ai dit, oui, c'est bien lui qui vous le disait par ma bouche. Nous ne nous sommes pas quittés. Il n'avait rien de secret pour moi et j'entendais chaque battement de son cœur.

Pensée de Homodarmes, maintenant, ce que j'ai à vous annoncer, il faut que vous l'écoutiez sans fléchir :

Orian n'est plus.

Silence.

PENSÉE

Orian est mort. C'est bien. Je le savais et mon cœur n'attendait pas autre chose.

ORSO

Il est mort, et ce message dont il m'a chargé pour vous est qu'il faut vivre.

PENSÉE

Je vivrai.

ORSO

La veille de sa mort, nous avons causé ensemble toute la nuit, de vous et de votre enfant. Il m'a chargé de vous demander pardon.

PENSÉE

C'est moi qui ne cesse pas de lui demander pardon.

ORSO

J'ai su ce qui s'était passé entre vous,
La veille de son départ. J'ai compris ce que fut cette heure d'aveuglement et de vertige.

SICHEL

Une rencontre désespérée et sans aucune parole, comme des gens qui n'en peuvent plus et qui ne savent ce qu'ils font.

ORSO

Il est heureux que votre mère ait pensé à m'écrire.

PENSÉE

Je le lui avais défendu.

ORSO

Il voulait revenir dès qu'il l'aurait pu.

Silence.

PENSÉE, *criant tout à coup.*

Orian est mort! Orian est mort! Il n'est plus!

Où êtes-vous, mon cher mari, et pourquoi n'êtes-vous pas avec moi?

SICHEL, *la soutenant.*

Pensée, mon enfant bien-aimée!

Silence.

PENSÉE

Comment est-il mort?

ORSO

Tué d'une balle au cœur comme nous chargions les Allemands dans un mauvais petit champ de vignes à travers les échalas.

Je l'ai vu tout à coup qui lâchait son fusil et qui tombait en avant. Son corps est resté plié en deux, accroché à un petit mur de pierres sèches parmi les ronces.

PENSÉE

Vous l'avez laissé là?

ORSO

Les Prussiens tiraient sur nous tant qu'ils pouvaient.

PENSÉE

Moi je serais morte avec lui.

ORSO

Je suis un officier, et mon devoir n'était pas de me faire tuer mais d'assurer le commandement de ma section.

Nous avons dû nous replier peu après, abandonnant le corps.

PENSÉE

Quoi, vous ne me rapportez rien de lui?

ORSO

Que voulez-vous faire d'un mort?

PENSÉE

Je l'aurais senti une dernière fois entre mes mains,
ces sages mains!

Qui sait s'il aurait été tout à fait mort pour moi?

Entre l'âme et le corps qu'elle a fait il y a un tel lien
que la mort même n'est pas entièrement puissante à le
dénouer,

Où que soit cette pauvre âme.

ORSO

La sienne est avec Dieu. Ce Dieu qu'il aimait comme
un sauvage et non pas comme un saint, il l'a conquis.
Le corps est resté accroché misérablement quelque
part.

Point d'œuvre derrière lui, rien que ce corps embar-
rassé dans les épines,

Plus loin que nous n'avons pu nous-mêmes aller, et
qui ne l'a pas empêché de passer outre.

Cette liberté qu'il désirait plus que la vie, elle est sa
part enfin. Cette lumière vers laquelle il tendait de tout
son être, il y est. Ce Père dont il était le fils...

PENSÉE

Les yeux qui étaient chargés de voir pour moi, où
sont-ils?

ORSO

Ici même peut-être qui n'ont pas besoin de voir pour
vous regarder.

PENSÉE

Ce cœur qui était chargé de battre pour moi, où est-il?

ORSO

Qui sait si je ne vous l'ai pas rapporté?

PENSÉE

Que dites-vous?

ORSO

Je n'ai pas voulu que son corps restât abandonné
aux Alboches. La nuit avec quelques camarades nous
sommes allés le rechercher. Il repose en terre chrétienne,
comme nous disons.

Je l'ai embrassé sur la bouche — c'était beau, cette
figure qu'il avait.

PENSÉE

Ha, ha, cruel Orso! Tu as des yeux pour voir! Mais
moi, cette bouche seule qui m'appartenait, je n'ai pu y
coller la mienne!

ORSO

Je l'ai tenu entre mes bras. De ce corps insulté, de
ce corps qui ressuscitera et qui dort
Quelque chose encore de celui que nous aimons
émane.

PENSÉE

Vous n'avez pu voir que son visage! et moi, ces
mains, ces mains seules qui me servent à voir, ha, si
elles avaient été là, elles auraient été jusqu'à son âme
pour l'empêcher de me quitter!

ORSO

Jusqu'à son âme, Pensée?

PENSÉE

Jusqu'à son âme, pour l'empêcher de me quitter!
jusqu'à ce cœur qui m'appartient!

ORSO

Jusqu'à son cœur, Pensée?

PENSÉE

Jusqu'à ce cœur qui m'appartient.

ORSO

Et si c'était précisément ce cœur que je vous ai rapporté?

PENSÉE

Ce cœur... ce cœur que vous m'avez rapporté?

ORSO

Ces fleurs que je vous ai fait envoyer, cette profonde corbeille, ces fleurs où je sais que tout à l'heure vous avez enfoncé votre visage...

PENSÉE

J'ai compris!

> *Elle se lève et se dirige en chancelant vers la table devant laquelle elle tombe à genoux.*

Orian, êtes-vous là?

ORSO

Il appartient à un ordre différent, il n'est plus avec nous à notre manière.

Que de lui jusqu'à vous l'encens de ces longs calices dont j'ai fait sa sépulture soit un signe suffisant.

PENSÉE

Il n'a point eu horreur de moi, je n'aurai point horreur de lui parce qu'il est mort!

Et qui aurait le droit, si ce n'est moi qui suis sa femme, de le saisir entre mes mains et de le garder sur mon sein comme sa possession?

ORSO

Respectez ce reste sacré.

PENSÉE

Il n'a point eu horreur de moi! Il est venu jusqu'à moi, qui suis la dernière des femmes! Malheureuse, obscurcie, il est venu à moi, quand il aurait pu en trouver une plus belle!

C'est moi qui l'ai blessé, de cette blessure inguérissable.

C'est moi qui lui ai fendu la poitrine,

C'est moi qui lui ai ouvert la côte.

C'est moi qui l'ai arraché à son Père, oui je sais que c'est à cause de moi qu'il est mort et qu'il n'est plus rien de visible.

Ah, qu'on me donne un voile de soie pour recevoir ce qui me reste de lui, qu'on me donne le linge le plus fin pour couvrir ces mains indignes!

ORSO

Tout à l'heure vous serez seule avec lui.

PENSÉE

Mais dès maintenant je puis me pencher sur lui et respirer son âme, cette bouffée de parfum qui monte de sa sépulture.

ORSO

Il est mort et ce n'est plus par aucun de vos sens que vous êtes capable de l'atteindre.

PENSÉE

Orian, qui êtes là, est-ce vrai? Ah, je crois qu'il n'y a rien en moi qui ne soit capable d'aller jusqu'à vous!

ORSO

Il vit en vous, et c'est pour ce qui de lui vit au fond de vos entrailles que vous devez vivre vous-même!

PENSÉE

Il vit et je me meurs!

> *Sichel, qui l'enlace, l'a ramenée à son siège.*

ORSO

Maintenant, c'est assez de faiblesse. Il est temps
que vous entendiez ce que je suis chargé de vous
dire.

Voici ce qu'Orian m'a chargé de vous dire, prévoyant
sa mort,

Cette dernière nuit que nous avons passée ensemble.

PENSÉE

Parlez, je vous écoute.

ORSO

... Et sachant ce que votre mère m'avait écrit,

Ce fruit de lui que vous portez en vous, hors de la
loi.

Oui, ç'a été une grande joie et une grande amertume
pour lui.

Vous ne m'avez pas répondu tout à l'heure quand je
vous ai dit qu'il m'avait chargé de vous demander
pardon.

> *Pensée fait un geste de déprécation.*

C'est fait? Bien. Rien ne pèse plus sur son âme.

SICHEL

Je lui pardonne aussi.

ORSO

Maintenant, le mal qui a été fait, il faut le réparer
en ce qui est de nous. Il n'est pas possible que l'enfant
d'Orian

Naisse sans nom, et que sa femme avec son enfant ait
cette tache publique.

PENSÉE

Ce que son sang n'a pu effacer, je suis là pour le supporter.

ORSO

Il ne s'agit pas seulement de vous,
Mais de lui et de cet enfant qui le continue. Il faut sauver le nom de l'insulte, comme on sauve le drapeau.

PENSÉE

Je ferai ce que vous voudrez.

ORSO

La suprême volonté d'Orian, sa dernière parole près de la mort
Est que vous m'épousiez.

PENSÉE

Je ne veux pas! Je ne serai pas à un autre que lui.

ORSO

Madame, je vous répète que ce n'est pas ce que vous voulez qui est important.

PENSÉE

Ne suis-je pas maîtresse de moi-même, et de mon âme et de mon corps,
Et de ceci que j'ai fait de moi?

ORSO

Non.

PENSÉE

Orian, quoi! Est-ce là ce que vous me demandez?

ORSO

Celle qui fut à mon frère, croyez-vous qu'elle soit jamais pour moi
Autre chose qu'une sœur?

Silence.

PENSÉE

J'accepte.

ORSO

Bien, petite sœur. D'ailleurs la guerre n'est pas finie;
La nuit qui vient efface l'une après l'autre ces deux voix entre lesquelles votre cœur hésita
Ce soir d'été jadis.
Ces deux braves dont le cœur était plus haut que la mort.

PENSÉE

Ne viendrait-elle pas aussi pour moi tout de bon?

ORSO

Votre devoir est de vivre.

PENSÉE

Je vivrai. Pour qui me prenez-vous?
Je vivrai pour cet enfant obscur qui est héritier en moi de mon âme avec la sienne,
Tant que l'on voudra! Toute la vie que l'on voudra jusqu'à la dernière minute! Moi qui fais de la vie, est-ce que je n'aurais pas le courage de l'accepter?

ORSO

Demain le prêtre nous unira.

PENSÉE

Je serai une femme loyale.

ORSO

Et en attendant, est-ce qu'elle est morte, cette main
que je vois là qui pend inerte à votre côté,
Que vous ne vouliez pas la tendre, avant qu'il ne
parte, peut-être pour ne pas revenir, à ce pauvre
Orso?

PENSÉE, *soulevant sa main droite avec sa main gauche.*

Orso, je suis comme la fiancée du Cantique dont il est
écrit que les doigts distillent la myrrhe.

ORSO

Alors c'est l'Ancien Testament que je vois là assis
devant moi en votre personne?

PENSÉE, *élevant ses mains, les doigts tremblants
devant son visage, comme pour les regarder et les sentir,
puis elle les lui tend.*

La myrrhe nuptiale! la funèbre myrrhe! Cela qui chez
les anciens ne servait pas à la célébration d'un seul mystère seulement.

ORSO

Pensée, je vais rentrer en France, à temps, j'espère,
pour me battre encore un petit peu.
J'irai voir cet Orian sous la terre là-bas. Que faut-il
que je lui dise?

PENSÉE

Ne vous agenouillez pas. Ne priez pas. Dites seulement
un mot : *Pensée.* Un seul mot, un seul mot avec une
grande amertume : *Pensée.* N'ajoutez rien.

ORSO

M'agenouiller, dites-vous? et croyez-vous que ce
n'est pas m'allonger de mon long à côté de lui que

j'hésiterais à faire ? Et à le prendre dans mes bras, ce frère, pour que, à jamais nous ne soyons séparés, si Dieu le demande ?

Ces deux frères dont on n'a pu empêcher que l'union soit plus forte que la mort !

Et ce mot : *Pensée !* s'il s'en soucie encore, pour le lui réapprendre bouche à bouche.

PENSÉE

Ce mot seulement ? Non, c'est mon âme à la sienne mêlée qu'il faut que tu lui rapportes. Respire-la, frère chéri, cette âme d'Orian en moi mêlée à celle de Pensée !

Elle s'approche de lui les bras en croix et lui souffle dans la bouche.

ORSO

Oui, c'est l'âme de l'un et de l'autre à la fois que je respire.

PENSÉE

Et dis-lui, dis-lui, cette âme, que je n'ai pas été la seule à l'absorber et à m'en remplir tout à l'heure la figure au milieu de ces horribles fleurs.

Et qu'à ce contact mon enfant en moi, cet enfant intérieur en moi, cette chose en moi qui est appelée à voir le soleil à ma place, pour la première fois il a bougé, il a cruellement bougé. Dis-lui cela, Orso, dis-lui cela, frère chéri ! Dis-lui cela, Orso !

Elle tombe à genoux devant la corbeille qu'elle enveloppe entièrement, ainsi qu'elle-même, de son châle.
Pendant cette dernière phrase, la nuit est presque complètement venue.

UNE VOIX DE FEMME chante :

O frères inséparables, l'un amène Pensée et l'autre l'a reçue.

UNE AUTRE VOIX :

Et que son âme ait pénétré la mienne, dis-lui cela,
Orso, dis-lui cela, frère chéri, dis-lui cela, Orso!

RIDEAU

Rome, 30 juin 1916.
S. Paul Ap.

DU MÊME AUTEUR

Aux Éditions Gallimard

Poèmes.

CORONA BENIGNITATIS ANNI DEI.

CINQ GRANDES ODES.

LA MESSE LÀ-BAS.

LA LÉGENDE DE PRAKRITI.

POÈMES DE GUERRE.

FEUILLES DE SAINTS.

LA CANTATE À TROIS VOIX, *suivie de* SOUS LE
  REMPART D'ATHÈNES et de traduction diverses (Coventry Patmore, Francis Thompson, Th. Lowell Beddoes).

POÈMES ET PAROLES DURANT LA GUERRE DE
  TRENTE ANS.

CENT PHRASES POUR ÉVENTAILS.

SAINT FRANÇOIS, *illustré par José-Maria Sert.*

DODOITZU, *illustré par R. Harada.*

ŒUVRE POÉTIQUE (1 vol., *Bibliothèque de la Pléiade*).

Théâtre.

L'ANNONCE FAITE À MARIE.

L'OTAGE.

LA JEUNE FILLE VIOLAINE *(première version inédite de
  1892).*

LE PÈRE HUMILIÉ.

LE PAIN DUR.

LES CHOÉPHORES. – LES EUMÉNIDES, *traduit du grec.*

DEUX FARCES LYRIQUES : Protée. – L'Ours et la Lune.

LE SOULIER DE SATIN OU LE PIRE N'EST PAS TOUJOURS SÛR.

LE LIVRE DE CHRISTOPHE COLOMB, *suivi de* L'HOMME ET SON DÉSIR.

LA SAGESSE OU LA PARABOLE DU FESTIN.

JEANNE D'ARC AU BÛCHER.

L'HISTOIRE DE TOBIE ET DE SARA.

LE SOULIER DE SATIN, *édition abrégée pour la scène.*

L'ANNONCE FAITE À MARIE, *édition définitive pour la scène.*

PARTAGE DE MIDI.

PARTAGE DE MIDI, *nouvelle version pour la scène.*

THÉÂTRE (2 vol., *Bibliothèque de la Pléiade*).

Prose.

POSITIONS ET PROPOSITIONS, I et II.

L'OISEAU NOIR DANS LE SOLEIL LEVANT.

CONVERSATIONS DANS LE LOIR-ET-CHER.

FIGURES ET PARABOLES.

LES AVENTURES DE SOPHIE.

UN POÈTE REGARDE LA CROIX.

L'ÉPÉE ET LE MIROIR.

ÉCOUTE, MA FILLE.

LA PERLE NOIRE. *Textes recueillis et présentés par André Blanchet.*

JE CROIS EN DIEU. *Textes recueillis et présentés par Agnès du Sarment. Préface du R. P. Henri de Lubac, S. J.*

AU MILIEU DES VITRAUX DE L'APOCALYSE. *Dialogues et lettres accompagnés d'une glose. Édition établie par Pierre Claudel et Jacques Petit.*

Correspondance.

CORRESPONDANCE AVEC ANDRÉ GIDE (1899-1926). *Préface et notes de Robert Mallet.*

CORRESPONDANCE AVEC ANDRÉ SUARÈS (1904-1938). *Préface et notes de Robert Mallet.*

CORRESPONDANCE AVEC FRANCIS JAMMES ET GABRIEL FRIZEAU (1897-1936) AVEC DES LETTRES DE JACQUES RIVIÈRE. *Préface et notes d'André Blanchet.*

JOURNAL (2 vol., *Bibliothèque de la Pléiade*).

ŒUVRES COMPLÈTES : *vingt-huit volumes parus.*

CAHIERS PAUL CLAUDEL :
    I. « TÊTE D'OR » ET LES DÉBUTS LITTÉRAIRES
    II. LE RIRE DE PAUL CLAUDEL
    III. CORRESPONDANCE PAUL CLAUDEL – DARIUS MILHAUD 1912-1953
    IV. CLAUDEL DIPLOMATE
    V. CLAUDEL HOMME DE THÉÂTRE
    VI. CLAUDEL HOMME DE THÉÂTRE : CORRESPONDANCE AVEC COPEAU, DULLIN, JOUVET

Impression Brodard et Taupin
à La Flèche (Sarthe),
le 20 avril 1993.
Dépôt légal : avril 1993.
1er dépôt légal dans la collection : octobre 1979.
Numéro d'imprimeur : 1780H-5.
ISBN 2-07-036170-5 / Imprimé en France.

65212